La nuit, quand elle vient

Collection *Regards croisés*

Ouvrage publié par Manon Viard

www.editionsdelaube.com

ISBN 978-2-8159-3360-5

Aurore Py

La nuit, quand elle vient

roman

éditions de l'aube

De la même auteure

Aux éditions de l'Aube

Lavage à froid uniquement, 2016 ; Mikrós, 2017
L'art de vieillir sans déranger les jeunes, 2018 ; Mikrós, 2019

Chez d'autres éditeurs

Les fruits de l'arrière-saison, Marivole, 2014

À Charlotte encore
qui vaincra la nuit.

FAMILLES
ETCHEBERRY, CATHELAN ET DESCHANEL
MAI 1939

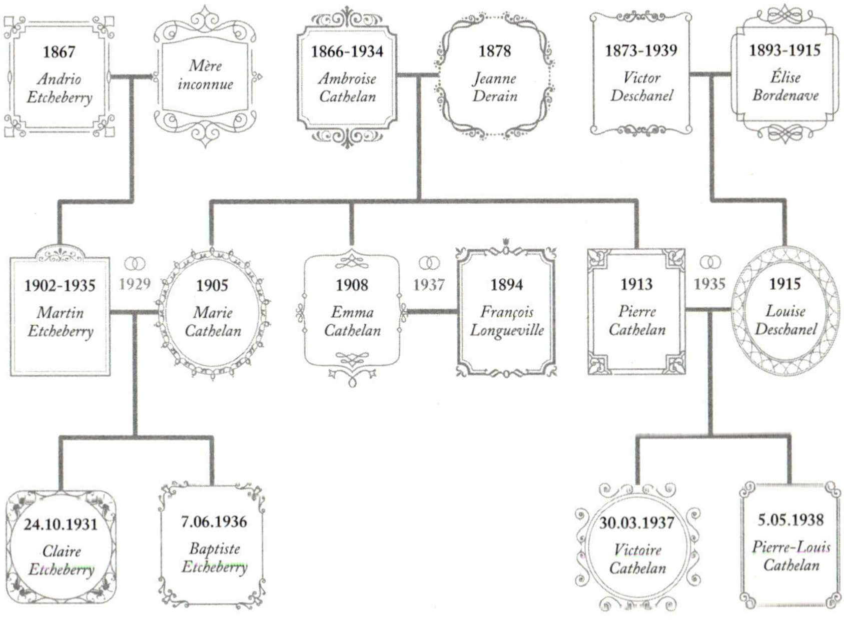

Mai 1939

1

Andrio Etcheberry se retourna sur sa couche et tendit l'oreille. Tout était redevenu calme. Seuls les grillons s'obstinaient dans leur cisaillement. Le vieil homme n'était pourtant pas tranquille. Auffrey, le voisin, gueulait tous les soirs à présent. Il y avait les cris qui provenaient de sa maison, et aussi des bruits de meubles bousculés. Andrio aurait aimé être sûr qu'il s'agissait uniquement de meubles. Durant sa longue carrière de colporteur, il en avait croisé, des ivrognes. Les hommes à l'alcool mauvais, il les reconnaissait d'emblée, et les fuyait plus vite encore. Les errants comme Andrio étaient une proie facile pour la colère nourrie de vinasse : le lendemain, ils migraient vers une autre ville, avec leurs membres meurtris et leurs faces éclatées, et ceux qui les avaient cognés pouvaient se convaincre de n'avoir rien fait, ou mieux, d'avoir fait œuvre de salubrité publique.

Là, c'était différent. Cela faisait plus de trois ans qu'il vivait à La Vineuse, chez Marie, sa bru. Il y avait gagné sa place en travaillant dur pour qu'elle puisse garder sa ferme. Il était respecté, aimé même : Roberjo – l'ouvrier agricole à demeure – était devenu un ami, ses petits-enfants recherchaient sa compagnie, et Marie lui faisait désormais confiance. Peu lui importait les soûlauds, à présent. Il en riait volontiers. Sauf d'Auffrey. Ce soir, il avait semblé plus enragé que jamais. Claire en avait pleuré et Marie les avait regardés, lui et Roberjo, avec insistance. Gênés, les hommes étaient sortis sous prétexte de chercher de quoi chiquer. Tous deux avaient en commun de ne pas devancer les ennuis, et sans rien dire, ils se comprirent : ils attendraient le lendemain que le voisin ait dessoûlé pour agir.

Andrio descendit du fenil où il dormait, traversa la grange et gagna le pré. La nuit était sans lune, mais il connaissait assez les lieux pour se passer de lumière. Il franchit quelques mètres dans les hautes herbes qu'il savait jaunissantes, séchées par le soleil implacable des derniers jours, et se soulagea. Il sentit un frôlement sur sa cheville droite et jura. Manquerait plus que ce soit une vipère. Il sauta plusieurs fois sur place pour faire fuir tout ennemi embusqué. C'est là qu'il entendit le gémissement. Une plainte rauque qui semblait sortir d'une bouche remplie de liquide. Elle se transforma en toux sèche avant de finir sur un cri bref. Cela provenait du sud. Le même gémissement, plus court, lui apporta une confirmation : c'était juste de l'autre côté de la haie, chez les Auffrey. Andrio jura une nouvelle fois et rentra dans la grange.

« À tous les coups, le vieux s'ra tombé en allant pisser », grommela-t-il en allumant une lampe à pétrole.

Cette fois, il n'hésita pas, et se rendit tout droit chez le voisin. Il poussa sans ménagement le portillon branlant et tenta de repérer le corps dans l'obscurité.

« Avec un peu de chance, il s'est assez amoché pour ne plus emmerder son monde », lâcha-t-il encore, assez fort, dans l'espoir qu'Auffrey l'entende.

Il approcha des limites de la cour et ralentit le pas, l'oreille tendue. De petits cris lui parvinrent. Il retint sa respiration. C'étaient des sanglots. Des sanglots d'enfant. L'angoisse l'envahit, et il comprit une seconde avant de découvrir Gabin. À la lueur de sa lampe, il perçut le sang qui filait entre les lèvres du gosse, la joue qui avait troqué son tendre arrondi pour une masse difforme, l'œil gonflé. À l'endroit où le cuir chevelu rencontrait la tempe, une bouillie sombre. Saisi d'horreur, Andrio baissa le bras qui soutenait la lampe. Le halo lumineux révéla alors les jambes de l'enfant. La gauche avait pris un angle invraisemblable qui souleva le cœur pourtant bien accroché du vieil homme. Plus insupportables cependant étaient les pleurs cristallins de Gabin, dans ce qu'ils dévoilaient de vulnérabilité et d'abandon. Andrio savait déjà qu'ils le hanteraient longtemps. Il s'agenouilla près de l'enfant et lui souffla à l'oreille :

« Fiston, c'est Andrio. J'vais aller chercher de l'aide. On va prendre soin de toi, ça ira. Ça ira. Je r'viens, essaie de rester calme. Je suis là tout de suite. »

Il se releva en grimaçant et fit demi-tour. Puis, sur une impulsion, il revint prestement aux côtés de Gabin et lui glissa encore :

« Il te fera plus jamais de mal, le gros Auffrey. Je te l'promets. »

Andrio n'était pas dupe : il savait qu'il avait lancé cela pour tenter d'étouffer la culpabilité qui montait déjà, que c'était presque une façon de se dédouaner.

« Vieux fou ! C'est trop tard maintenant. C'est trop tard. »

Il répéta cette phrase jusqu'à ce qu'il ait atteint le lit de Roberjo avec qui il partageait le fenil. C'est par ses mots qu'il le cueillit, après l'avoir secoué :

« C'est trop tard ! Faut qu'tu viennes, Auffrey a massacré le gosse. »

Roberjo comprit tout de suite. Suivant les directives de son compagnon, il alla réveiller le reste de la maisonnée, tandis qu'Andrio retournait auprès de l'enfant.

2

« Non, non ! Il faut pas l'envoyer à l'hôpital, il doit rester ici ! Il sera tout seul là-bas, il sera malheureux, je le sais ! »

Claire criait, le visage ruisselant de larmes, en secouant le bras de sa mère pour mieux la convaincre. Celle-ci se dégagea doucement et posa sa main libérée sur l'épaule de sa fille en geste d'apaisement, puis fixa le médecin :

« Je suis d'accord avec Claire. Gabin a besoin d'être entouré de gens qui l'aiment. Il a trop été abandonné. »

Marie Etcheberry baissa la tête en prononçant cette dernière phrase. Elle aussi se sentait coupable. Gabin faisait presque partie de la famille ; il avait sa place à table, à côté de ses propres enfants.

Trois ans plus tôt, après la mort de Martin, son époux, Gabin était venu l'aider à nourrir et soigner les bêtes. Il avait alors sept ans, il était orphelin, et il s'ennuyait chez ses grands-parents qui l'avaient recueilli de mauvaise grâce. Ceux-ci avaient été trop heureux de se décharger sur leur voisine. Marie offrait tous les repas à l'enfant. Elle veillait à ce qu'il allât à l'école, lui raccommodait ses habits ou lui en cousait de neufs. Pourtant, chaque soir, Gabin retournait dormir chez les Auffrey. Il échangeait à peine trois mots avec ses grands-parents qui le plus souvent l'ignoraient mais ainsi, les apparences étaient sauves. Personne, au fil des ans, n'avait songé à changer ce qui était devenu l'ordre des choses. Puis, au début de cette année 1939, la mère Auffrey était morte, et son mari avait brusquement cessé d'être indifférent envers Gabin pour l'agonir continuellement d'injures. Chaque matin, il poursuivait l'enfant de sa haine jusque devant le portail de Marie, et le soir, il épiait son retour pour l'accueillir en hurlant. Gabin disait que ce n'était rien, que ça lui était égal tant qu'il pouvait passer ses journées chez les Etcheberry. Il avait même confié à Claire qu'il comprenait son grand-père : le gros Auf, comme l'avaient surnommé les enfants du village, agissait ainsi parce qu'il se sentait seul. C'était sa façon d'exprimer sa peine. Marie, Andrio, tous avaient voulu se convaincre que Gabin ne risquait effectivement rien, même quand les cadavres de bouteille avaient fini par déborder dans la cour.

Le docteur François Longueville savait tout cela, et devinait les sentiments que sa belle-sœur taisait. Il secoua la tête et reprit néanmoins :

« Gabin doit être opéré. Sinon, il ne remarchera jamais, sans compter qu'il souffrira le restant de ses jours.

— Tu ne peux pas le faire ici ?

— Marie, je ne suis pas chirurgien, et il faut un lieu adapté…

— Dans ce cas, il va à l'hôpital pour être opéré et il revient faire sa convalescence à la ferme.

— Ce ne serait pas raisonnable. Il lui faudra un suivi très sérieux, et d'ici quelques semaines, une rééducation, sans quoi il risque de boiter toute sa vie.

— Il préférerait, lança Claire.

— Quoi ?

— Il préférerait boiter toute sa vie et être soigné ici, que marcher parfaitement et souffrir tout seul loin de nous.

— François, tu sais qu'elle a raison », appuya Marie.

Le médecin fit les cent pas dans la galerie qui longeait la maison. Il avait froid. Il était très tôt encore, et le soleil tentait une première et timide percée. Mais même s'il avait dardé de tous ses rayons, François savait que cela n'aurait pas suffi à le réchauffer. Des enfants battus, il en voyait peu. Parfois parce qu'il était trop tard, plus souvent parce que lorsque les parents prenaient conscience de la gravité des faits, ils préféraient faire appel au rebouteux. Celui-ci avait sept enfants crasseux et déguenillés qui erraient dans les rues et sur les routes : on ne craignait pas son jugement. Ses remèdes demeuraient obscurs : on n'avait pas à subir le diagnostic froid et clinique d'un médecin. Comme le rebouteux connaissait son affaire et rendait de fiers services, François n'y trouvait rien à redire. C'était une façon opportune de se défausser sur quelqu'un, qu'en d'autres circonstances, il aurait qualifié de charlatan. Cette lâcheté-là valait bien celle de sa belle-famille envers Gabin.

Ce dernier avait été déposé sur le lit de Marie, dans la chambre que la jeune femme partageait avec sa mère, Jeanne. Lorsque Andrio et Roberjo l'avaient soulevé pour l'emmener à l'intérieur de la maison, l'enfant avait poussé un hurlement, avant de s'évanouir. Depuis, il alternait inconscience et réveils agités. Claire ne l'avait pas quitté, même quand Longueville l'avait examiné, déclenchant par là même d'insoutenables cris de douleur. François avait finalement donné un sédatif au garçon pour lui procurer les premiers soins et lui permettre de prendre du repos. Puis il avait fait sortir les femmes de la maison pour tenter de convaincre Marie, et surtout Claire, de le laisser emmener Gabin à l'Hôtel-Dieu de Cluny.

« Il ne sera pas si loin. Vous pourrez lui rendre visite le dimanche, et ta tante Emma t'y emmènera le jeudi, reprit-il, à l'attention de la fillette.

— Ce n'est pas suffisant ! Il mourra là-bas, j'en suis sûre !

— Claire... »

Marie la serra contre elle pour calmer son angoisse.

« Il aura besoin de soins continus. Qui les lui prodiguera ? insista le médecin.

— On s'en chargera, mère, Claire et moi, asséna Marie. Si on se relaye, on y parviendra.

Ce n'est pas qu'une question de disponibilité... Ce sera très éprouvant...

— Moins que de l'imaginer souffrir seul, loin de nous. »

Longueville ne trouva rien à répondre. Il était mécontent de la tournure que prenaient les choses, mais n'ignorait pas qu'il était très difficile de faire fléchir Marie lorsqu'elle avait pris une décision. C'était là un trait de caractère qu'elle partageait avec sa sœur, songea François. En désespoir de cause, il fixa Jeanne qui était restée en retrait jusque-là et guetta un soutien qui ne vint pas.

« J'aiderai ma fille quoi qu'elle décide. Et je crois que Gabin a besoin de Claire pour se rétablir », lâcha l'aïeule dans un murmure.

Le médecin soupira.

« Très bien, capitula-t-il. J'emmène Gabin immédiatement dans ma voiture, tant qu'il dort encore. »

Claire lui sauta au cou, mais il rafraîchit aussitôt son ardeur :

« Les prochaines semaines seront très difficiles. Prenez du repos tant que vous pouvez. »

Emma Longueville écouta la voiture quitter la ferme. François n'était pas venu lui dire au revoir, sans doute pour ne pas risquer de réveiller Baptiste qui dormait tout contre son flanc. Le bambin avait été tiré de son premier sommeil par les voix inquiètes des adultes, et avait joint ses cris d'angoisse à ceux de douleur de Gabin. Jeanne, sa grand-mère, avait tenté de l'apaiser, sans succès, et c'était finalement Emma qui était parvenue à l'endormir, en se couchant à ses côtés dans son lit d'enfant.

Elle s'était occupée de Baptiste dès son arrivée à la ferme pour se rendre utile, mais aussi pour échapper à la confrontation qu'elle voyait se profiler entre son époux, Marie et Claire, concernant le sort de Gabin. Elle songea que trois ans plus tôt, lorsqu'elle n'était pas encore madame le docteur François Longueville, elle aurait bataillé aux côtés de sa sœur et de sa nièce. À présent, de quoi s'agissait-il ? De manque de courage ? De droit de réserve ? Emma se sentait incapable de prendre parti pour l'un ou pour l'autre. Elle avait eu le temps de voir François à l'œuvre. Il revenait au médecin de faire sans cesse des choix, pour le bien des patients. C'était parfois cornélien, comme aujourd'hui où culpabilité et solidarité, sens du devoir et attachement, liens familiaux et conscience professionnelle, se mêlaient de façon complexe.

Lorsque la jeune femme avait compris que c'était Roberjo qui frappait à la porte du cabinet, elle s'était habillée promptement pour accompagner son mari à la ferme. Il lui fallait être là, parmi les siens. Mais elle se sentait mal à l'aise. D'abord, à cause du soulagement qui l'avait envahie en entendant Roberjo annoncer qu'il venait pour Gabin, et non pour Jeanne, Marie, Claire ou Baptiste, comme elle l'avait craint dans un premier temps. Le souvenir de cet apaisement n'avait fait qu'amplifier l'horreur ressentie à la vue du corps meurtri du jeune garçon. Ensuite, parce qu'elle devinait que Claire lui en tiendrait également rigueur si François finissait par imposer l'éloignement de Gabin. De trois ans sa cadette, Claire s'était attachée à lui dès le premier jour de sa venue à la ferme. Ils possédaient tous deux l'étrange maturité des orphelins, cette façon de poser sur la vie un regard perçant et farouche, et aussi, songea Emma, une pureté enfantine qui en faisait des êtres droits et sensibles. Ce qui blessait l'un abîmait l'autre. Si on les séparait, chacun d'eux s'étiolerait, Emma en était sûre. Mais la présence de Claire suffirait-elle à sauver Gabin ? De cela, la jeune femme doutait.

Elle observa le profil à nouveau serein de Baptiste, dans la pénombre ouatée de l'aube, et envia sa confiance si vite restaurée. Pourtant, alors que le calme revenait dans la maison, elle laissa ses paupières se fermer, et rejoignit son neveu dans l'oubli bienfaisant du sommeil.

3

« On n'a p'têt pas tapé assez fort, finalement.

— Mmm.

— C'est tout son gras, là, qui fait matelas.

— Pis avec c'qu'y descend…

— Y sent plus rien, tu veux dire ?

— Mmm. »

Andrio réfléchit à la dernière remarque de Roberjo. Assis sur une des marches qui menaient à la cour, les deux hommes se reposaient après avoir aiguisé les outils en vue des fenaisons. La matinée était à moitié entamée.

« On pourrait y retourner », lança soudain Roberjo.

Andrio le regarda en plissant les yeux et attendit. Il le connaissait bien et sentait qu'il n'était pas arrivé au bout de son idée.

« Faudrait y enlever son vin, après, pour qu'il déguste bien, finit-il par lâcher.

— Il en trouvera toujours.

— Pas s'il ne peut plus marcher. »

Andrio inspira fort pour marquer sa réticence. La correction d'Auffrey, c'était son idée. Il fallait faire comprendre au gros Auf qu'il n'avait plus intérêt à lever la main sur Gabin. Mais ce dont parlait Roberjo, là, c'était autre chose, un déferlement de violence qu'il n'approuvait pas. Déjà, la nuit précédente, il avait dû retenir le bras de son compagnon. Ils avaient réglé son compte à Auffrey et, affalé sur le sol de sa cuisine, l'arrière-train en l'air dans une énième tentative pour se mettre à genoux, celui-ci ne grognait plus. Pourtant, Roberjo avait levé une nouvelle fois sa trique, et semblait rameuter toutes ses forces pour mieux lui briser le crâne. Andrio l'avait coupé dans son élan et ils étaient rentrés se coucher, la tête haute, sûrs d'avoir donné au gros Auf matière à réfléchir pour plusieurs mois. Et voilà que depuis une heure, ils l'entendaient s'agiter, renverser des bouteilles et vilipender des fantômes.

« Mais à qui y parle comme ça ? s'agaça Andrio, on comprend rien !

— Je veux, avec c'que j'y ai mis sur le bocal, ça me f'rait mal qu'il ait encore des dents.

— Attends, il a pas l'air d'être seul. Y a une autre voix. »

Roberjo renifla et se leva, comme pour mieux entendre. C'est donc lui qui, le premier, vit le garde champêtre approcher de la ferme.

« Vin dieu ! » lâcha l'ouvrier agricole, en donnant un coup de pied à Andrio pour le prévenir.

René Capiche avança lentement vers les deux hommes, le visage fermé. Il n'était pas sûr de savoir dans quelle histoire il avait mis les pieds. Un peu plus tôt dans la matinée, le gros Auf s'était traîné dans son allée et à force de borborygmes, avait réussi à attirer l'attention d'un journalier qui se rendait aux champs. Celui-ci, voyant son état, n'avait pas demandé son reste, et s'était mis en quête du représentant de la loi, remplissant là sans le savoir le vœu du vieil ivrogne.

Capiche effleura son képi en guise de salutation, et commença sans préambule :

« Auffrey déclare que vous l'avez agressé cette nuit. Il veut porter plainte.

— Parce qu'il arrive à parler ? » s'enquit Andrio.

Le gendarme le fixa un instant, une lueur amusée dans les yeux.

« En fait, non, il l'a écrit sur mon calepin. Ça n'a pas été une sinécure à déchiffrer, d'ailleurs. Il tremble comme un peuplier face au vent.

— Ah ! lâcha Roberjo d'un ton satisfait.

— Alors ? reprit Capiche.

— Vous savez ce qu'il a fait à son petit-fils, la semaine passée ? rétorqua Andrio.

— J'ai entendu dire qu'il lui avait mis une dérouillée. C'est pour ça ? »

Le garde champêtre semblait surpris. Andrio et Roberjo se regardèrent et n'ajoutèrent rien.

« Allez, les gars, dites-moi de quoi il s'agit. On a tous filé des trempes à nos gamins…

— Pas moi, non », répondit Andrio d'un ton calme.

Capiche ne sut qu'ajouter. Quelque chose lui échappait, mais il n'était pas du genre à harceler les suspects. Il préférait user de silences éloquents pour mieux les laisser venir. Il observa les deux hommes qui lui faisaient face. Etcheberry soutint son regard. Il arborait une barbe grise disparate et peu soignée qui adoucissait cependant son visage anguleux. Sous la stature frêle, le gendarme devinait le caractère nerveux et hâbleur. Roberjo fixait un point derrière Capiche en se balançant lentement d'un pied sur l'autre. Ce comportement juvénile surprenait chez ce solide quinquagénaire, au visage buriné par le vent et les saisons.

« Ils vont bientôt arriver, lança finalement Andrio. Vous verrez. V'nez prendre un verre en attendant. »

Capiche les suivit à l'intérieur. Les deux compères seraient sans doute plus bavards une fois leur canon descendu. Mais alors que la deuxième tournée s'achevait, ils n'avaient toujours rien lâché, et le gendarme sentait l'agacement le gagner. Il s'apprêtait à relancer vigoureusement son interrogatoire quand un véhicule s'annonça. Andrio et Roberjo se relevèrent brusquement et sortirent de la cuisine sans dire un mot.

Ils s'immobilisèrent côte à côte sur la galerie qui surplombait la cour, Capiche dans leur dos. Jeanne fit également son apparition, surgissant du potager, Baptiste accroché à sa jupe. Tous observèrent dans un silence tendu l'ambulance manœuvrer de façon à se garer le plus près possible de la maison.

Claire fut la première à jaillir de la voiture, suivie par Marie. Elles avaient pris place auprès du chauffeur qui sortit à son tour et alla ouvrir grand les portes arrière de la Traction. François Longueville émergea alors au milieu de la cour encore ombragée. Le médecin embrassa du regard l'assemblée présente. Il n'arrivait toujours pas à se persuader que ramener Gabin à la ferme était la meilleure des solutions. Il eut soudain l'impression que tous percevaient ses doutes et qu'à cet instant précis, chacun les partageait. Il fixa Marie, comme pour la jauger. Elle ne baissa pas les yeux, mais saisit la main de Claire qui s'était collée à elle, et la serra fort. Longueville hocha la tête, puis s'adressa à Jeanne qui avait pris son petit-fils dans les bras :

« Emmenez Baptiste faire une balade, le temps qu'on installe Gabin. »

Jeanne tourna les talons en glissant quelques mots à l'oreille de l'enfant. D'un geste lent, le médecin fit signe au chauffeur. Celui-ci saisit les poignées du brancard qui s'enfonçait dans l'ambulance et le tira vers l'extérieur. Roberjo sauta alors en bas des marches et se précipita pour soulever l'autre côté de la civière. Délicatement, les deux hommes portèrent Gabin vers la maison. Arrivé à hauteur de Capiche qui n'avait pas quitté la galerie, Roberjo s'arrêta, obligeant l'ambulancier à en faire autant, et d'un coup de tête désigna le jeune malade au garde champêtre. Celui-ci se força à regarder l'enfant allongé et jura à voix basse. Gabin semblait dormir, mais lâchait de temps à autre un gémissement. Sa jambe gauche était bandée de la hanche à la cheville. Son bras droit, dénudé, laissait apparaître une longue entaille qui naissait dans le pli du coude et mourait au creux de la paume. Les points de suture d'allure grossière présageaient une cicatrisation difficile. La joue et l'œil meurtris étaient encore enflés. Leur teinte à présent foncée dessinait sur la face du jeune garçon un large stigmate en forme de cône. Pour désinfecter et recoudre la plaie du cuir chevelu, on avait dû lui raser le crâne. Sans l'épaisse tignasse qu'il arborait jusque-là, le corps recroquevillé de douleur, Gabin semblait avoir rétréci. Ainsi gisant sur sa civière de toile, il dégageait une telle fragilité que jamais on ne l'aurait cru aux portes de l'adolescence. Il paraissait à présent plus jeune que Claire, aussi vulnérable que Baptiste.

Capiche avait un fils de l'âge de Gabin. Dans la cour d'école ou dans les rues, ils jouaient ensemble au ballon, se chapardaient des billes, ricanaient en chœur lorsque les filles les lorgnaient. Il imagina son Philippe à la place de Gabin sur son lit de douleur, et saisit en un instant ce qui avait guidé les bras vengeurs d'Andrio et de Roberjo.

Marie emmena les porteurs dans la chambre des enfants préparée en prévision du retour de Gabin. Il y dormirait aux côtés de Claire, tandis que Baptiste rejoindrait sa mère et sa grand-mère dans leur chambre, pour échapper autant que possible aux plaintes du malade et à la vue de son corps torturé. François Longueville inspecta les lieux et expliqua longuement à Claire, Marie et Jeanne, comment refaire les pansements de Gabin, ce qu'elles pouvaient lui donner pour le soulager et quels symptômes nécessitaient qu'on le mandât sans délai. Il se retint de répéter qu'à tout moment, elles pouvaient renoncer à cette lourde tâche d'accompagnement. Il devinait à leur regard qu'elles ne lui pardonneraient pas d'envisager pour elles une telle lâcheté.

Avant de sortir de la maison, il s'arrêta pour saluer le garde champêtre qui s'était fait resservir un verre.

« Vous êtes venu constater les sévices ? C'est une bonne chose, même si j'imagine qu'il y a peu de recours possibles contre Auffrey…, déclara Longueville d'un ton las.

— Euh… Oui, hélas, c'est tout à fait ça, bafouilla Capiche, l'air embarrassé, sous l'œil narquois d'Andrio et de Roberjo.

— Si mon témoignage peut servir à quoi que ce soit, n'hésitez pas », glissa encore le médecin avant de quitter les lieux.

Le garde champêtre se frotta la tête en soupirant. Comment se montrer sévère envers les deux hommes, à présent ? Pour autant, si tout le monde commençait à se faire justice dans son coin, il ne s'en sortirait pas. Capiche représentait la loi, et la plainte d'Auffrey était recevable. Il ne pouvait pas se contenter de l'ignorer, même s'il le désirait ardemment.

« Suivez-moi, vous deux », lança-t-il à Andrio et Roberjo qui attendaient son verdict.

Ils trouvèrent Auffrey en train de somnoler, affalé sur une chaise sous le porche de sa maison. Il se dégageait des lieux et de l'homme une odeur écœurante d'excréments et de mauvais vin. Capiche donna un coup de pied dans l'une des bouteilles qui jonchaient le sol pour signaler leur présence. Le gros Auf grogna, ouvrit les yeux et tenta de se redresser en reconnaissant les trois hommes plantés devant lui. L'attaque de la nuit avait laissé des séquelles qui réjouirent la vue de ses voisins. Le cri de douleur qu'il avait poussé en retombant lourdement sur son siège annonçait une ou plusieurs côtes cassées. Le nez avait doublé de volume. De la bouche s'échappait un mélange rosé de salive et de sang. À la place des incisives supérieures, un trou béant. Auffrey éructa quelques sons inintelligibles, stimulé par la présence de ses agresseurs aux côtés du gendarme. Ce dernier leva la main pour le faire taire et lui demanda d'un ton sec :

« Tu désires toujours porter plainte contre les deux individus ici présents ? Réponds par oui ou par non. »

Son interlocuteur hocha la tête.

« Très bien. Je vais y mettre les formes pour l'enregistrer. Mais t'attends pas à ce que je pousse pour une sanction. »

Auffrey se mit à brailler pour marquer son indignation. Le garde champêtre le fit taire une nouvelle fois avec autorité, et lui glissa d'une voix sourde :

« Je viens de voir dans quel état tu as mis ton petit-fils. Ça m'a donné envie de vomir. Alors, ne me pousse pas à bout ! »

Maté, le gros Auf se rencogna sur sa chaise en scrutant le sol.

« T'as de bons voisins qui recueillent le gamin. T'as de la chance, tu sais, je devrais t'arrêter pour coups et blessures. Mais une prison, ce serait un palace par rapport à ici. Alors reste dans ta fange. T'as perdu la seule personne qui avait un peu de respect pour toi. Presque, j'te plaindrais. Maintenant, je vais t'dire : si tu maintiens ta plainte, je la tape cet après midi et je reviens ensuite te la faire signer. C'est la loi, et on ne me prendra pas en défaut là-dessus. Mais je t'préviens, au moindre cri, à la moindre menace contre n'importe quel enfant que tu croiseras à l'avenir, ces deux-là prendront plaisir à revenir t'expliquer la vie, et cette fois, j'regarderai ailleurs. T'as bien compris ? »

Auffrey poussa un grognement, sans relever les yeux.

« Je prends ça pour un oui, lâcha Campiche. Je repasserai tantôt. »

Puis, en s'adressant à Andrio et Roberjo qui se retenaient de ricaner :

« Allez les gars, on se tire de ce gourbi. »

4

Marie saisit la bêche et la planta vigoureusement dans la terre. Il était plus que temps de préparer le sol en vue des semis de carottes et de poireaux d'hiver. Après la mort de Martin, la jeune femme avait pris la décision de cesser la culture de céréales pour se concentrer sur le verger et le potager. Roberjo veillait sur les fruitiers et Marie régnait sur les légumes et les baies. Jeanne et les enfants les secondaient pour les tâches à leur portée. En quelques années, les produits de la ferme Etcheberry s'étaient fait une petite réputation sur les marchés de la région. La vente hebdomadaire des légumes, des fruits et des œufs, celle plus occasionnelle des poulets et des lapins, procuraient à Marie un revenu correct qu'elle augmentait en amenant à l'abattoir les charolaises trop âgées et les veaux surnuméraires. Elle parvenait ainsi à nourrir et à vêtir honnêtement sa maisonnée, ce qui était pour elle une source de fierté.

Le premier métier qu'elle avait exercé était celui de couturière. Ensuite, avec Martin, elle avait repris la cordonnerie de son père. Puis, lorsque celui-ci était mort et qu'avec lui avait disparu l'obligation morale de faire perdurer l'affaire familiale, ils avaient été pris par l'envie d'avoir leur propre lopin de terre. Martin était tombé en extase devant une ferme décrépite de La Vineuse et était parvenu à convaincre sa femme que cette maison n'attendait que leur bonheur. Au bout d'une année exténuante passée à relancer l'activité agricole laissée à l'abandon par le précédent propriétaire, alors qu'ils commençaient tout juste à récolter les fruits de leur labeur, Martin s'était noyé. Volontairement. Très peu de gens savaient qu'il s'agissait d'un suicide et Marie avait eu de la peine à se remettre de cette révélation. Elle avait alors très sérieusement envisagé de vendre la ferme, mais son frère Pierre avait su la convaincre de la garder, et l'aide précieuse qu'il lui avait apportée pendant près d'une année avait permis d'en faire une affaire rentable.

Marie regrettait parfois la délicatesse de son premier emploi, et le contact avec la clientèle que lui offrait le deuxième. Mais elle avait appris à aimer la vie à la campagne, les rythmes du soleil, de la lune, des saisons qui jalonnaient chaque activité, la rudesse et la prodigalité de la nature, la chaleur des bêtes, la frivolité des poules et l'impénétrabilité des vaches.

Son monde reposait sur des fondements millénaires, bien que concrets, qui la dépassaient et la rassuraient à la fois.

En cet instant, se retrouver aux prises avec la terre était un défoulement bienvenu. Marie cherchait dans l'effort physique une échappatoire à la contrariété et à l'inquiétude qui l'habitaient depuis plusieurs jours. Gabin ne guérissait pas aussi vite qu'elle l'avait espéré. Bien sûr, les plaies se refermaient, les os se ressoudaient, et la souffrance physique semblait reculer. Pourtant, près de cinq semaines après l'accueil du blessé, la vie à la ferme demeurait perturbée. Dans la journée encore, on parvenait à s'organiser. À présent que la surveillance des plaies de Gabin n'était plus cruciale, Claire pouvait à nouveau vaquer à ses corvées habituelles. Marie avait pris à sa charge celles remplies jusque-là par Gabin, tandis que Jeanne s'occupait de Baptiste et des repas. Mais les nuits devenaient intenables. Le sommeil de Gabin était peuplé d'incessants cauchemars qui le faisaient geindre une bonne partie de la nuit, quand il ne s'éveillait pas en larmes et en sueur, réclamant à grands cris qu'on allumât la lumière, seul moyen de l'apaiser. Cela réveillait immanquablement toute la maisonnée, et laissait Baptiste effrayé de longues minutes. Il fallait alors des trésors de patience pour rendormir les deux garçons, patience que Marie sentait diminuer chaque jour davantage, à mesure que l'épuisement la gagnait. Même Claire semblait envahie par la lassitude. Pour la première fois, la nuit passée, elle avait rejoint son grand-père au fenil pour fuir les plaintes de Gabin qui refusait que l'on éteignît la lumière dans leur chambre, et les pleurs de Baptiste qui rechignait à retourner dans son lit. C'était en voyant sa fille en train de s'excuser auprès de Gabin le matin même, rongée de culpabilité, que Marie avait compris que les choses lui échappaient.

De toute évidence, en insistant pour que le gamin fît sa convalescence à la ferme, elle n'avait pas pris la mesure du traumatisme qu'il avait subi. Que savait-elle d'ailleurs des nuits passées chez ses grands-parents, et surtout de celles des derniers mois, aux côtés de son grand-père si acariâtre ? Dans son esprit, Gabin se contentait de rejoindre son lit, mais qu'en était-il vraiment ? Elle avait commencé à s'inquiéter de son sort quelques jours avant l'accident, quand les cris de son voisin traversaient ses propres murs. Auparavant, elle devait bien admettre qu'elle s'était montrée plutôt indifférente à ce que Gabin vivait ou subissait une fois sorti de sa maison. Marie songea qu'elle ignorait même de quoi étaient morts les parents du jeune garçon. Elle n'avait jamais été assez intime pour en discuter avec les Auffrey, et elle s'était bien gardée d'aborder le sujet avec Gabin lui-même, de peur d'attiser son chagrin. Elle calcula qu'il devait avoir près de six ans quand c'était arrivé. Quoi qu'il se fût passé, il en avait probablement des souvenirs. Est-ce que ceux-ci nourrissaient ses frayeurs nocturnes ?

Les fenaisons avaient été gérées difficilement. Alors qu'habituellement ces journées étaient vécues dans l'euphorie, elles avaient cette fois semblé interminables. À présent, les moissons approchaient, avec leur lot de labeur supplémentaire. Marie avait vendu ses champs trois ans plus tôt, mais il était de tradition d'apporter son aide aux voisins. Les nuits écourtées, l'inquiétude au sujet des enfants, et surtout le sentiment que jamais elle ne verrait le bout de ses soucis actuels l'écrasaient, et elle se demandait comment elle allait faire face aux semaines harassantes qui s'annonçaient.

L'attachement de Claire envers Gabin l'avait retenue jusque-là d'envisager de placer le garçon ailleurs. Désormais, Marie songeait qu'avoir permis à sa fille de jouer les infirmières auprès de son ami n'avait peut-être pas été une si bonne idée. Claire s'était montrée forte, mais Marie n'ignorait rien de ses fragilités. La mort de son père, en septembre 1935, l'avait plongée des semaines durant dans un état neurasthénique dont Marie avait eu toutes les peines à la sortir. En vérité, c'était la naissance de Baptiste, neuf mois tout juste après la disparition de Martin, qui avait réellement libéré Claire. Depuis, la fillette s'était toujours montrée d'humeur égale, mais la vie avait été plutôt clémente envers eux. Que se passerait-il si Gabin ne reprenait jamais le dessus ?

D'autant que, si les premiers temps, celui-ci avait semblé rasséréné d'avoir Claire à ses côtés alors qu'il souffrait physiquement, Marie remarquait qu'il s'agaçait de plus en plus à la voir devancer ses moindres besoins. Gabin n'était pas encore un homme, mais le travail à la ferme l'avait rendu vigoureux. Son caractère solitaire l'avait conduit très tôt à préférer faire les choses par lui-même. Chaque jour davantage, il paraissait vivre comme une humiliation d'être redevable des autres, et surtout d'une fille plus jeune que lui, elle sa confidente. L'énervement que cela faisait naître entre eux n'était encore que très éphémère, mais Marie voyait arriver les jours où de vraies disputes éclateraient. Et tout cela, c'était sans tenir compte des effrois de Baptiste et de la lassitude qui accablait Jeanne.

« Qu'est-ce que la terre t'a fait pour que tu la maltraites ainsi ? »

Marie se redressa. Sa mère se tenait près du porche en pierres sèches qui marquait l'entrée du potager. Plus loin derrière, elle apercevait Gabin installé dans une chaise longue de fortune devant la cuisine. Claire feuilletait un livre à ses côtés. Au bas des marches, Baptiste fouillait une bordure à l'aide d'un bâton.

Marie planta son outil dans le sol et s'essuya le front avec la manche de sa robe.

« J'aimerais que les soucis se brisent comme ces mottes de terre. Je n'arrive pas à trouver comment agir pour changer... tout ça, répondit-elle en montrant les enfants de la main.

— Parles-en à François, il saura quoi faire. »

Marie soupira puis secoua la tête.

« Tu n'étais pas si fière, avant, reprit Jeanne doucement.

— Je ne le suis pas ! Je veux bien reconnaître qu'il avait raison. Avoir Gabin à la maison dans cet état, c'est trop lourd pour nous. Mais si j'avoue à François notre impuissance, il me dira de mettre Gabin à l'assistance publique le temps qu'il se rétablisse. »

Marie gratta la terre avec son pied en signe d'exaspération, avant de lancer d'une voix sourde :

« Bon sang, tu l'entends hurler toutes les nuits : en quoi l'orphelinat l'aiderait-il ? Il aurait une nouvelle fois l'impression d'être rejeté. Et Claire serait tellement en colère...

— Marie, ça ne te ressemble pas de laisser deux enfants décider de notre sort à tous. Si toi et moi sommes épuisées, nous ne serons plus bonnes à rien ni à personne. Gabin a besoin d'aide, mais ça ne peut plus être aux dépens de tous les autres. Si tu ne veux pas parler à François, adresse-toi à Emma. Elle aura peut-être une idée moins déplaisante que l'assistance publique. Mais dans tous les cas, la décision sera douloureuse, et il te faudra l'accepter. »

Marie ne répondit rien. Elle alla attraper une houe dans la réserve d'outils et commença à butter les pommes de terre. Jeanne l'observa quelques instants avant de tourner les talons pour retrouver les enfants. Elle savait que sa fille préférerait se faire une raison dans le silence et la solitude.

5

« Je ne suis pas d'accord.

— François ! Je me suis déjà engagée !

— Tu n'aurais pas dû. »

François Longueville faisait face à sa femme dans le petit salon où ils passaient leurs soirées, quand les patients le laissaient en paix. Il s'était levé et s'était mis derrière le fauteuil qu'il venait de quitter, ses mains empoignant le dossier comme s'il s'apprêtait à soulever le siège. Souvent, quand il se disputait avec Emma, il éprouvait le besoin de la dominer de sa taille, pour mieux parer à ses arguments et au ton mordant sur lequel elle les délivrait. Elle n'avait pas bougé, assise dans le voltaire opposé au sien, le dos droit, les yeux déjà brillants d'exaspération, et aussi, crut-il déceler, de déception.

« Emma, je sais l'affection que tu portes à Gabin, et je la partage ; mais pas plus que ta sœur, nous n'avons la capacité de l'accueillir sous notre toit.

— Tu es médecin. Je m'occupe d'enfants de son âge toute la journée dans ma classe. Si nous ne pouvons pas l'aider, personne ne le pourra !

— Gabin a besoin de temps et de personnes disponibles pour l'accompagner…

— Je serai vite disponible : les vacances commencent le 15 juillet. Et une fois que j'en aurai fini avec mes élèves, j'aurai toute latitude pour m'occuper de lui. Je n'arrive pas à croire que tu suggères de l'abandonner…

— Et moi, je ne comprends pas comment tu peux être aussi affairée pour ce gamin, alors que cela fait des mois que tu me refuses l'enfant que je te demande… »

Emma inspira vivement et serra les mâchoires.

« Ça, c'est un coup bas. Tu sais très bien pourquoi je ne veux pas d'enfant maintenant. Est-ce que l'on doit avoir à nouveau cette conversation ? La guerre arrive, bon sang ! Je refuse d'accoucher sous les bombes.

— Tu disais déjà ça il y a un an ! Où sont les bombes ?

— François, ne joue pas à ça. Hitler ne va pas se tenir tranquille, et avec toutes les garanties qu'elles ont distribuées en Europe, la France et l'Angleterre ne pourront plus reculer comme avec la Tchécoslovaquie. Je ne peux pas m'imaginer un nouveau-né dans les bras dans ces conditions.

— Tu dois bien être la seule ! Ton frère se fait moins de souci, avec son troisième qui arrive.

— Il devrait s'en faire ! Tu devrais ! Enfin, c'est vous les hommes que l'on va envoyer au front. Êtes-vous tellement désireux de laisser des orphelins derrière vous ?

— J'aurai quarante-cinq ans en août : d'ici à ce que ta guerre arrive, je ne serai plus mobilisable. Emma… je vais déjà avoir quarante-cinq ans ! Combien de temps vas-tu me faire attendre encore ? »

Emma se renfrogna, puis reprit d'une voix plus calme :

« Tu as pourtant fait la dernière guerre, non ? Tu n'en parles jamais. »

Longueville baissa la tête et resta longtemps silencieux.

« J'étais infirmier, finit-il par lâcher. Je n'étais pas trop à plaindre, je n'ai jamais été en première ligne. Un chirurgien m'avait pris sous son aile et j'ai énormément appris avec lui : cela m'a permis de compenser les années d'études que je perdais à la faculté de médecine. Malgré tout, j'ai mis beaucoup de temps à oublier les cris, la terreur, et l'odeur surtout. Je ne souhaite cela à personne, et encore moins à mon fils, si un jour j'en ai un. Mais là-bas, si tu ne t'accroches pas à la vie, tu es foutu. C'est pourquoi je peux voir la guerre approcher, et malgré tout désirer être père. »

Le visage d'Emma s'était adouci, et elle regarda son mari avec émotion. Elle ne renonça pourtant pas à son idée :

« Contrairement à ce que tu as l'air de penser, je ne suis pas la seule à vouloir repousser une grossesse. Plusieurs femmes de l'Union syndicale des enseignantes sont venues me demander des conseils à ce sujet. Si les hommes partent se battre, elles seront seules pour nourrir leur famille : un bébé serait malvenu.

— Ça ne marche pas toujours, tu sais, ce que je t'ai appris. Pour certaines femmes, cela n'est même pas fiable du tout.

— Je le leur ai dit, ne t'inquiète pas. Mais la méthode Ogino, ça reste mieux que rien. Et pour ce qui me concerne… enfin, nous concerne, si un bébé arrive, nous l'accueillerons, bien évidemment. Mais honnêtement, j'aimerais avoir encore un peu de temps… quelques mois. »

François ne répondit rien. Ils n'avaient pas allumé la lampe et à présent, Emma discernait mal ses traits dans la pénombre, mais elle sentait que sa position le peinait. Elle secoua la tête et soupira.

« Ce n'est même pas le sujet, on parlait de Gabin ! reprit-elle d'une voix plus forte. Qu'est-ce que tu suggères : qu'on le renvoie chez le gros Auf ? Qu'on le confie à l'assistance publique ?

— Ne me fais pas dire ce que je n'ai pas dit. Il est bien entendu que Gabin ne remettra jamais les pieds chez son grand-père, et l'assistance publique n'est pas non plus à l'ordre du jour. Mais les sœurs se sont bien occupées de lui, à l'hôpital. Il n'y était pas si malheureux. Quand je fais un saut à l'Hôtel-Dieu, il y en a toujours une pour me demander des nouvelles du "petit cabossé", comme elles l'appellent. »

François alla allumer la lampe et revint s'asseoir face à sa femme. En l'observant reprendre place dans son fauteuil, Emma sut que la partie était gagnée. Elle attendit la suite.

« Voilà ce que je propose : on le prend ici cet été, puisque tu es bientôt en vacances et que tu sembles toute prête à veiller sur lui. En septembre, on verra ce qu'il en est et ce qu'on peut décider. »

Alors qu'Emma se fendait d'un large sourire, Longueville leva la main et ajouta :

« Je pose une condition : tu acceptes que je le renvoie à l'hôpital si je juge que les choses se passent mal ou si tu t'épuises trop. Je pourrai toujours m'arranger avec les sœurs pour que Gabin ait une chambre individuelle.

— Cela me convient. Je suis sûre que tout ira bien. »

Emma se leva et vint embrasser son mari sur le front. François lui saisit la taille et la tint serrée contre lui, le visage enfoui dans sa robe. Ils restèrent ainsi enlacés de longues minutes, puis François desserra doucement son étreinte. Emma s'écarta et s'apprêtait à se diriger vers la porte quand François lui attrapa la main :

« Emma…, glissa-t-il doucement, le regard suppliant.

— Je sais. J'y penserai, François, je te le promets. Cet enfant, je le veux aussi, mais… Enfin, tu sais. Laissons passer l'été. »

6

Le dimanche 9 juillet 1939 au matin, Emma vint chercher Gabin à la ferme. François l'avait laissée tout organiser et lui avait bien fait comprendre que, s'il s'occuperait du suivi médical de Gabin comme il était de toute façon convenu, elle ne devait pas compter sur lui pour autre chose. Il se montrerait prévenant envers l'enfant, parce qu'il avait de l'affection pour lui et qu'il serait son hôte pour quelques semaines, mais cela s'arrêterait là. À charge d'Emma de lui tenir compagnie, de le distraire, de l'aider à réapprendre à marcher, et surtout de calmer ses angoisses. Emma était consciente que la distance que François prenait avec Gabin était en réalité un moyen de la punir de lui avoir forcé la main, mais elle comptait sur le temps et sur la bonté naturelle de son mari pour le faire revenir à des sentiments plus chaleureux.

Pour le moment, il lui fallait parvenir à séparer Gabin et Claire. Du jour où Marie leur avait annoncé les nouvelles dispositions, ils n'avaient cessé de se chamailler, et celle-ci se trouvait finalement soulagée qu'ils soient éloignés l'un de l'autre quelque temps. Pourtant, à l'arrivée d'Emma, ils s'étaient isolés dans la grange, Gabin à demi allongé sur une botte de foin, Claire agenouillée tout contre lui, et ils se perdaient depuis en conciliabules. Lorsque 11 heures sonnèrent, Emma décida qu'il était temps de rentrer à Cluny. Elle se présenta à la porte de la grange, une petite valise contenant les rares effets de Gabin à la main. Quand ils la virent, les enfants se levèrent – Gabin péniblement, incapable qu'il était de plier sa jambe gauche et de fermement s'appuyer sur elle. Claire lui tendit les béquilles qu'Andrio avait confectionnées sur mesure, et ils sortirent tous deux à la lumière du jour, en silence.

« Ne dirait-on pas deux condamnés en marche pour l'échafaud ! lança Emma. Vous vous revoyez dans trois jours, et la semaine prochaine, ce sont les vacances ! Claire, tu sais que tu pourras venir au cabinet tant que tu voudras.

— Pas tant que je voudrai. Il faudra que je trouve quelqu'un pour m'emmener en ville. Et puis j'ai mes corvées, ici. Maman ne me laissera pas venir tous les jours.

— Eh bien, nous viendrons, nous. On prendra Baptiste, on se mettra tous les quatre dans l'herbe, et on observera les hommes en train de moissonner. »

Gabin fit la moue et secoua la tête :

« Si je peux pas faire les moissons, j'aime autant ne pas les regarder.

— La bonne volonté vous étouffe, ma parole ! s'exclama Emma. Vous allez d'abord vous reposer tous les deux, parce que vous en avez bien besoin. Et vous trouverez toujours une façon de vous voir : on ne part pas à l'autre bout du pays, quand même ! »

Pendant qu'Emma, aidée de Roberjo et d'Andrio, remplissait sa voiture de cageots de fruits et de légumes, d'un panier d'œufs et d'une bouteille de lait frais, Gabin faisait ses adieux à Marie et à Jeanne.

« Tu sais que j'aurais aimé te garder, n'est-ce pas ? lui glissa Marie à l'oreille en le serrant contre elle. Tu guériras mieux auprès du docteur et d'Emma.

— J'sais bien, m'dame Etcheberry. J'suis pas votre fils, et vous m'avez toujours traité comme si. J'suis désolé pour tous les embêtements.

— Ne dis pas de bêtises. Tu es un brave garçon. »

Jeanne l'embrassa à son tour, puis Andrio et Roberjo lui serrèrent gravement la main. Comme à l'avant de la voiture, l'espace était trop étroit pour qu'il puisse garder sa jambe tendue, il s'allongea sur la banquette arrière. Après un ultime salut, Emma démarra, et c'est d'un air déjà résigné que Gabin observa défiler les maisons du hameau où il avait passé les cinq dernières années.

Après son mariage, le docteur Longueville avait déménagé son cabinet autrefois situé rue des Tanneries. Emma avait récupéré la part d'héritage qui lui revenait de son père et ensemble, ils avaient pu acheter une haute maison rue Prud'hon, à proximité de l'église Saint-Marcel et de l'Hôtel-Dieu. François recevait ses patients au rez-de-chaussée. Au premier étage, Emma et lui avaient fait de l'enfilade de pièces un appartement confortable. Le deuxième, sous les toits, accueillait un grand dortoir et une salle d'eau attenante qu'ils louaient au patron de la pâtisserie voisine pour y loger ses apprentis. La présence du médecin et de l'institutrice rassurait à la fois les parents des adolescents et le commerçant. L'entrée de la maison donnait directement sur la rue, sans jardin ni perron, ce qui faisait perdre en intimité, mais facilitait l'accès pour les invalides.

Emma avait aidé Gabin à s'extirper de la voiture, et entassait à présent les cageots de nourriture près de la porte. Le jeune garçon, appuyé sur ses béquilles, observait la rue pavée d'un air distant. Quelques personnes étaient sorties sur le pas de leur porte en entendant la voiture arriver. Emma répondait aimablement aux bonjours et aux questions, mais Gabin restait silencieux face aux sollicitations des voisins.

Durant le trajet entre La Vineuse et Cluny, Emma avait expliqué à son nouvel hôte qu'elle avait hésité entre lui aménager une chambre au rez-de-chaussée, ce qui lui permettrait de sortir sans peine, ou l'installer à l'étage, dans leur appartement, ce qui lui offrirait l'accès à toutes les commodités. Finalement, elle n'avait pas su trancher et lui avait préparé une chambre à chaque niveau.

« Il faudra que tu apprennes à monter et descendre l'escalier, avec ou sans béquilles. Je t'aiderai. Mais j'ai encore une semaine de classe avant les vacances, alors j'ai pensé que tu préférerais peut-être passer les premières journées en bas, puisque tu seras souvent seul. »

Elle s'était retournée pour voir sa réaction mais Gabin s'était contenté de hocher la tête, et elle n'avait pas su interpréter sa réponse.

« Il y a un petit bistrot en face de chez nous, je les ai prévenus de ton arrivée. La patronne m'a dit que tu pouvais venir prendre une limonade quand tu le voulais. Elle est gentille, tu verras. Peut-être que cette semaine, tu pourrais y passer tes après-midi ? De cette façon, tu aurais toujours de la compagnie. »

Gabin était resté mutique. Emma avait profité d'un tronçon de route droite pour le regarder encore une fois. Il avait les yeux fermés, et les mâchoires serrées. Elle avait ralenti : les cahots devaient le faire souffrir. Et comme il lui semblait que parler était la façon la plus efficace de le détourner de sa douleur, elle avait continué sur sa lancée :

« La chambre du bas est assez petite. Ce n'est pas vraiment une chambre, d'ailleurs, c'est une annexe à la salle d'attente. J'ai pourtant réussi à y faire entrer un lit, et pour tes siestes en journée, je pense que ça conviendra. À l'étage, nous avons une chambre d'amis. Les fenêtres donnent à l'est, donc tu verras : le matin, elles sont inondées de lumière. La pièce est tout au bout de l'appartement, il y a une très jolie vue sur l'église Saint-Marcel et tu y seras tranquille. »

Elle avait tu, par contre, qu'elle espérait surtout qu'ainsi les cris de Gabin ne réveillent pas François. Elle ne savait pas trop à quoi s'attendre en la matière. Marie lui avait raconté combien les nuits étaient éprouvantes à la ferme, mais lui avait également confié que si elle avait eu les moyens d'isoler Gabin dans une pièce éloignée, elle aurait sans doute pu le garder. Emma n'avait pas osé interroger son mari sur ce qu'il conviendrait de faire si, d'aventure, le garçon ne parvenait pas à trouver le sommeil. Le plus simple sans doute serait de demander à Gabin ce qui le maintenait éveillé, nuit après nuit. Elle ignorait comment aborder la question, mais elle décida de se faire confiance, et de faire confiance à Gabin. C'était toujours ainsi qu'elle récoltait les meilleurs résultats avec ses élèves. À cet âge, ils apprécient avant tout qu'on les considérât comme capables de prendre leurs propres décisions. Quant à François, l'enjeu serait d'obtenir son assistance sans qu'il se sente submergé et se voie dans l'obligation de placer Gabin.

Deux des apprentis qu'elle logeait vinrent aider Emma. Ils montèrent les cageots de fruits et légumes, tandis qu'elle soutenait Gabin dans les escaliers. Arrivés dans la cuisine, Emma lui avança une chaise, et le jeune garçon ne put retenir un cri de douleur en s'asseyant. Il n'avait encore jamais fait autant d'efforts depuis « l'accident », comme il disait, par égard pour son grand-père. Quelques jours plus tôt, à la ferme, il avait demandé de ses nouvelles à Andrio.

« Il cuve comme d'habitude, que veux-tu qu'il fasse d'autre ? lui avait répondu le vieillard d'un ton mordant. T'inquiète pas de lui. Roberjo et moi, on l'a à l'œil. »

Gabin n'avait rien ajouté. Il n'avait pas osé avouer à Andrio que sa question traduisait une inquiétude sincère pour le gros Auf. Il aurait eu du mal à expliquer comment c'était possible, mais il se rendait compte qu'il était attaché à son grand-père, comme à sa grand-mère qui lui manquait parfois depuis qu'elle était morte. Tous deux ne s'étaient jamais trop soucié de lui, c'est vrai ; mais quelquefois, ils le regardaient avec beaucoup de tristesse et un peu de tendresse, et cela lui rappelait sa mère. C'était une sensation fugitive, une chaleur soudaine qui lui empoignait le cœur. Ce souvenir flou d'un regard doux posé sur lui, c'était le seul qu'il gardait de sa mère, le reste ayant fini par s'effacer, comme pour tout ce qui touchait son père. C'est pourquoi il ne parvenait pas tout à fait à haïr le gros Auf. Il demeurait le dernier lien avec ses parents, qu'il se rappelait avoir beaucoup aimés, et aussi beaucoup pleurés.

À présent, il ne pleurait plus. Ces dernières semaines, la souffrance physique lui avait parfois arraché des larmes, mais pas le chagrin. Il n'aurait pas su dire s'il l'avait un jour décidé ou si ça c'était fait tout seul, au fil des ans ; mais désormais, quand il devait faire face à une situation difficile ou inconnue, c'était comme un rempart qui se montait entre la vie et ses émotions. Il ne ressentait plus rien pendant quelque temps. Puis, lorsqu'il s'était habitué aux choses, que des rituels se créaient, il revenait peu à peu à lui, et il parvenait de nouveau à rire ou à se mettre en colère.

À la ferme, après son retour de l'hôpital, le rempart qui s'était dressé sous les coups de son grand-père avait fini par s'effriter, mais il était réapparu quand Marie lui avait annoncé qu'il allait partir. Là, installé dans la cuisine d'Emma qui lui tendait un verre d'eau fraîche, face aux deux apprentis à peine plus vieux que lui qui le scrutaient, il n'était plus qu'un mur, à nouveau. Il savait qu'il devait dire quelque chose, mais rien ne vint. Il but son verre d'un trait et attendit, la tête rentrée dans les épaules, le regard fuyant, qu'on décidât de le laisser en paix. Sa jambe gauche le lançait, et c'était tout ce qu'il ressentait. Emma lui dit quelques mots qu'il ne comprit pas, et par habitude il hocha la tête. Elle lui sourit alors, et posa un instant une main sur son épaule. Cela le fit tressaillir.

« Je renvoie les deux forçats et je réchauffe les lentilles d'hier soir, finit-il par saisir. Je ne sais pas à quelle heure François rentrera. On commencera à manger sans lui. »

7

Toute la nuit, Emma tendit l'oreille, à l'affût du moindre bruit. Comme deux pièces séparaient la sienne de celle de Gabin, elle devait se concentrer pour faire le tri dans tous les sons qui lui parvenaient. Elle se leva plusieurs fois pour se planter devant la porte du garçon, guettant un gémissement, un cri étouffé. Elle ne voulait pas le laisser livré à lui-même dans un endroit peu familier, mais plus encore, elle craignait que les éventuelles manifestations de son effroi ne troublent le sommeil de François avant qu'elle ait pu intervenir. Ce dernier avait à peine vu Gabin la veille. Il avait fait une réapparition à l'appartement en début d'après-midi, alors que le garçon venait de rejoindre sa chambre pour une sieste, puis était reparti jusqu'à l'heure du dîner. Il était revenu de mauvaise humeur, fatigué par sa semaine sans repos, agacé par des patients exigeants et peu reconnaissants du temps qu'il leur accordait. Gabin, de son côté, semblait toujours éteint. François lui avait souhaité la bienvenue et lui avait posé quelques questions, auxquelles le garçon avait invariablement répondu en secouant la tête, le nez dans son assiette. Longueville l'avait regardé quelques instants en fronçant les sourcils, s'était tourné vers sa femme qui avait haussé les épaules d'impuissance, et s'était tu. Il se sentait trop épuisé pour imposer une conversation au gamin obtus qui lui faisait face, et jugea donc que pour ce soir-là, il avait assez fait preuve de civilité. Une fois le repas achevé en silence, François et Gabin s'étaient retirés chacun dans leurs chambres. Emma, comme souvent, avait passé la soirée seule avec ses livres, le corps tendu pourtant, et l'oreille déjà dressée, comme si c'était d'un nouveau-né qu'elle avait la garde.

Mais rien n'était venu troubler cette première nuit. Vers 3 heures du matin, elle avait perçu à travers la porte de Gabin un souffle puissant et régulier qui trahissait un sommeil profond. Lors de ses précédentes rondes, aucun son, pas même un grincement de lit, n'avait filtré de la chambre. Emma choisit de lâcher prise à son tour et parvint à se reposer quelques heures.

Vers 7 heures, entendant Gabin remuer dans son lit, elle alla frapper à sa porte, avant de l'entrebâiller sans attendre une réponse qu'elle n'était pas sûre d'obtenir.

Le jeune garçon était assis dans son lit et esquissait un sourire. Prenant cela comme une invitation, Emma entra dans la chambre et entrouvrit les rideaux, ce qui suffit à éclairer la pièce d'une lumière éclatante.

« Je t'avais dit que le soleil serait vif, le matin. »

Emma se retourna, s'approcha de Gabin toujours appuyé contre la tête de lit, et observa son visage quelques secondes :

« Tu as bien dormi ? »

Gabin baissa les yeux et marmonna un « oui ». Emma mit un doigt sous le menton du garçon et lui leva la tête pour le forcer à la regarder.

« Ne me mens pas pour me faire plaisir, Gabin : tu as l'air épuisé. »

L'enfant soutint son regard, mais n'ajouta rien. La jeune femme soupira et s'assit face à lui, sur le bord du lit.

« Tu es resté éveillé longtemps, non ? Mais tu as bougé le moins possible pour ne pas nous alerter. »

Devant l'air surpris de Gabin, elle avoua :

« J'ai… un peu épié. Tu n'arrivais pas à dormir, ou tu ne voulais pas dormir ?

— Quand je m'endors, j'fais des cauchemars. Ça gênait tout le monde à la ferme. J'sais que c'est pour ça que votre sœur m'a renvoyé. Et j'sais aussi que m'sieur Longueville aime pas trop que j'sois ici », lâcha Gabin d'une traite, les dents serrées.

Ils restèrent silencieux un moment puis Gabin reprit, d'une voix plus assurée :

« Je préfère essayer de m'endormir le plus tard possible, comme ça, si je fais des cauchemars, il fait déjà jour quand je me réveille. »

Emma réfléchit un instant et lui demanda :

« Tu voudrais encore dormir, maintenant ? Avec le jour qui entre à travers les rideaux, tu ne serais pas plus rassuré ?

— C'est vrai, je pourrais ?

— Évidemment ! Pourquoi ça te surprend ?

— C'est qu'à la ferme, m'dame Marie voulait pas trop que j'traîne au lit. Les premiers temps, quand j'pouvais pas me lever, si, bien sûr. Mais après, elle disait qu'elle voulait aérer le lit, et surtout que le médecin avait bien insisté pour que je change souvent de position. Mais j'aurais bien aimé me rendormir, moi. Le bruit des bêtes, de la cuisine, du travail, ça m'aurait pas gêné, au contraire. J'pense que ça aurait plutôt fait fuir les mauvais rêves.

— Mais Marie, elle aime que sa maison tourne rond, n'est-ce pas ? répliqua Emma dans un sourire. Seule la nuit est faite pour dormir. Je vois le tableau, oui. Elle était plus coulante avant la mort de Martin. Maintenant, c'est la patronne, hein ? »

Gabin eut l'air gêné.

« J'l'aime bien, vous savez, m'dame Marie. J'voulais pas dire que…

— Je sais, ne t'inquiète pas, le coupa Emma. La seule chose qui compte, c'est qu'ici, tu peux dormir tout ton soûl jusqu'à midi. Ça ne gênera absolument personne, et même, personne ne le saura. François est à son cabinet toute la matinée, et au-dessus, les apprentis sont au travail depuis belle lurette. »

Emma se leva vivement en entendant sonner la demie :

« Il faut que je file à l'école. Repose-toi, surtout, sinon tu ne remarcheras jamais. »

8

Les choses s'organisèrent tranquillement. Durant la dernière semaine de classe, Gabin se reposait jusqu'au retour d'Emma. S'il en avait fini avec ses consultations, François montait et déjeunait avec eux. Puis, en repartant pour l'école, Emma aidait Gabin à s'installer au rez-de-chaussée. Le jeune garçon partagea ses premiers après-midi en ville entre courtes sorties dans la rue et lecture des revues qu'Emma avait déposées à son attention dans la petite pièce qui lui était dévolue. Parfois, il s'amusait à tendre l'oreille pour discerner les conversations des patients dans la salle d'attente. Le mercredi suivant son arrivée, il se risqua jusqu'au bistrot d'en face, où la patronne l'accueillit à bras ouverts, et lui offrit limonade sur limonade tout en lui dressant le portrait de chaque commerçant du quartier. Le soir même, Emma alla chercher Claire à La Vineuse. Marie l'avait autorisée à passer le 13 et le 14 juillet chez sa tante et son oncle, afin de tenir compagnie à Gabin. Comme ces journées furent calmes pour le docteur Longueville, c'est à quatre qu'ils participèrent aux réjouissances organisées pour la fête nationale. Gabin commençait à trouver ses marques et s'ouvrait à nouveau. Au bal du 14 juillet, il effectua quelques pas de danse exagérément maladroits, en appui sur ses béquilles, pour amuser Claire.

Ensuite, les moissons démarrèrent à La Vineuse, et la fillette ne fut plus autorisée à revenir à Cluny avant la mi-août. Il lui fallait prendre en charge le travail laissé par Gabin, car sa mère tenait à donner un coup de main aux champs. Marie n'oubliait pas combien ses voisins l'avaient soutenue lorsqu'elle avait repris seule l'exploitation. Offrir ses forces et nouer en compagnie des autres femmes du hameau les gerbes abattues par les moissonneurs était une façon de les remercier, année après année. Claire devait donc nourrir les bêtes, ramasser les fruits avec Roberjo, ou les légumes avec Jeanne. De son côté, Gabin refusait toujours de revenir à La Vineuse. Il se sentait inutile à la ferme, alors que plus il découvrait la ville, plus il s'y attachait. La corne ayant fini par recouvrir ses paumes, il devint bientôt fort agile avec ses béquilles et parcourait de long en large toutes les ruelles du quartier Saint-Marcel, nourri par les odeurs lourdes qui fuyaient des boulangeries et des auberges, et les descriptions pittoresques de la bistrotière qui lui offrait chaque jour un rafraîchissement. Plusieurs fois par semaine, Emma l'obligeait à s'entraîner à plier le genou gauche et à marcher avec une seule béquille, le long du couloir de leur appartement, en s'aidant du mur. Il rechignait chaque fois à ces exercices qui le faisaient souffrir et progressait peu, ce qui semblait davantage ennuyer la jeune femme que lui.

Un jour, vers la fin juillet, elle le surprit plongé dans un numéro de *Ciné-Miroir*, en admiration devant une photo de Jean Gabin embrassant Arletty. Il rougit un peu en remarquant Emma en train de l'observer, mais garda le magazine ouvert et dit :

« Gabin, c'était pas son nom au départ, mais un de ses prénoms. À l'école, les autres m'appellent Jean Gabin, et pour les faire rire, je me coiffe les cheveux bien lisses en arrière, je serre les lèvres et prends une pose avec les yeux bien profonds comme sur les portraits que l'on voit de lui. Ça fait comme ça. »

Gabin se redressa, passa la main dans ses cheveux pour les discipliner, rentra le menton, tourna la tête pour fixer Emma de côté et prit un air pénétrant. La jeune femme éclata de rire, puis, plus sérieusement, lui demanda :

« Tu es déjà allé au cinéma ?

— Bah non, c'est pas mes grands-parents qu'allaient m'emmener. Je regarde les photos des acteurs et les affiches des films sur les journaux, c'est tout.

— Ça te dirait d'aller voir le dernier film avec Jean Gabin ? Celui dont tu regardes les photos, *Le jour se lève*. On pourrait y aller samedi soir, avec François.

— Vrai de vrai ?

— Oui ! Et si François ne peut pas, on ira tous les deux. »

Gabin la regarda, émerveillé, et hocha vigoureusement la tête.

De nombreuses fois après la séance, il reparla du film avec Emma. Il avait absorbé chaque scène comme si elle se déroulait réellement devant lui. Il avait sursauté aux coups de feu, détourné les yeux quand les protagonistes s'embrassaient, et s'était recroquevillé sur son siège quand la mort avait frappé. Malgré cela, assailli par la musique, happé par la présence des acteurs qu'il écoutait sans vraiment entendre et dont il admirait l'aisance sans bien comprendre ce qu'ils jouaient, il n'avait pas tout saisi de l'histoire. Emma lui expliqua comment le réalisateur, Marcel Carné, avait construit son film en commençant par la fin et en s'appuyant sur des retours chronologiques, ce qui était vraiment novateur. Alors, ensemble, en rassemblant leurs souvenirs, Emma et Gabin remirent les faits à l'endroit. Le jeune garçon resta longtemps hanté par cette histoire, et surtout par la solitude et la détresse du personnage joué par l'autre Gabin.

Lorsque François Longueville était absent ou déjà couché, Gabin passait ses soirées en compagnie d'Emma, dans le salon. Les autres jours, il laissait le couple en tête à tête, mais il n'était pas rare que la jeune femme vînt discuter un petit moment avec lui, dans sa chambre, juste avant de rejoindre le lit conjugal. Elle l'autorisait à veiller très tard et à dormir longtemps le matin. Lorsque François faisait une remarque, après avoir vu la lumière filtrer sous la porte de Gabin au milieu de la nuit, elle rétorquait :

« Laisse-le, c'est sa façon d'apprivoiser l'obscurité. Les choses rentreront dans l'ordre toutes seules, au plus tard à la rentrée, quand il devra à nouveau se soumettre au rythme scolaire. »

Les premiers temps, Emma avait craint que le garçon se sentît désœuvré et abandonné lors de ces longues heures de veille seul dans sa chambre. Puis elle s'était aperçue que Gabin prenait beaucoup de plaisir à lire. Il dévorait tous les journaux et revues qui lui passaient sous la main, également les livres, qui étaient rares à La Vineuse, mais remplissaient des étagères entières chez les Longueville. Emma lui conseilla quelques œuvres plus accessibles à son âge, comme *Le capitaine Fracasse* ou *Les Trois Mousquetaires*, mais le laissa aussi fureter à son aise dans sa bibliothèque. Gabin, de son côté, demandait des éclaircissements à Emma sur la situation politique en France et en

Europe. D'abord réticente à partager ses craintes avec lui, elle finit par lui livrer sa vision des choses, la certitude qui l'habitait depuis longtemps qu'il fallait se préparer à une guerre contre l'Allemagne. Elle lui expliqua aussi combien elle avait fondé d'espoirs sur le Front populaire en 1936, et combien elle avait été déçue par son incapacité à enrayer la hausse des prix et par son refus de soutenir les Républicains espagnols face aux franquistes.

« Depuis trois ans, nous ne vivons plus qu'une lente déliquescence. *(Elle expliqua le mot à Gabin, et continua.)* Ça ne va pas s'améliorer. On ne peut rien faire sans prendre l'avis des Anglais, et les Soviets ne se décident pas à rejoindre notre alliance : au train où vont les choses, on mangera bientôt dans la main d'Hitler. »

Souvent, Emma s'emballait, mélangeait plusieurs sujets ; mais si Gabin peinait à la suivre, il se gardait bien de l'interrompre. Ce qu'il comprenait, ajouté à ses lectures assidues du *Courrier* qui arrivait chaque jour chez les Longueville, l'aidait à se faire sa propre idée des choses. Une ou deux fois, Emma lui passa un numéro de l'*Humanité* qu'elle avait rapporté de ses réunions à l'Union syndicale des enseignantes. Elle-même avait renoncé à acheter ce journal après son mariage, pour ne pas faire du tort à François, et demandait à Gabin de le mettre à brûler dans le fourneau une fois lu, car Longueville, bien que tolérant les idées très à gauche de sa femme, n'aimait pas voir traîner ce genre de presse chez lui.

Au fil des semaines, Emma découvrait Gabin. Elle avait cru le connaître, depuis le temps qu'il côtoyait la ferme de sa sœur, mais elle s'apercevait qu'elle l'avait toujours considéré à travers le binôme fusionnel qu'il formait avec Claire, et jamais comme une individualité. Leurs échanges quotidiens lui révélaient un être avide de comprendre le monde qui l'entourait. Il se livrait lui-même très peu, et elle ignorait beaucoup de ses peurs et de ses rêves ; mais il posait parfois des questions acérées sur un point d'actualité ou une situation de roman qui manifestaient une intelligence déjà vive et, pensait Emma, encore sous-employée. Ils lisaient les journaux ensemble, après le déjeuner, et la jeune femme trouvait du soulagement à parler avec Gabin de la guerre qui semblait à présent inévitable. Elle était profondément pacifiste, comme la plupart de ses contemporains, mais elle considérait que se revendiquer comme tel ne signifiait pas qu'il fallait fermer les yeux devant les intentions bellicistes du voisin. Surtout, elle ne voulait pas d'une paix nourrie de lâchetés.

« Nos hommes politiques sont froussards, expliquait-elle souvent. Par peur de la guerre, Blum s'est couché devant les Anglais, et on a laissé des milliers d'Espagnols se faire massacrer. On a repris la parole donnée à la Tchécoslovaquie parce qu'Hitler promettait mille ans de paix en contrepartie ! Depuis, on ne fait que signer des pactes de non-agression. La belle paix que voilà, à compter et recompter sans cesse ceux qui pourraient nous tomber sur le coin de la figure ! »

Gabin était le seul à qui elle pouvait confier cela. François avait depuis longtemps décidé de ne plus parler de politique pour éviter toute tension avec les diverses personnalités et tempéraments que son métier l'amenait à côtoyer. Il ne dérogeait pas à cette règle avec Emma, sachant combien le sujet était sensible pour elle. Le souci de Marie se portait essentiellement sur le prix des produits maraîchers et de la viande, et elle suivait l'actualité sans autre intérêt. Emma n'aurait su dire ce que son frère Pierre pensait de ses propos. Il prêtait volontiers l'oreille à ses analyses, mais ne réagissait jamais autrement qu'en temporisant :

« Tu t'inquiètes trop, Emma. Le moment venu, tout le monde saura bien prendre ses responsabilités, s'il le faut. »

Quant à Jeanne, elle refusait obstinément l'idée de la guerre.

« Celle de 14, c'était la Der des Ders. Ils feront tout pour la paix », répétait-elle.

Emma ignorait ce que ce « ils » recouvrait vraiment dans l'esprit de sa mère, mais savait que celle-ci souffrait toujours de la disparition de son frère en 1918, et qu'il lui était intolérable d'imaginer Pierre mobilisé à son tour. Emma se gardait donc d'insister, et se retrouvait à s'épancher auprès d'un jeune garçon qui n'avait pas encore douze ans, mais qui lui accordait l'attention douloureuse et concernée dont elle avait besoin.

9

L'après-midi était à peine entamé lorsque l'on frappa au bureau de Pierre, à l'imprimerie. Il répondit machinalement et ne leva pas la tête quand la porte s'ouvrit, persuadé qu'il s'agissait de l'apprenti chargé de lui déposer les épreuves d'affiches commandées par la mairie. Son second, Ferdinand Tissot, s'occupait généralement des dernières vérifications, mais il était parti la veille en congés payés et campait depuis avec femme et enfants au bord d'un lac en Auvergne.

« Monsieur Cathelan, excusez-moi de vous déranger. C'est madame qui m'envoie… » lâcha une voix hésitante au bout d'une dizaine de secondes.

Pierre se redressa brusquement en entendant son domestique :

« C'est le bébé ?

— Oui, monsieur, il arrive.

— Où en est le travail ?

— Je ne saurais trop dire, monsieur, mais la sage-femme est déjà sur place.

— Allez devant, je vous suis. »

Le domestique avait laissé la porte ouverte en partant, et Pierre se leva pour la fermer, avant de se rasseoir lourdement dans son fauteuil. Il hésitait sur la conduite à tenir : rentrer immédiatement chez lui, ou finir la tâche qui l'occupait juste avant l'interruption. L'accouchement de Victoire, leur premier enfant, avait été interminable, et Louise s'était montrée particulièrement hargneuse envers lui durant ces heures douloureuses. Tantôt elle le blâmait d'être dans ses pattes alors que, sur les conseils de la sage-femme, elle déambulait dans la maison pour faire descendre l'enfant. Tantôt elle lui reprochait d'être indifférent alors qu'il n'osait plus lui parler ni même l'approcher. Puis il y avait eu ces deux dernières heures où elle n'avait cessé de hurler. La chambre avait été interdite à Pierre, bien sûr, mais par solidarité, inquiétude et impuissance, il n'avait pas voulu s'éloigner, et avait fait les cent pas devant la porte, tout prêt à maudire l'enfant qui déchirait son épouse. Enfin, les pleurs du bébé avaient jailli, et jamais cri ne lui avait procuré plus de soulagement.

Ce fut tout l'inverse pour le deuxième. Pierre, anticipant à tort une nouvelle attente insupportable, avait choisi de faire un saut à Bergesserin chez l'un des plus anciens clients de l'imprimerie qui l'avait fait mander. Il était rentré à la nuit tombée et avait découvert sa femme fulminante, leur fils dans les bras. Pierre-Louis était né trois heures plus tôt, après un accouchement très rapide, et Louise, d'abord enchantée d'avoir donné naissance à un garçon, avait laissé la colère l'envahir devant la désertion manifeste de son mari.

Prudent, Pierre avait sondé François Longueville, son beau-frère, afin d'avoir une idée précise du temps que prendrait ce troisième accouchement.

« Il n'y a pas de règle, lui avait répondu celui-ci en souriant ; mais généralement, le troisième arrive plus vite que le premier, mais moins que le deuxième. »

Cela l'avançait assez peu. Il laissa son regard errer sur les contrats étalés devant lui et songea à ce que ce serait de devenir père à nouveau. Trois enfants en trois ans ! Il se remémora le désir de maternité de Louise qui s'était exprimé si fortement après leur mariage, et la fausse couche qui lui avait presque fait perdre la raison. Puis Victoire était née. Ce prénom se voulait un hommage à Victor, le père de Louise ; mais il signifiait encore davantage pour elle – des événements auxquels Pierre aurait voulu ne plus penser. Louise avait décidé des prénoms de leur fille et de leur fils. Pour cette troisième naissance, Pierre avait obtenu que le choix lui revînt. Ce serait Henri, si la sage-femme ne se trompait pas en affirmant qu'un garçon s'annonçait. Henri.

Un prénom qui ne lui rappelait rien ni personne. Pierre avait ainsi l'impression que cet enfant-là serait plus sien que les précédents. Sauf si Emma avait raison au sujet de la guerre et qu'il risquait d'être mobilisé pour un temps indéfini. Il était gêné par l'obsession de sa sœur à ce propos, mais il ne pouvait s'empêcher de prêter attention à ses craintes. Elle était née en 1908, elle savait ce que c'était de grandir en temps de guerre, de voir les femmes en pleurs, et les hommes revenir la gueule cassée. Lui était né en 1913 et avait peu de souvenirs. Il se rappelait surtout les propos de son père qui n'avait cessé de lui raconter la guerre, comme seul un homme qui n'avait pas été mobilisé pouvait le faire. Parce que Pierre l'avait constaté : les hommes revenus vivants des tranchées n'en parlaient pas, ou alors juste entre eux, par allusions voilées. Mais son père n'avait pas supporté que son âge déjà avancé l'empêchât de s'engager, et il s'était nourri de tous les articles de propagande qui étaient parus. Puis il avait tiré de la victoire française une fierté si déplacée qu'on la devinait vierge de tout contact avec l'inhumanité du conflit.

Pierre tenta de s'imaginer ce que ce serait d'être soudain mobilisé. Tout quitter en quelques heures… et peut-être rejoindre une cohorte de noms sur un monument aux morts. Il ne parvenait pas à ressentir de la peur à cette perspective. Il ne pouvait s'imaginer face à un Boche, fusil sous le bras, prêt à tirer.

Cela n'excitait rien en lui. Par contre, être autorisé, contraint même, à laisser en plan l'imprimerie, voilà qui était presque séduisant. Elle pourrait tourner un temps sans lui. Ferdinand Tissot y travaillait depuis des décennies et n'avait plus l'âge d'être mobilisé : il pallierait son absence. Les employés étaient majoritairement des femmes : même en temps de guerre, la plupart des commandes pourraient être honorées. Et Louise garderait un œil sur l'ensemble.

Pierre se sentait étranger à son propre travail, l'accomplissant par devoir et habitude. Il avait pris la tête de la maison de labeur à contrecœur à la mort de son beau-père qui pourtant n'avait jamais manifesté le vœu qu'il lui succédât. Pierre avait d'autres rêves qu'il avait dû tuer dans l'œuf, sous la pression de Louise et de sa propre famille, ce qu'il n'avait jamais accepté, même s'il n'en parlait pas. Pour permettre à sa sœur Marie de conserver sa ferme, il l'avait secondée de longs mois et avait pris goût aux travaux des champs. Puis, alors que tout commençait à bien marcher, Marie l'avait chassé, sous prétexte qu'il devait se consacrer à l'imprimerie et à sa femme enceinte. S'il avait eu le choix, lui aussi aurait acquis une exploitation. Paysan, voilà ce qu'il voulait être – métayer au moins, pour avoir le sentiment d'avoir un pied dans la terre. Sauf que Louise ne supporterait pas même qu'il en évoquât l'idée !

Pourtant, il fut un temps où s'imaginer à la tête de l'imprimerie lui avait paru exaltant. Mais il fallait remonter à l'époque de ses fiançailles, une période presque insouciante qui avait pris fin la nuit même de ses noces, avec le suicide de Martin. Sa vie avait déraillé à ce moment-là et il gardait un goût amer de sa première année de mariage. D'autant que tout le monde, dans sa famille, paraissait s'être remis de cette tragédie. Il semblait être le seul à en payer encore le prix, quatre ans après. Alors oui, partir à la guerre, aujourd'hui ou demain, ne serait-ce pas libérateur ?

Pierre secoua la tête et se morigéna. Il divaguait. Personne ne pouvait avoir un tel souhait ! C'était de sa faute s'il n'avait pas réussi à imposer son tempo à l'imprimerie. Ce n'était pas les idées qui lui manquaient, pourtant : se spécialiser dans les compositions difficiles, les textes anciens ou les publications savantes, acquérir des machines plus modernes, ouvrir en parallèle une maison d'édition… Les projets étaient précis dans son esprit, mais il ne parvenait pas à trouver l'énergie et le dynamisme pour s'y consacrer. Alors, il laissait l'imprimerie suivre son cours immuable depuis la mort de son fondateur, conscient qu'il s'agissait là de la voie de l'échec, à moyen ou long terme.

Après de longues minutes de rumination, il soupira et se leva : il lui fallait rejoindre sa femme.

10

Malgré l'urgence, il renonça à prendre sa voiture pour rallier sa maison. Il ignorait quelle serait l'ambiance chez lui, et préférait différer un peu le moment d'affronter la souffrance, l'attente anxieuse, la colère peut-être : avec Louise, on ne pouvait jamais savoir. Au fil des années, il s'était accommodé de ses sautes d'humeur et de ses exigences qui trahissaient une enfance gâtée. L'imprimerie au moins lui était utile à cet égard. Il pouvait s'y réfugier sans justification, en attendant qu'elle revînt à de meilleurs sentiments lors de leurs différends. Il l'aimait malgré cela, à certaines périodes plus qu'à d'autres – mais n'était-ce pas le lot des mariages ? Puis, à côté de ses quelques défauts exaspérants, Pierre lui reconnaissait une grande qualité : elle était une mère admirable, surtout si l'on songeait qu'elle-même avait grandi sans connaître la sienne. Elle était toute dévouée à

Victoire et Pierre-Louis, faisant preuve à leur égard d'une patience et d'une douceur dont Pierre n'avait jamais bénéficié, ou alors il y a longtemps, avant leur mariage. Elle avait catégoriquement refusé la nurse qu'il la pressait pourtant d'embaucher. Elle veillait sur chaque repas, chaque rhume, réconfortait après chaque cauchemar, consolait après chaque chute. Les grossesses l'embellissaient, physiquement et moralement. Elle gagnait en rondeur de caractère et en charme. Pierre était déjà nostalgique de cette période, dont l'accouchement en cours sonnait le glas. Mais il était fier aussi de la fertilité de sa femme, qui lui donnait de beaux enfants, en bonne santé. Pourvu que ce soit un fils, encore ! Il tenait à son petit Henri. Il accéléra le pas à cette idée. Tant pis si le temps était toujours aux douleurs : il pouvait bien faire un effort.

Il remonta l'allée ombragée et aperçut les hommes de la maison – valets, chauffeur et jardinier – qui fumaient devant la porte de service. Ils étaient sortis par pudeur, pour échapper aux cris, à la femme de chambre affairée, aux ordres de la sage-femme survoltée. Pierre connaissait cela. Voilà qui prouvait qu'il n'était pas en retard. Il fit un détour vers eux pour commander au jardinier un bouquet de fleurs fraîches. Il passa ensuite dans la cuisine où se morfondait la cuisinière inutile à Louise en cet instant, et se fit servir un verre d'eau, puis un café. Enfin, il monta dans son bureau et saisit les boucles d'oreilles qu'il avait achetées pour l'occasion. Après avoir glissé l'écrin dans sa poche, il se dirigea vers la suite conjugale, prêt à patienter le temps nécessaire.

Il arrivait tout juste devant la porte de la chambre quand celle-ci s'ouvrit sur la sage-femme, ruisselante de sueur, le nouveau-né emmailloté dans ses bras. Elle le lui tendit, comme si elle s'attendait à ce qu'il fût là, et il le prit délicatement, sans oser formuler la question qui le taraudait. Elle vint à son secours :

« Un solide petit gars que voilà ! Félicitations ! »

Pierre sentit son cœur gonfler d'allégresse. Il pénétra dans la pièce, cherchant à capter le regard de Louise. Les joues roses, assise dans leur lit, elle s'éclaira en le voyant. C'est à cet instant que la cuisinière entra avec le délicat bouquet réalisé sur le vif par le jardinier. Pierre admira le parfait enchaînement des événements, qui lui permit de jouir du sourire éclatant de son épouse. Assurément, Henri naissait sous une bonne étoile.

11

Au début du mois d'août, Emma décida qu'il était temps pour Gabin de commencer à rattraper son retard scolaire. Il avait manqué deux mois de classe, mais Emma l'ayant toujours vu traîner des pieds pour aller à l'école, elle craignait de devoir combler des lacunes bien plus importantes que celles laissées par les quelques semaines manquées à cause de l'agression du gros Auf. Elle profita d'une visite chez sa sœur pour s'entretenir avec le maître d'école de La Vineuse, monsieur Griset, et récupérer les cahiers de Gabin. Elle fut sidérée par ce qu'elle découvrit. Gabin était en réalité un excellent élève, volontaire, travailleur et assez brillant. S'il renâclait à aller en classe, c'était parce qu'il s'y ennuyait la plupart du temps. Il finissait ses devoirs avant tout le monde et passait, semblait-il, le reste du temps à rêvasser ou à distraire ses camarades. Griset avait souhaité le présenter au certificat d'études cette année même, persuadé de sa réussite, et avait été fort ému d'apprendre le mal qui l'avait touché. Il indiqua à Emma qu'il était passé voir monsieur Auffrey au mois d'avril pour savoir où il avait prévu d'envoyer son petit-fils continuer ses études, préconisant pour sa part l'École pratique de Cluny, mais qu'il avait été fraîchement accueilli par le vieil homme.

« C'est ma sœur qu'il fallait convaincre ! s'exclama Emma. Vous le saviez, pourtant, que Gabin passait ses journées chez elle.

— Hum, oui ; c'est pourquoi j'ai dit à Gabin de demander à madame Etcheberry de passer dans ma classe quand elle aurait le temps, pour parler de son avenir avec elle. Mais le gamin m'a répondu que sitôt son certificat en poche, il aiderait votre sœur à la ferme, qu'il lui devait bien ça. Il a même ajouté que son certificat ne lui serait pas vraiment utile et qu'il ne s'y présenterait que pour me faire plaisir…

— Je crois que ma sœur n'a aucune idée des capacités de Gabin. Ces dernières semaines, j'ai bien été frappée par sa vivacité d'esprit, mais je ne soupçonnais pas l'étendue de ses talents.

— C'est un garçon très secret, renchérit Griset. S'il vit avec vous à présent, vous parviendrez peut-être à le convaincre d'aller au collège.

— C'est bien mon intention ! » assura Emma.

« Je suis allée chercher tes cahiers chez ton instituteur, déclara-t-elle d'un ton égal à Gabin le lendemain après-midi.

— Oh…, souffla le jeune garçon en baissant la tête, comme s'il craignait des reproches.

— Gabin, comment se fait-il que personne ne sait que tu es un élève brillant ? »

L'enfant resta silencieux quelques instants et finit par lâcher :

« Les gens croient ce qu'ils ont besoin de croire. Pour eux, je dois être un garnement paresseux, sans doute. »

Emma se mordit les lèvres. La finesse d'esprit de Gabin la frappait une nouvelle fois.

« Tu as tout à fait raison. Les gens, moi, François, Jeanne ou Marie, tous, nous avons des préjugés. Toi aussi tu en as. Je sais que ta courte existence ne t'a pas disposé à cela, mais il va falloir que tu apprennes à faire confiance aux personnes qui t'entourent, lui dit-elle doucement, en cherchant son regard. Que veux-tu faire plus tard ?

— Je voulais travailler à la ferme avec votre sœur, Roberjo et Andrio. C'est la seule chose que grand-père aurait acceptée. Maintenant, avec ma jambe, c'est foutu.

— C'est peut-être foutu pour les moissons, mais Gabin, tu peux viser beaucoup plus haut. J'ai lu tes rédactions, elles sont bien tournées, profondes et drôles. Tu dois continuer tes études ! »

Le garçon secoua la tête et garda le silence.

« Écoute-moi, reprit Emma, ne pense pas à ta jambe, ni à ton grand-père, ni à tout ce qui te rend triste. Dis-moi seulement ce que tu aimerais faire si tout était possible. Quel métier te fait rêver ? Aviateur ? Pilote automobile ? Acteur ? Garçon de café ? »

Gabin sourit enfin. Il leva la tête, planta ses yeux dans ceux d'Emma et lâcha d'un ton assuré :

« Médecin. »

En voyant le visage de la jeune femme s'éclairer, il continua :

« Je le savais pas, avant. Mais à l'hôpital, j'ai compris. J'aimerais travailler auprès des enfants, m'occuper de ceux qui sont battus comme moi. »

C'était la première fois qu'il admettait avoir été maltraité, et cela sembla le soulager d'un poids.

« C'est quelque chose de tout à fait possible, Gabin ! s'enthousiasma Emma. Il te faudra travailler dur, mais tu y parviendras. François pourra t'aider…

— J'aimerais mieux ne rien lui dire pour l'instant.

— Pourquoi ça ? Il en serait heureux !

— Je ne sais pas. Il croit que je suis un peu un poids pour vous, non ? Il est toujours gentil avec moi mais parfois, quand il me fixe, j'ai l'impression qu'il voudrait me voir ailleurs. Je connais ce regard… »

Emma sut qu'il pensait à ses grands-parents, et son cœur se serra. Elle chercha ses mots.

« François t'aime beaucoup, Gabin. C'est vrai qu'il n'était pas sûr que te recevoir ici était la meilleure chose mais il pensait d'abord à ton bien-être, je te le jure. »

Gabin regardait à nouveau le sol. Emma prit sur elle.

« C'est à moi qu'il en veut, avoua-t-elle. Je l'ai mis devant le fait accompli alors qu'il aurait préféré avoir son mot à dire. Tu as l'impression qu'il te rejette mais en réalité, il aimerait juste me faire admettre que s'occuper d'un jeune garçon infirme n'est pas anodin. Mais je ne lui ferai pas ce plaisir ! D'abord parce que je me débrouille très bien, et surtout, tous les deux, on s'entend comme larrons en foire, non ? »

Gabin lui jeta un coup d'œil par en dessous et finit par éclater de rire.

« C'est vrai ? C'est comme ça quand on est mariés, alors ? C'est des chamailleries comme entre Claire et moi ?

— C'est bien pire encore ! Mais tu as le temps de l'apprendre. En attendant, on fera comme tu voudras, et tu raconteras tes ambitions à François quand l'envie t'en prendra. »

12

François laissa la porte d'entrée se refermer derrière lui et resta immobile dans le vestibule. Il y faisait frais, et c'était appréciable en ce 25 août orageux. Mais ce n'était pas pour la température qu'il y demeurait. Il se demandait dans quel état il allait retrouver Emma. Il avait élaboré quelques phrases réconfortantes, mais sans doute se révéleraient-elles vaines à calmer l'indignation de son épouse, en plus de masquer bien mal ses propres craintes, à présent que le monde avait basculé dans l'inconnu. La veille, on avait appris la signature du pacte germano-russe. Emma et lui avaient d'abord cru à une fausse rumeur, puis à une plaisanterie : pourquoi les Soviétiques, que l'on pensait si attachés à combattre le fascisme, se mettraient à table avec Hitler ?

François ne s'était jamais considéré comme un homme de gauche. En réalité, il se gardait bien d'émettre des opinions politiques. Dans son métier, la neutralité était la meilleure parade à toutes sortes de complications. Il écoutait ses patients invectiver les gouvernements, défendre leurs idées, railler celles des autres sans jamais prendre parti. Il ne manquait pas de convictions pourtant, mais il les gardait secrètes, même envers sa femme, car il ne souhaitait pas que les dîners pris en sa compagnie tournent en débat politique. Il n'était pas homme de gauche, mais il avait parfaitement compris le désarroi de son épouse qui ne cachait pas ses penchants communistes. Il voyait bien que l'accord entre l'URSS et l'Allemagne ébranlait bien davantage que les consciences gauchistes. Il menaçait l'Europe entière. Assuré de n'être dérangé ni par Mussolini au Sud ni par Staline à l'Est, Hitler avait les mains libres pour s'approprier la Pologne, et Dieu savait quoi ensuite. Emma avait donc vu juste : des temps troublés arrivaient. Cependant, elle n'aurait jamais cru que le coup de grâce serait donné par les Soviets. C'était quelque chose qu'elle n'était pas près de pardonner. Elle avait vitupéré toute la soirée. Même Gabin avait fini par la fuir et rejoindre sa chambre, alors que d'habitude, il écoutait volontiers ses diatribes. François était parvenu à l'apaiser quelque peu, en lui assurant que les communistes français ne manqueraient pas de réagir comme elle et trouveraient dans la conformité de leur désarroi de nouveaux motifs de combattre. Il n'était pas très sûr de bien comprendre lui-même ce qu'il énonçait, mais Emma avait aimé l'idée. Et voilà qu'en une de *l'Humanité* de ce jour, le parti communiste français apportait tout son soutien à Staline en saluant un pacte intelligent qui devrait réjouir tous « les amis de la paix » ! Pour la première fois de sa vie, François avait saisi un exemplaire du quotidien sur l'amoncellement hétéroclite de journaux qui servait de kiosque à l'entrée de sa rue, et s'était immédiatement plongé dans la déclaration en première page, de plus en plus atterré à mesure qu'il progressait dans sa lecture. Le vendeur l'avait interpellé, exigeant qu'il payât avant de lire.

« Ma femme est déjà venue vous l'acheter ? » lui avait alors demandé François.

Le kiosquier ayant acquiescé, François avait replié *l'Humanité* et l'avait lancé sur son comptoir.

« J'ai bien assez d'un exemplaire de ce torchon chez moi.

— Eh ! Je ne suis pas responsable du contenu des journaux, moi ! » avait rétorqué le vendeur en levant les bras.

Mais François était déjà loin. Il rejoignait à grandes enjambées sa maison.

Il monta lentement les marches vers le premier étage. Aucun cri ne filtrait de l'appartement, c'était déjà ça. À l'intérieur, il découvrit Gabin installé dans le salon à lire. Il alla vers lui et chuchota :

« Je sais qu'Emma a vu *l'Huma.* Comment va-t-elle ? »

Gabin soupira.

« Elle n'a rien dit depuis qu'elle est rentrée. Elle s'est assise à la table de la cuisine, le journal devant elle, et n'a plus bougé. Je lui ai proposé du café, j'ai même préparé le déjeuner, mais elle n'a rien voulu prendre. »

François hocha la tête et sortit du salon.

Dans la cuisine régnait une température de damnés. Sur la table, *l'Humanité* avait été réduit en fins lambeaux, qu'Emma jetait un à un dans le fourneau allumé. Elle ne manifesta rien à l'entrée de François et continua son manège jusqu'à ce qu'il ne restât plus qu'un carré de papier soigneusement découpé. Elle le saisit et le tendit à son mari qui l'observait, désarmé par son mutisme et sa froide détermination.

« Tiens, garde ça, lui dit-elle. Si un jour, je te reparle en termes complaisants des cocos ou de je ne sais quelle théorie marxiste, tu me le ressortiras. Ça me servira de leçon. »

François prit le papier et le parcourut. C'était la manchette de *l'Huma* :

l'Humanité

ORGANE CENTRAL DU PARTI COMMUNISTE FRANÇAIS (S.F.I.C.)

LE NUMÉRO : 50 CENTIMES

Fondateur : Jean JAURÈS
Paul VAILLANT-COUTURIER
Directeur : Marcel CACHIN

VENDREDI 25 août 1939
QUATRE ÉDITIONS

L'action de l'Union Soviétique

par le pacte de non-agression avec l'Allemagne

CONCOURT A RAFFERMIR LA PAIX GÉNÉRALE

Elle jette le désarroi dans le camp fasciste et transforme heureusement la situation en Extrême-Orient

A Paris et à Londres de conclure l'accord avec l'U.R.S.S. pour organiser la résistance commune à l'agresseur !

François suivit Emma alors qu'elle s'apprêtait à quitter l'appartement.

« Où vas-tu ?

— À La Vineuse, voir ma mère. La guerre est imminente, il faut que je la prépare à l'idée.

— Ne fais pas ça, Emma. Laisse Jeanne en paix : on ignore ce qui va se passer. »

Elle se retourna et le fixa quelques secondes.

« Tu ne crois pas ce que tu dis », répondit-elle lentement.

Il la regarda partir et revint dans la cuisine. Il éteignit le fourneau, ouvrit grand la fenêtre, appuya les coudes sur la balustrade et observa la rue en contrebas : les gens qui riaient sous le soleil, la cafetière qui parlait fort, les apprentis qui cassaient la croûte assis devant la vitrine du pâtissier. Des jeunes hommes de seize ou dix-huit ans. Il les connaissait tous, savait leurs prénoms, les dos qui faisaient mal, les brûlures aux mains, leurs espoirs et les peines de cœur parfois. Emma avait raison : il ne croyait pas ce qu'il disait. Ils partiraient, ces garçons. On leur collerait un fusil dans les mains, on leur désignerait l'Allemand là-bas, et leur vie serait à jamais abîmée.

13

Louise reprenait son souffle, allongée sur le dos aux côtés de Pierre. Ils s'étaient retrouvés pour la première fois depuis la naissance d'Henri. Pour la première fois depuis un mois et demi, les enfants leur avaient accordé une heure d'intimité et de tendresse sans interruption, sans réveils intempestifs. C'était comme s'ils savaient qu'il n'y aurait plus avant longtemps de père pour embrasser et étreindre leur mère.

Les fenêtres étaient grandes ouvertes et, sous le phare de la pleine lune, le mobilier de la chambre se détachait nettement. Si elle s'était tournée vers lui, Louise était certaine qu'elle aurait vu Pierre fixant le plafond, comme elle en cet instant.

La mobilisation générale avait été décidée par le gouvernement, les affiches avaient fleuri sur les murs de la ville, et si on avait encore voulu ignorer l'affaire, le tocsin avait sonné une heure durant pour souligner l'irrémédiable : la France entrait en guerre contre l'Allemagne. Louise entendait Pierre respirer. Sans doute devrait-elle prolonger cette intimité, l'assurer de leur complicité, lui faire connaître pour quelques heures encore la chaleur et la douceur du foyer. Mais l'instant était passé et ils étaient déjà seuls, chacun sur des chemins qui se séparaient. Pierre partait demain pour Mâcon ; il rejoindrait ensuite Dijon et après, ce serait le front. Un lieu, une réalité dont elle et lui ignoraient tout. Et si ça durait quatre ans, comme la dernière fois ? Ou plus ? Comment l'imaginer ?

Louise restait. D'une certaine façon, elle trouvait ça pire. Quand Pierre faisait son service militaire, juste avant leur mariage, elle avait déjà dû l'attendre, et cela lui avait paru interminable. Mais alors, il ne risquait pas sa vie. Il ne changeait pas sans cesse d'endroit, il n'avait pas face à lui des milliers de Boches prêts à le tuer, sans état d'âme. Il n'avait pas trop faim, ni trop froid, ni trop peur. Il était sûr de rentrer. Et tous deux connaissaient la date de son retour, forcément festif, puisque célébré par leurs noces. Elle restait, et il n'y aurait plus que des femmes, partout. Louise avait toujours vécu avec un homme : son père, Victor Deschanel, puis Pierre. Elle avait été et elle demeurait leur protégée. Certes, depuis la mort de son père et la naissance de ses enfants, elle s'était découvert des ressources insoupçonnées. Mais elle savait déjà qu'elle n'aimerait pas la compagnie exclusive des femmes. Car les femmes de sa famille et celles de l'imprimerie ne l'appréciaient pas vraiment ; et même ici, dans sa maison, elle inspirait plus de crainte que d'affection à ses domestiques. Or tous les hommes de la maison étaient mobilisés, ainsi qu'une grande part de ceux de l'imprimerie. Même Ferdinand, le second de Pierre, âgé de quarante-huit ans. Tout comme son frère Roberjo, bien que quinquagénaire. François Longueville également. Trois hommes qui se croyaient pourtant à jamais délivrés de la guerre. Trois hommes qui s'étaient toujours montrés bienveillants envers elle. Trois hommes qui, là où ils se trouvaient, savaient apaiser et mettre du liant par leur présence tranquille.

À Cluny et dans la région, la seule famille de Louise était sa belle-famille. Or les deux sœurs de Pierre étaient d'un abord difficile. Louise ignorait comment se comporter en présence d'Emma. Celle-ci faisait les choses comme elle l'entendait. Même François Longueville, pourtant d'une classe sociale supérieure à elle, notable de Cluny, avait dû faire des concessions pour qu'elle acceptât de l'épouser. Emma avait continué à travailler après son mariage, alors que toute bonne épouse se serait mise au service de son mari médecin. Et puis, était-elle sérieuse quand elle affirmait ne pas vouloir d'enfant ? Rien de ceci n'était concevable pour Louise, mais au moins les choses étaient claires : elle ne comprendrait jamais Emma.

Avec Marie, c'était plus complexe. Lors de leur rencontre, cinq ans plus tôt, Marie s'était révélée effacée, presque timide. Louise avait cru pouvoir s'en faire facilement une alliée. Marie avait semblé impressionnée par son élégance, et si les choses avaient suivi leur cours naturel, sans doute aurait-elle conservé la même admiration qui plaçait Louise en position de légère supériorité malgré son jeune âge. Sa naissance et sa condition lui assuraient un ascendant évident sur Marie qui, avec modestie et discrétion, ne revendiquait rien, contrairement à Emma. Mais Marie avait perdu son époux puis avait dû se battre pour garder sa ferme et assurer un avenir à ses deux jeunes enfants. Elle demeurait discrète et modeste, mais ce qui n'était auparavant qu'effacement devenait à présent vertu. Et Louise devait l'admettre : selon le public, richesse et notabilité n'avaient pas la même cote que le mérite et le labeur. Elle-même avait perdu un bébé et son père en peu de temps. Le deuil aurait pu réunir les deux femmes, mais Marie ne s'était pas seulement affirmée dans l'épreuve, elle s'était aussi endurcie. Elle semblait maintenant indifférente à tout ce qui n'était pas son petit monde : ses enfants et sa ferme. Même sa mère, sa sœur et son frère appartenaient à présent à des cercles plus lointains. Marie se montrait toujours aimable avec Louise. Elle lui faisait porter régulièrement des légumes frais et du lait, mais elle ne manifestait plus d'empathie, ni même, pensait Louise, de réel intérêt pour ce qui n'était pas issu de son sang et du travail de ses mains. L'annonce de la guerre l'avait à peine ébranlée. Seule la perspective du départ de Roberjo, son ouvrier, semblait la contrarier, de même que l'agitation de Jeanne, sa mère. Celle-ci était l'unique soutien de Louise. Elle l'avait entourée de toute sa tendresse et de sa présence ces dernières années, dans la peine d'abord et ensuite dans la joie. Mais Jeanne ne serait d'aucune aide tant que la guerre durerait.

Pierre était allé l'après-midi même faire ses adieux à la ferme, et Jeanne avait sangloté comme une enfant pendant toute la visite. Elle ne concevait pas qu'on pût vouloir lui enlever son fils et son gendre. Elle n'admettait pas qu'un nouveau conflit advînt. Surtout, elle ne comprenait pas que les hommes acceptent de partir, comme en 1914.

« Pourtant, on sait à présent ! avait-elle répété sans cesse. On sait que ce sera horrible. Ils mourront tous à nouveau. Des pères de famille ! Des paysans ! On les tuera tous. On tuera même les chevaux. Et les chiens ! Même les enfants, avec les bombes ! »

Ça n'avait été qu'une longue lamentation que personne n'était parvenu à calmer. Louise et Pierre étaient repartis plus abattus encore de la ferme. Cela ne suffisait pas de se dire que la vieille femme divaguait.

Qui pouvait savoir si c'était le cas, d'ailleurs ? Qui s'en tirerait à la loterie de la guerre ? Pierre, François, Ferdinand, Roberjo ? Tous les quatre ? Aucun ?

Louise se tourna vers Pierre. Il gisait sur le dos, les yeux clos. Pourtant, elle ne pouvait croire qu'il dormait. Elle observa son profil, prit conscience du poids de son corps sur le matelas qui la faisait glisser vers le milieu du lit, respira son odeur, cherchant à imprimer nettement dans son esprit ce que cela faisait de dormir avec lui. Les instants de tendresse partagée étaient définitivement passés. Il ne restait que la peur qui rendait incommunicable tout autre sentiment. Pierre allait devenir l'absent. Et Louise, pour y survivre, allait s'absorber dans le présent : s'occuper de ses enfants, rassurer sa belle-mère et, même si elles s'en moquaient, soutenir Emma et Marie.

Novembre 1939

14

La table était mise pour onze. Jeanne ferma les yeux et se servit de ses doigts pour dénombrer les convives. Le compte n'y était pas. Habituellement, Pierre-Louis mangeait avec eux, mais peut-être qu'aujourd'hui, exceptionnellement ?... Non, chez Marie, les enfants étaient toujours attablés avec les adultes.

« C'est plus pratique que de les faire manger avant », répétait-elle.

Et Jeanne acquiesçait pour ne pas agacer sa fille, même si elle aurait préféré que les plus petits déjeunent à part. Car c'est généralement à elle que revenait la mission de les servir et de faire régner l'ordre. Absorbée par cette tâche, elle ne parvenait pas à suivre les conversations des autres adultes. Un sentiment amer monta en elle. De plus en plus ces dernières semaines, elle trouvait que Marie la traitait comme la marmaille :

avec impatience et condescendance. Pourtant, elle n'osait pas l'affronter et la remettre à sa place, alors qu'elle l'aurait fait avec Pierre, et même – avec des pincettes toutefois –, avec Emma.

Marie était ici comme une reine en son royaume. Elle dirigeait tout un chacun, et les hiérarchies passées n'avaient plus cours sous ce nouveau régime. Andrio et Roberjo observaient cet état de fait avec amusement. Cela les arrangeait, en réalité, d'avoir à ne se soucier de rien d'autre que du travail pour lequel Marie les nourrissait et les logeait. Les enfants filaient droit – Claire avec résignation, Baptiste avec candeur. Jeanne sentait croître son malaise envers sa fille. Elle l'avait connue impressionnable. Elle l'avait vue s'épuiser à la tâche, courber l'échine pour tempérer son mari puis souffrir en silence après sa disparition brutale. Pourtant, même épuisée, taiseuse ou endeuillée, Marie était longtemps restée la fille réservée et douce que Jeanne avait élevée. La naissance de Baptiste avait été un basculement. Jeanne ne l'avait pas perçu à l'époque, mais cela lui semblait évident à présent. La dissymétrie de la situation la frappait : alors que Baptiste se révélait un bébé facile à satisfaire, joyeux et placide, Marie gagnait en dureté et en ambition. Elle s'était beaucoup occupée de son fils les premiers mois, puis de plus en plus distraitement à mesure que son verger et ce qu'elle appelait, un peu pompeusement, son exploitation maraîchère, prenaient de l'ampleur. Un temps, après l'accident de Gabin, ses enfants étaient redevenus une priorité. Mais cela n'avait pas duré, et Jeanne elle-même avait dû convenir que le garçon blessé était une charge trop lourde. Elle avait encouragé sa fille à s'en séparer, mais elle ne l'avait pas fait pour le confort de Marie ou le sien. Elle l'avait fait pour préserver Claire, Gabin et Baptiste, pour qu'ils aient chacun l'attention qui leur revenait. Jeanne avait aussi essayé de convaincre sa fille d'embaucher un ou deux autres ouvriers à plein temps afin de moins négliger ses enfants déjà privés de père, mais Marie était obnubilée par les dettes que son mari avait contractées. Elle refusait d'engager davantage de dépenses sans être sûre d'être payée en retour.

« Des saisonniers quelques mois par an suffisent, répondait-elle. On verra plus tard. Tant que je peux compter sur Roberjo et Andrio, je suis tranquille. »

Jeanne concevait que le gagne-pain de la famille Etcheberry fût au centre des préoccupations de Marie. En gardant la ferme, celle-ci avait fait le choix de prendre la place de Martin et d'endosser plusieurs rôles. Jeanne fut cependant mortifiée de constater que sa fille se souciait bien davantage du départ à la guerre de son ouvrier que de celle de son frère. Marie avait en effet couvert Roberjo de recommandations, de vœux de bonne santé et mis la dernière main à son paquetage, alors qu'elle n'avait fait qu'enlacer distraitement Pierre avant son départ. Jeanne n'avait pu retenir ses critiques, que Marie avait balayées d'un revers de main :

« Pierre a une mère et une épouse qui s'inquiètent pour lui. Tu le prouves à l'instant. Il est jeune et vigoureux, il s'en sortira ! Roberjo a cinquante ans, et il n'est indispensable qu'à moi-même. Ne me reproche pas de me soucier de lui. »

Jeanne y avait beaucoup repensé depuis, et elle s'en voulait de ne pas avoir rétorqué à Marie qu'elle avait l'esprit obtus et le cœur étriqué. Que s'inquiéter pour Roberjo ne saurait l'empêcher d'exprimer son amour pour son frère. Elle s'échauffait en songeant à tout ce qu'elle aurait pu dire alors, et finissait invariablement exaspérée par l'égoïsme de sa fille et son propre manque d'à-propos.

Marie avait eu tort, surtout : Roberjo ne risquait rien. À peine plus d'un mois s'était écoulé depuis la déclaration de guerre qu'il était déjà de retour. Démobilisé à cause de son âge. Marie avait prétexté l'anniversaire de Claire pour sortir la belle vaisselle et réunir toute la famille, mais Jeanne ne pouvait s'empêcher de penser qu'elle souhaitait surtout fêter le retour de Roberjo comme s'il s'agissait du fils prodigue. Heureusement que François aussi avait été libéré de ses obligations militaires ! Sinon ce grand repas aurait été inconvenant à tous égards, et Jeanne ne se serait alors pas privée de le faire remarquer à sa fille aînée.

15

Jeanne recompta les assiettes et comprit son erreur : on serait bien onze à table, et non douze comme elle l'avait cru d'abord. Par habitude, elle avait compté Pierre. Pierre et Louise ; Pierre, Louise et les enfants. Henri ne saurait occuper une place, mais Pierre-Louis et Victoire, si. Quatre personnes… Non, elle se trompait encore. Il n'y aurait que Louise et les petits, trois à table, donc. Son esprit s'embrouillait. Elle pensait à Pierre exposé au feu, et elle perdait pied. Pourtant il n'était pas encore en danger, semblait-il. On ne savait pas trop ce qui se passait. Les hommes ne se battaient pas. Tant mieux. Mais s'ils ne se battaient pas, pourquoi ne rentraient-ils pas ? Est-ce qu'il fallait vraiment attendre que les Allemands se décident ? Jeanne aurait préféré que la guerre ait déjà eu lieu. Tout serait fini, et on saurait si Pierre faisait partie des survivants. Elle avait essayé de formuler cette idée un jour devant

Marie, et c'était tout juste si celle-ci ne l'avait pas traitée de vieille folle. Jeanne s'était agacée du mépris de sa fille, et avait encore perdu en clarté. Pourtant, elle aurait voulu exprimer par des mots simples combien il lui était insupportable de penser à ce que son fils risquait, comment l'incertitude et l'imagination mêlées labouraient son cœur perpétuellement. Elle aurait aimé rappeler avec sobriété que son jeune frère était mort en septembre 1918 dans la Marne. Les journaux annonçaient déjà la fin du conflit. Jeanne et ses parents peinaient à y croire, tout en commençant à se dire que leur frère et fils avait été béni d'avoir traversé quatre ans de guerre sans blessure grave. Puis, moins de deux mois avant l'armistice, il avait été tué, alors que les Allemands se repliaient. Comment expliquer à Marie que ces quatre années où son frère avait risqué sa vie dans la boue et la pestilence avaient semblé incroyablement cruelles à Jeanne, a posteriori ? S'il était écrit qu'il devait donner sa vie pour la France, pourquoi lui faire endurer tout cela ? Pourquoi ne pas le prendre plus tôt ? Pourquoi *leur* faire endurer tout cela ? Jeanne souhaitait savoir tout de suite si Pierre devait mourir. Elle ne voulait pas espérer en vain. Elle ne voulait pas entretenir ses petits-enfants dans le mythe du retour de leur père. Ni Louise ni Marie n'acceptaient d'entendre un tel discours. Elles pensaient qu'elle perdait la raison, sans doute. Emma était plus compréhensive mais elle exprimait peu ses émotions, et le silence qu'elles partageaient n'était pas très réconfortant.

Jeanne se sentit soudain très fatiguée. Elle se laissa tomber sur une chaise. Elle n'avait pas la moindre envie d'assister à ce repas. Pourquoi diable Marie avait-elle eu cette idée ? Et pourquoi Louise avait-elle accepté de venir ? Il y aurait Roberjo et François, tout juste rentrés. Il y aurait Emma soulagée, et Marie qui ne pourrait s'empêcher de montrer son contentement. Comme ce serait douloureux pour Louise ! Pourquoi tenait-elle à s'imposer cela ? Autrefois, Jeanne s'employait à désamorcer les crises entre ses filles, sa bru, son fils, ses gendres. Elle ne s'en sentait plus la force. Comme une gamine face à un grand bouleversement, elle ne parvenait qu'à souhaiter très fort revenir en arrière, aux temps heureux où tous ses enfants l'entouraient et l'honoraient.

16

Ils seraient en retard, c'était certain à présent. Vraiment en retard. Il faudrait s'expliquer. Prétexter l'énervement de Victoire, la dernière chute de Pierre-Louis ou les renvois d'Henri ne suffiraient pas. Tout cela était bien réel pourtant, mais c'était là des choses habituelles, et on attendait de Louise qu'elle gérât cela aisément grâce à la gouvernante qu'elle venait de prendre à l'essai. C'était la seconde en un mois, et elle savait déjà qu'elle ne la garderait pas. La première s'était révélée cruelle. Louise l'avait surprise martinet en main, s'apprêtant à corriger Pierre-Louis qui venait de salir sa chemise – certes pour la troisième fois de la journée. Louise n'avait rien contre une fessée de temps à autre, pantalon baissé même, s'il le fallait. Mais le ceinturon, le fouet, ce n'était pas envisageable, et certainement pas sur un garçonnet d'un an et demi. Surtout, elle avait été choquée par le plaisir qu'avait semblé prendre cette horrible femme qui souriait de contentement devant les cris de Pierre-Louis. Louise l'avait mise à la porte dans la seconde, et avait serré pendant près d'une heure son fils dans ses bras en lui demandant pardon. Suzanne, la seconde gouvernante, n'était pas violente pour un sou. Elle était même plutôt apathique. Louise devait sans cesse lui rappeler les consignes et l'inviter à prendre quelques initiatives, comme préparer le biberon pour Henri avant que celui-ci s'étrangle de rage, coiffer Victoire chaque matin, ou empêcher Pierre-Louis de pincer son frère. Elle faisait tout ce qu'on lui disait au moment où on le lui disait, et rien de plus. Louise avait régulièrement envie de la secouer. Néanmoins, elle était tellement épuisée qu'elle se refusait encore à la renvoyer. Chaque après-midi, Suzanne emmenait les trois gamins dans de longues promenades dont tous revenaient sains et saufs, et rien que pour ces trois heures de paix, Louise était prête à supporter un peu plus longtemps l'indolence de sa nurse.

C'était pourtant une capitulation teintée de culpabilité que de se reposer ainsi sur une autre femme. Elle s'y était jusque-là vigoureusement opposée, même si cela n'aurait sans doute choqué personne. Enfant, elle-même avait connu plusieurs gouvernantes. C'était le genre de choses qui rappelaient que l'on était notable, que l'on avait un nom bien établi. Le genre de choses à quoi Louise était généralement sensible. Mais voilà, sa mère était morte en la mettant au monde, et elle ne se souvenait que trop de la solitude pesante de son enfance, les heures passées à attendre que son père rentre, à imaginer ce que ce serait d'avoir une maman douce et dévouée. Les gouvernantes étaient gentilles – son père les choisissait avec soin –, mais Louise ne s'était jamais défaite d'un sentiment de vide. À une époque, elle avait même espéré que son père se remariât, pour pouvoir enfin nouer une relation filiale avec une femme. Mais Victor Deschanel ne vivait que dans le souvenir de sa défunte épouse, et cette dévotion ne faisait qu'accroître en Louise l'impression d'avoir été lésée dès la naissance d'une part non négligeable d'amour, de tendresse et d'attention. Aussi, même si ses enfants épuisaient ses réserves de patience et creusaient ses traits, elle considérait devoir s'y consacrer entièrement pour qu'ils ne ressentent jamais un tel manque. Jusqu'au départ de Pierre, elle y parvenait fort bien. Elle n'avait à se soucier que de ses trois enfants. Tous les autres tracas lui étaient évités. Dès la naissance de Victoire, elle avait décidé de ne plus mettre son nez dans les affaires de l'imprimerie. Pierre ferait ce qu'il voudrait ; elle ne souhaitait plus se rendre malade pour cet héritage qui, des mois durant, les avait déchirés, tous les deux. Elle avait assez de domestiques pour faire tourner la maison, et passer du temps en compagnie de ses bébés était ce qu'elle préférait. Ils étaient câlins à souhait, souvent drôles, et elle s'émerveillait d'avoir donné vie à des petits êtres si alertes. Elle n'avait qu'à se laisser porter d'une tétée à une autre, d'un change à l'autre, d'une promenade à l'autre. C'était prenant certes, mais c'était ce qu'elle désirait, ce qu'elle avait toujours désiré. Et elle n'en finissait pas de s'étonner que ses désirs passés soient si facilement réalisables et ne se flétrissent pas au contact du temps et de l'expérience.

Puis la guerre était arrivée, et avec elle une nouvelle grossesse. Les symptômes ne trompaient pas, elle y avait eu droit à chaque fois : des nausées du matin au soir et une fatigue propre à la clouer au lit. Malgré cela, elle avait cru d'abord avoir attrapé un mal quelconque, et elle s'était inquiétée à l'idée de le transmettre à ses enfants, et notamment à Henri, si petit. Cette crainte l'avait occupée quelques jours ; puis, sans être vraiment dupe, elle l'avait entretenue une semaine encore. Car c'était une inquiétude à sa portée : elle était aguerrie aux maladies infantiles. Un souci chassant l'autre, cela éloignait l'angoisse de devenir veuve et empêchait le constat troublant que la famille pût s'agrandir en l'absence de Pierre ; deux choses que Louise se sentait incapable d'affronter. Il lui avait pourtant fallu se rendre à l'évidence. Son corps changeait déjà, renouait avec d'anciennes sensations, lui désignait le nouvel habitant.

Par expérience, elle savait que s'ouvrait le pire mois de sa grossesse : le troisième. Elle n'aurait plus d'énergie pour rien, perdrait du poids et certains matins, se verrait incapable de poser le pied par terre. Cela commençait déjà : elle sentait la lassitude la noyer peu à peu. C'est pourquoi il fallait que Suzanne restât encore. C'est pourquoi ils étaient si en retard à l'anniversaire de Claire. Elle s'était réveillée alors que la matinée était bien entamée. Sa femme de chambre, qui était la seule à connaître son état, l'avait laissée dormir plus que de raison, et tout était devenu chaotique. Suzanne n'avait pas habillé les enfants. Pierre-Louis avait échappé à sa surveillance, s'était enfui dans le jardin et avait entrepris de grimper en pyjama sur la souche d'un arbre fraîchement coupé. Il avait basculé en avant et était tombé. C'étaient ses cris de frayeur, plus que de douleur, qui avaient permis de le retrouver. Les pleurs de son frère avaient contaminé Victoire qui était soudain devenue inconsolable. Tout cela avait retardé le repas d'Henri qui s'était mis à boire goulûment une fois qu'on eût daigné s'occuper de lui, et avait ensuite tout rendu avec le même empressement. Louise avait pesté après ses domestiques plus empotées que jamais… et tout avait fini dans le brouhaha et la confusion.

Après quelques ordres secs pour que les enfants soient nettoyés et habillés, Louise s'était isolée dans sa chambre. Midi trente sonnait déjà. Cela valait-il encore le coup d'aller à La Vineuse ? Le repas aurait débuté, ce serait embarrassant. Pourtant, malgré sa fatigue, son énervement et l'impossibilité d'avaler quoi que ce soit, elle avait très envie de rejoindre sa belle-famille. Laisser les aînés s'éparpiller dans le jardin, confier le bébé à Claire, Emma ou quiconque voudrait s'en charger, avoir une discussion d'adulte à adulte, retrouver la douceur de Jeanne et la bienveillance de François. Elle se réjouissait de son retour, sans ressentir d'aigreur. Certes, Pierre ne rentrerait pas de sitôt. Mais elle avait besoin que Longueville lui confirmât son état et la rassurât. Si, à défaut de son mari, son médecin était présent pour l'accompagner enceinte, peut-être qu'elle s'en sortirait.

Louise se leva vivement et retourna houspiller Suzanne afin qu'elle installât les enfants dans la voiture. Peu importait ce que l'on penserait d'elle à la ferme, elle avait trop besoin de compagnie pour s'en soucier.

17

Les mois suivants, Louise ne put songer à cette journée sans en être mortifiée. Certes, il s'agissait de fêter l'anniversaire de Claire et le retour de François. Rien qui ne la concernât directement. Pourtant, à cause de ces retrouvailles et parce que Marie avait souhaité sa présence, elle pensait qu'elle serait au cœur de la sollicitude de chacun. Elle se l'avouait sans honte, c'était la principale raison de sa venue à La Vineuse. Elle ne possédait pas la force d'âme de Marie, elle aussi privée d'époux, ni l'indépendance d'esprit d'Emma. Elle l'aurait admis sans peine si on lui en avait fait la remarque : en tant que mère esseulée, elle attendait qu'on la plaigne, qu'on la soutienne et qu'on la conseille. Elle s'était persuadée qu'au moins Jeanne s'en chargerait, par bonté d'âme, ainsi que François, par professionnalisme et aussi peut-être par amitié. Elle entretenait même quelque espoir que ses belles-sœurs se montrent compatissantes.

Elle ne comptait pourtant pas annoncer sa grossesse. La première fois qu'elle était tombée enceinte, elle l'avait fait trop tôt, et avait perdu le bébé. L'humiliation d'avoir à en faire l'aveu à sa belle-famille l'avait autant affligée que la perte elle-même et elle avait retenu la leçon, même si désormais, personne ne mettrait plus en doute sa capacité à enfanter.

En chemin, elle avait élaboré une excuse pour justifier leur retard. Elle ne raconterait pas avoir traîné au lit, bien entendu. Elle expliquerait avoir craint qu'Henri ne fût malade, et avoir fait le choix d'attendre jusqu'à être sûre qu'il garde un repas. C'était une demi-vérité qui avait l'avantage de ne pouvoir être fermement démentie par les aînés. Ils avaient tous deux vu le bébé régurgiter – Pierre-Louis l'avait d'ailleurs mimé durant de longues minutes, sous les regards amusé de Suzanne, écœuré de Victoire et de plus en plus exaspéré de sa mère.

Dès son arrivée à la ferme, Louise comprit qu'elle s'était rongé les sangs inutilement. Rien n'était prêt. On attendait encore Emma et François. Claire, l'air morose, était assise au-dessus de l'écurie, à la fenêtre du fenil, et avait rentré l'échelle à l'intérieur pour éviter qu'on la rejoigne. Jambes pendantes, visage fermé, elle observait fixement la cour et ne bougea pas quand les occupants de la voiture en sortirent. Louise la regarda un moment, espérant qu'elle s'anime et prenne en charge ses cousins. Mais la fillette ignora les suppliques muettes de sa tante et celles, sonores, de Victoire et de Pierre-Louis. En soupirant, Louise prit Henri dans ses bras et poussa ses autres enfants vers le pré, souhaitant que Baptiste surgisse et endosse le rôle de compagnon de jeu. C'est alors qu'elle entendit des éclats de voix provenant de la maison.

« On ne devrait pas faire cela ! Une fête, c'est déplacé ! criait Jeanne. Et si on apprend la mort de Pierre, demain ? Qu'est-ce que l'on dira ? Que l'on riait et mangeait pendant qu'il agonisait ? »

Louise ne saisit pas la réplique de Marie, qu'elle formula d'une voix sourde, mais Jeanne reprit :

« Tu es contente, toi, hein ? Roberjo est revenu et c'est tout ce qui compte. Tu n'as même pas une pensée pour ton frère. Même avec ta fille, tu te comportes mal : tu te sers de son anniversaire pour te pavaner… C'est honteux ! »

Louise se tourna une nouvelle fois vers Claire. Celle-ci était toujours perchée à la fenêtre du fenil, mais avait recouvert ses oreilles de ses mains. Louise descendit vers le pré pour vérifier que ses enfants jouaient en toute sécurité, puis remonta vers la maison. Elle se disait qu'elle devait y entrer et prononcer quelque chose de sensé, mais elle ignorait quoi. Elle n'était pas de celles qui réconfortent, habituellement. Elle poussa la porte et trouva Jeanne en larmes sur une chaise et Marie agenouillée, en train de récupérer des bouts de verre. Celle-ci fronça les sourcils en voyant Louise, et sans un mot d'accueil, lui demanda :

« Tu peux accompagner mère dans sa chambre ? Elle a besoin de quelques minutes pour se ressaisir. »

Louise resta figée un moment, choquée tout à la fois par la faiblesse apparente de Jeanne, et le mépris de Marie.

« Est-ce que tu peux le faire, Louise ? reprit celle-ci d'un ton dur. Je suis la seule à trimer aujourd'hui. Claire fait grève depuis qu'elle a appris que Gabin ne viendrait pas, comme si j'y pouvais quoi que ce soit ! Je n'ai aucune idée de l'heure à laquelle Emma et François doivent arriver. Andrio et Roberjo se terrent je ne sais où et mère a l'air de considérer qu'elle est la seule à souffrir. »

Marie se redressa, s'approcha de Louise et continua à voix basse :

« Je crois qu'elle commence à perdre la tête. Est-ce qu'au moins, je peux compter sur toi ? »

Louise souffla un « oui » timide, comme si elle était prise en faute. Elle alla déposer son fils endormi dans la chambre des enfants puis revint chercher Jeanne. Elle l'aida à se lever, l'emmena dans sa chambre, lui ôta ses chaussures et l'invita à s'allonger. Celle-ci lui serra alors la main et se mit à murmurer à un débit très rapide :

« Ma petite Louise, je suis désolée de tout cet étalage. Marie déraille. Pourquoi es-tu venue ? Tu te fais du mal. Tes enfants ne vont pas cesser de demander pourquoi leur père n'est pas là. Qu'est-ce que tu vas leur répondre ? Je ne veux pas manger avec vous. Il n'y a rien que je veuille célébrer. On n'aurait pas mis François en première ligne, de toute façon. Puis Claire ne veut pas fêter son anniversaire sans Gabin : elle n'a cessé de le dire à sa mère, qui s'en moque. Il n'y a que Roberjo qui compte, à présent. À croire que c'est son mari. Encore que s'il l'était, elle serait sans doute moins pénible, à tout décider pour tout le monde. Je n'ai pas la force pour ça, Louise. Dis à Marie que je n'ai pas faim et que je reste ici. Rentre, toi aussi, tu n'as rien à faire là. Emma et François sont sans doute trop heureux de leurs retrouvailles pour avoir envie de se montrer… »

Louise caressa le bras de Jeanne pour l'apaiser, et aussi la faire taire. Marie se trompait, sa mère ne perdait pas la tête, et tous les mots qu'elle prononçait sonnaient si justes qu'ils blessaient Louise. En venant ici, elle n'avait pensé à personne d'autre qu'à elle-même. Elle était au moins aussi coupable que Marie, quelle que fût la faute de cette dernière. Que dirait-elle aux enfants, en effet, quand ils comprendraient que tous les hommes de leur entourage proche étaient rentrés, sauf leur père ? Elle n'était pas de cette fête. La nausée toujours menaçante l'empêcherait même d'apprécier le repas. Elle cherchait à s'approprier quelque chose qui ne lui revenait pas, et ce constat l'affligea.

Jeanne avait fermé les yeux et sa respiration s'était ralentie. Elle semblait endormie et Louise en profita pour quitter doucement la chambre. Dans la pièce à vivre qui tenait lieu de cuisine et de salle à manger, il n'y avait plus personne. Louise était décidée à prendre congé de Marie et à rentrer chez elle. Elle sortit rassembler ses aînés, quand la voiture des Longueville s'annonça, coupant toute retraite possible.

18

Marie avait rejoint Louise dans la cour en entendant la voiture se garer, et c'est côte à côte qu'elles observèrent Emma et François en sortir. Elles se crispèrent de concert devant leur éclatant bonheur, d'autant plus magnifique qu'il s'exprimait sans ostentation ni embarras. Le couple affichait la sincérité des enfants qui échangent des serments en se riant du temps qui s'appliquera à les défaire. Louise eut le sentiment qu'en d'autres circonstances, Marie lui aurait pris la main, tant elle était certaine que le spectacle d'un couple si profondément uni la crucifiait autant qu'elle-même. Elle eut alors un élan de compassion envers sa belle-sœur, et se trouva presque soulagée de constater que, sous la rudesse de caractère, se cachaient une fragilité et l'envie douloureuse d'être aimée.

Il était flagrant qu'Emma et François avaient pris la clé des champs pour s'offrir quelques étreintes dans la nature. Des brins de paille et d'herbe demeuraient collés à leurs vêtements et à leurs cheveux. Louise se demanda s'ils avaient renoncé à s'en défaire par légèreté, ou si au contraire ils s'étaient appliqués à le faire, et que les indices restants témoignaient d'échanges fougueux difficiles à camoufler. Quoi qu'il en soit, il se dégageait d'eux une harmonie amoureuse troublante, mélange de passion juvénile et d'assurance sereine, comme seul un couple à la fois novice en amour et mature en âge pouvait produire. Une profonde tristesse envahit Louise à l'idée qu'elle ne connaîtrait jamais cela. Le couple qu'elle formait avec Pierre n'avait que quelques mois de plus que celui des Longueville. Mais après trois enfants – quatre bientôt –, il semblait déjà vieux. À ce rythme, lorsque tous deux atteindraient l'âge de François, ils seraient usés, la passion disparue, et devraient se montrer reconnaissants s'il demeurait entre eux une forme paisible de complicité. Louise entrevit soudain quelle sorte de confort on pouvait tirer de l'absence d'enfants. Elle ignorait les raisons profondes qui amenaient Emma à repousser la maternité, mais la liberté dont celle-ci disposait lui sauta aux yeux, et à la tristesse se mêla l'angoisse. Louise avait voulu un enfant immédiatement après ses noces, parce qu'il lui semblait qu'elle et Pierre seraient incomplets tant qu'un fils ou une fille n'illustrerait pas la qualité de leur union. Or Emma et François démontraient en cet instant que la qualité d'une union se mesurait d'abord à la parfaite entente du couple. S'ils n'avaient jamais d'enfant, les Longueville seraient heureux néanmoins. Il existait entre eux des liens puissants qui les nourrissaient, une intelligence du cœur, un instinct qui les rapprochaient et faisaient éclater leur complémentarité. Louise comprenait enfin qu'ils s'étaient trouvés, tous les deux. Cela n'avait rien à voir avec la position sociale de l'un ou les convictions de l'autre, comme elle l'avait longtemps cru. Cela devait être, tout simplement. Il n'y avait là aucun calcul.

Emma l'embrassa à cet instant, et elle en fut soulagée. Cela la détourna de la pensée suivante, déplaisante, qui consisterait à observer son propre mariage. Elle aimait Pierre, mais elle ne pouvait ignorer que s'ils devaient mesurer le poids de la passion et celui de la raison dans leur union, le romantisme serait moins flagrant.

Tout ceci l'empêcha de se réjouir pleinement du retour de François, et ne fit que renforcer sa conviction que sa place n'était pas à La Vineuse ce jour-là. La dissipation des Longueville soulignait combien eux-mêmes auraient préféré profiter de leur dimanche en amoureux, et dans ce contexte, les motivations de Marie à vouloir cette fête à toute force demeuraient obscures.

19

Si Louise avait un instant regretté s'être lancée si intensément dans la génération d'héritiers, elle revint à des sentiments moins coupables lorsqu'il apparut que ces mêmes héritiers étaient à même de détendre l'atmosphère. Jeanne avait encore refusé de se joindre au repas, même après qu'Emma eut tenté de la réconforter, et Claire n'avait pas voulu descendre de son fenil, même après qu'Emma eut tenté de la dérider. Le repas commença donc dans une tension relative, et chacun put mesurer combien des gamins un peu trop turbulents pouvaient parfois constituer une bénédiction. Profitant d'une liberté de parole inédite, Baptiste, Victoire et Pierre-Louis se livrèrent aux échanges drôles et ingénus propres à l'enfance, encouragés par l'écoute bienveillante des adultes, heureux de ce sursis qui leur évitait l'expression ou la dissimulation d'émotions trop virulentes.

Louise s'éclipsa plusieurs fois pour nourrir, langer ou endormir Henri. Lorsqu'elle était au chevet de Jeanne, elle s'était reproché de l'avoir emmené à La Vineuse – Suzanne s'en serait sortie seule avec lui –, mais ce furent les tête-à-tête avec son bébé qui lui permirent de tenir le choc. Le répit dura jusqu'au dessert dont l'issue coïncida avec l'éparpillement des enfants, et celui de Roberjo et Andrio, qui prétextèrent quelque vague tâche pour s'éclipser. Brisant le silence qui devenait pénible, Marie demanda à François de leur raconter ses deux mois et demi de mobilisation. Il fit une réponse évasive. Au regard gêné qu'il lui jeta, Louise comprit que c'était pour ne pas souligner sa chance d'être rentré, contrairement à Pierre. Elle aurait préféré qu'il parle au contraire, car cela ne fit que renforcer son sentiment d'être de trop. Marie se mordait les lèvres, cherchant sans doute un nouveau sujet de conversation. Et Louise ne put s'empêcher de penser que sa belle-sœur ne l'avait invitée que pour la forme. Son accueil glacial l'illustrait. Sans qu'elle le voulût, sa présence bridait le plaisir de chacun. Elle aurait aimé se justifier, expliquer pourquoi il lui avait paru normal d'être parmi eux, mais personne ne semblait prêt à l'écouter se plaindre. Et leur pitié ne l'aurait pas soulagée, elle le savait à présent.

Jeanne fit son entrée à cet instant, et Louise crut d'abord cette diversion bienvenue, d'autant que sa belle-mère paraissait reposée. Emma fit part à voix haute de son plaisir à la voir les rejoindre. Jeanne haussa les épaules et s'assit, sans commenter son retour. Louise décida de laisser la conversation se poursuivre sans elle, attendant que le café fût servi pour annoncer son départ. Mais Jeanne la mit au centre de l'attention en l'interpellant :

« Tu n'as pas touché à ton dessert ! »

C'était la vérité, elle avait été incapable de porter à la bouche ne serait-ce qu'une cuillère de l'entremets gorgé de crème qu'on avait posé devant elle. Elle avait même du mal à regarder son assiette sans avoir l'estomac retourné. Son dégoût s'afficha sans doute sur son visage, car Jeanne éclata :

« Il est bon ! C'est moi qui l'ai fait. Goûte-le au moins ! »

Louise rougit à cet ordre. On lui parlait comme à une enfant, et c'était la deuxième fois depuis qu'elle était arrivée. Elle baissa la tête et ne sut quoi répondre. Marie ajouta :

« Tu as à peine touché aux autres plats, tu es malade ? »

Louise comprit trop tard qu'elle aurait dû répondre par l'affirmative. Cela aurait été plus simple. On aurait sans doute encore moins compris pourquoi elle était venue, mais on aurait parfaitement saisi qu'elle eut envie de rentrer chez elle. Un sursaut d'orgueil lui fit prendre la mauvaise décision. Elle ne voulait plus qu'on la traite comme une fillette. Elle était à la tête d'une famille nombreuse, que diable !

« Je suis enceinte de deux mois. »

Au manque d'enthousiasme de ses interlocuteurs devant cette révélation, elle saisit l'étendue de son erreur. Personne ne la félicita. Emma fit une grimace qui exprima combien cette nouvelle grossesse était inconséquente à ses yeux. François mit une main sur le bras de son épouse, comme pour parer une remarque acerbe, et cette éventualité sembla bien davantage le préoccuper que l'état de Louise. Ce fut pourtant de Jeanne que vint l'attaque :

« Et si Pierre meurt ? Un orphelin de plus ! »

Les larmes roulèrent doucement sur les joues de l'aïeule à cette évocation, mais personne n'entreprit de la morigéner pour son pessimisme, ce qui glaça un peu plus sa bru.

Seule Marie sourit, et Louise crut d'abord qu'elle serait son alliée et manifesterait ne serait-ce qu'une forme polie de sollicitude. Mais elle ne dit rien. Elle sembla se perdre dans ses pensées, soudain étrangère à la scène désagréable qui se jouait.

Un immense sentiment de solitude envahit Louise à cet instant, et elle sut qu'il ne la quitterait plus jusqu'au retour de Pierre. Un poids s'accrocha à son cou, elle se vit coupable d'une faute qu'elle ne parvenait pas à nommer. Demeurer dans cet endroit devenait insupportable. Elle se leva sans un mot, alla chercher Henri qui dormait dans la chambre des enfants et sortit par la fenêtre de cette pièce, rameutant ses aînés sans repasser par la salle à manger. L'humiliation lui mordait l'âme. Personne ne vint la saluer, et c'était comme si elle quittait la ferme sous les huées.

Sur le chemin du retour, elle réalisa qu'elle haïssait l'enfant qu'elle portait.

20

C'était l'heure calme. Les enfants étaient couchés, Jeanne aussi. Les hommes étaient partis boire un verre au bourg. Marie avait la pièce à vivre pour elle seule. Elle en profitait pour raccommoder des vêtements. Ça n'était pas vraiment un travail. C'était plutôt un rappel d'un temps léger – celui de son apprentissage de couturière – où elle n'avait à se soucier que d'elle-même, et de la trajectoire de son aiguille. Elle pensait sa vie morne, alors. Elle tenta de se souvenir de ce que c'était, d'avoir le sentiment de s'ennuyer. Ça ne lui était plus arrivé depuis longtemps. Son quotidien était happé par des dizaines de préoccupations. Sa première tâche au réveil était de faire la liste mentale des priorités. Elle avait une vision claire de la façon dont les choses devaient s'agencer, et jusqu'il y a quelques mois, la satisfaction ressentie lorsqu'une journée suivait à la lettre le plan établi au matin était l'émotion la plus exaltante qu'elle expérimentait.

Mais ce soir-là, c'était un maelström de sentiments qu'elle devait affronter. Même les travaux d'aiguille peinaient à l'apaiser : ils lâchaient trop la bride à ses pensées, toutes désagréables. Elle s'étonnait d'ailleurs que le calme soit si facilement revenu dans sa maison alors que cela bouillait toujours en elle, après ce dimanche horrible qui n'avait eu de fête que le nom. Mais elle ne pouvait s'en prendre qu'à elle-même. Elle avait misé gros, rêvé ce jour comme un couronnement, et le résultat n'était pas seulement décevant, il piétinait des mois d'espoirs et d'efforts à tenter de donner un sens à ce qu'elle vivait.

Tout avait commencé par l'agression de Gabin. Quelque chose avait alors changé. L'atmosphère familiale s'était modifiée. Marie ne regrettait pas que le gamin soit parti vivre chez les Longueville. Il semblait apaisé. Il parvenait à se déplacer et avait repris l'école. Puis toute cette sale affaire, c'était peut-être un mal pour un bien. Emma disait qu'il était doué, qu'elle veillerait à ce qu'il fît des études. Jamais Marie n'aurait décelé ce potentiel chez lui. Jamais elle ne l'aurait poussé plus loin que le certificat d'études. Et ça aurait été un gâchis, selon sa sœur.

Mais Claire n'acceptait pas cette situation. Elle en voulait toujours à sa mère et à Emma de lui avoir arraché Gabin. Elle en voulait même à Gabin à présent, parce qu'il refusait de remettre un pied à la ferme. Elle avait cru que pour son anniversaire, pour elle, il surmonterait sa peur, ses souvenirs ou tout ce qui l'empêchait de revenir. Lui avait cru qu'elle comprendrait et qu'elle accepterait que la fête se fît chez les Longueville. Ils s'y retrouvaient régulièrement, qu'est-ce que ça aurait changé ? Mais Claire voulait qu'ils revisitent leurs lieux secrets à La Vineuse : les arbres qui avaient abrité tant de conversations, les prairies d'herbe où ils avaient observé les nuages. Elle l'avait expliqué un soir, en larmes, à Jeanne. Marie, dans la pièce à côté, avait tout entendu. Que sa fille fît désormais ses confidences à sa grand-mère plutôt qu'à elle-même l'avait davantage meurtrie que l'objet même de son chagrin. Elle avait pourtant cherché à arranger les choses. Elle ne se sentait pas légitime pour convaincre Gabin de passer un dimanche chez elle, mais elle avait demandé à Emma de le faire.

Celle-ci avait refusé.

« Quand il sera prêt, il reviendra. Il ne l'est pas, et je ne vais pas le forcer à subir cette épreuve. Claire est assez grande pour comprendre. »

Emma avait parlé avec une autorité toute maternelle, et cela avait agacé Marie. Depuis quand sa sœur ne prenait plus fait et cause pour sa nièce ? Et quel intérêt à attiser ainsi la colère entre les enfants ? On aurait cru que, soudain, les deux sœurs se trouvaient en compétition. Marie ne parvenait pas à déployer la même assurance pour défendre sa fille. Elle n'arrivait d'ailleurs plus à exprimer de la tendresse envers ses enfants. Tout le travail qu'elle abattait, c'était pour eux, pourtant. Elle aurait voulu que cela suffise comme preuve d'amour. Qu'ils mesurent combien son épuisement, certains soirs, son incapacité à les écouter, son envie de les voir rapidement endormis, témoignaient de son investissement pour qu'ils soient bien nourris, bien vêtus et que plus tard, ils aient un héritage suffisant pour envisager sereinement de fonder leur propre famille. Baptiste semblait s'accommoder des rares instants qu'elle lui accordait. Cela lui donnait envie de passer plus de temps avec lui. Claire à l'inverse montrait un caractère souvent revêche. Elle n'obéissait plus aussi bien qu'avant, travaillait mal à l'école. Marie la punissait régulièrement. Et regrettait que les paroles qu'elles échangeaient désormais trahissent surtout de l'agressivité.

Faire de la ferme une exploitation rentable avait été une mission vitale après le décès de Martin. Elle aimait être la patronne et qu'on la craigne. Elle aimait qu'on se rallie à son avis et qu'on ne conteste pas ses ordres. Elle aimait l'autorité, ce qu'elle n'avait jamais eu l'occasion d'expérimenter du temps de son mariage : Martin menait la barque – parce qu'il était le chef de famille, et surtout parce qu'il avait du charisme. Cela ne se discutait pas. Désormais, c'était elle qui planifiait tout : les semis, les récoltes, les saillies des vaches, l'abattage des veaux, les commandes de fourrage, les foires à couvrir. Elle parvenait assez bien à prédire la météo d'un jour à l'autre, et quels légumes ou fruits donneraient à plein selon les années. Elle pressentait quand une vache peinait à vêler, ou quand un veau ne vivrait pas. Elle surveillait les prix au marché, savait quel revenu espérer pour le trimestre en cours. Elle avait l'instinct pour tout cela, et chacun respectait son sens des affaires. Par ailleurs, elle ne niait pas s'être considérablement endurcie depuis la mort de son mari. Mais alors que sa famille lui en faisait le reproche, elle en tirait une certaine fierté. Elle n'avait pas eu le choix. C'était une question de survie : il fallait remettre de l'ordre là où Martin avait semé le désordre. Elle attendait des siens qu'ils le respectent et marchent droit.

La détresse de Gabin, les heures douloureuses qu'ils avaient traversées au début de l'été avaient ouvert une brèche, installé une fissure profonde dans cet ordre établi. Mais tandis que tout devenait chaotique, elle avait su renouer avec son instinct de mère. Les premières semaines, une réelle cohésion s'était créée autour du blessé. L'échec du projet de convalescence à la ferme avait été un brusque retour en arrière, et elle avait alors désiré à toute force revenir au cadre rassurant et strict de la routine. Dans l'intervalle pourtant,

Marie avait gagné en lucidité : elle savait combien le voisin serait prêt à payer pour ses pommes, mais elle ignorait ce que pensaient sa fille ou sa mère, si Baptiste était aussi épanoui qu'il en avait l'air, et si Andrio songeait toujours à reprendre la route. Quand Gabin était parti, que les nuits s'étaient apaisées, que le travail avait repris ses droits, tout cela lui avait sauté aux yeux : elle évaluait les autres mais elle ne les écoutait pas, elle ne les connaissait plus. Il n'y avait plus de vraie émotion en elle. Alors, elle avait fait un effort. Elle s'était mise à observer les siens, à entendre ce qu'ils livraient d'eux-mêmes. Elle avait entrouvert une porte. Et l'amour s'était engouffré.

21

Marie n'aimait pas cette fièvre amoureuse qui s'emparait d'elle parfois et lui faisait dire des choses méchantes juste pour pouvoir en jouir. Elle avait baissé la garde pour se montrer moins injuste envers les siens, et elle se retrouvait dans une situation où elle ne se possédait plus, et devenait encore plus hargneuse avec ceux qu'elle aurait voulu choyer. Elle désirait lutter contre ce sentiment, et elle désirait s'y abandonner. Elle se trouvait égoïste : ce n'était pas le moment de tomber amoureuse. Puis elle avait expérimenté quelles complications cela amenait. Si elle avait mieux refréné ses élans, plus jeune, elle ne se serait pas entichée de Martin. Elle aurait vu qu'il était instable, qu'il en faisait trop, qu'il l'embarquait dans une vie dont ils ne sortiraient pas indemnes. Elle se forçait à ressasser les jours qui avaient suivi sa mort, quand elle avait eu la révélation de son suicide. Puis la découverte de ses secrets, de ses mensonges, tous ces pans de sa personnalité qu'il lui avait soigneusement cachés. Vraiment, comment pouvait-elle encore envisager partager la vie d'un homme après Martin ? Mais elle savait qu'elle était injuste en pensant ainsi – envers elle et envers Martin. Il était exalté quand il l'avait séduite, et Marie avait aimé cette exaltation. Elle s'était sentie vivante, à sa vraie place. C'était un sentiment de plénitude après lequel, elle ne l'ignorait pas, elle courait encore. C'était aussi pour cela qu'elle ne parvenait plus vraiment à en vouloir à son mari. Elle ne regrettait pas d'avoir connu l'amour fou, même s'il avait fallu pour cela s'acquitter de six années de mariage chaotiques et de leur dénouement cruel.

Arrivée à ce stade, elle pardonnait à la jeune fille qu'elle avait été son aveuglement, à Martin ses errances, et commençait alors à s'insinuer dans son esprit des pensées si douces qu'elle s'y noyait. Sans Martin, il n'y aurait pas eu Claire et Baptiste, ni la ferme – trois piliers de sa vie. Il n'y aurait pas eu non plus Roberjo, car c'était bien pour pallier l'absence d'homme et de main-d'œuvre qu'elle l'avait embauché quelques semaines après la mort de son mari. Est-ce qu'elle se fourvoyait en interprétant cela comme une continuité et non une trahison ? Elle avait lié son destin à celui de Martin alors qu'il n'était rien, un colporteur sans le sou. Elle avait aimé à l'époque la forme de transgression que cela avait été de l'épouser. Elle avait surpris : la Marie, si timide, séduire ce grand bonhomme nomade, taillé pour la route et la palabre ! Il avait embobiné Ambroise, son père, en quelques phrases. Ça avait fait jaser, à l'époque. On était persuadé qu'au bout de trois mois, Martin se tirerait avec la caisse de la cordonnerie familiale en laissant sa femme engrossée. Marie n'ignorait rien de ces racontars, mais elle ne rougissait pas en passant devant le café alors que les conversations en terrasse cessaient brutalement. Elle avait déjà en elle cette détermination, celle d'imposer ses choix. À côté de cela, se mettre en ménage avec Roberjo serait bien plus acceptable. Bien sûr, il y aurait des sous-entendus graveleux – il y en avait toujours. Mais en réalité, on considérerait qu'il était convenable que Marie se remariât dans sa position, avec son fils en bas âge et sa ferme à gérer. Puis Roberjo, c'était le bon gars. Fiable, travailleur, il se tenait à l'abri des problèmes. Vraiment, on serait content pour Marie. On passerait sur le fait que la patronne épousait son ouvrier. Marie n'avait jamais eu de fierté de classe. Ils étaient du même monde, Roberjo et elle. Elle le savait depuis longtemps. Il était toujours de bon conseil pour ce qui concernait l'exploitation et les bêtes. Quand elle doutait, il suffisait qu'elle croise son regard pour savoir si elle faisait fausse route ou si elle devait au contraire s'obstiner. Roberjo avait l'instinct de la terre, des arbres et du vent que Martin aurait voulu posséder, et Pierre à sa suite. Sauf que ça ne se décidait pas, c'était là ou non. Et Marie chérissait ce don qu'il avait. Mais cela était encore de l'ordre du dicible.

Ce qu'elle taisait, ce qu'elle étouffait, c'était le besoin de le voir, de le sentir, d'admirer ses sourires discrets, de recueillir ses rares paroles. À cinquante ans, il ne s'inquiétait pas de l'élégance de sa mise. Sa peau était tannée par le soleil, des rides plissaient ses yeux et ses cheveux grisonnaient. Marie aimait ce que ça disait de lui. Il était homme d'expérience, modeste. Il se tenait à sa place, et y était inamovible tant qu'on avait besoin de lui. La vie pouvait taper dedans, il ne bougerait pas. Il était stable, tel un roc. Depuis quatre ans qu'elle le connaissait, Marie ne l'avait jamais vu s'emporter ou se troubler. La seule fêlure qu'il avait montrée, c'était quand le gros Auf avait battu Gabin. Là, elle l'avait vu ému, en colère, soucieux, concerné. Roberjo était dévoué, elle le savait déjà. Mais elle ignorait encore qu'il pouvait faire preuve de compassion. Il montrait peu de choses de lui-même, il était souvent impossible de savoir ce qu'il ressentait vraiment. L'agression de Gabin avait révélé qu'il était capable d'affection. Andrio l'avait dit, il avait été à deux doigts de tuer le gros Auf. Il était désintéressé, ne réclamait rien pour lui, mais pouvait se battre pour protéger son monde.

Lorsque après le départ de Gabin, Marie avait pris le temps de relire les événements, cela avait été une révélation. Et elle était tombée amoureuse. Dès lors, elle avait tenté de recueillir ses confidences, cherchant à obtenir la certitude qu'il était heureux à la ferme, examinant des façons d'améliorer son ordinaire. C'était épuisant, car elle ne voulait pas que tout ceci semblât suspect, même à lui. Parfois son esprit s'emballait, et elle se mettait à rêver de frôlements, de rapprochements. Elle imaginait des stratagèmes pour pouvoir le toucher, même une seconde. Elle se perdait à penser qu'il lui prenait la main, l'embrassait… et plus encore. Elle se sentait tellement vivante dans ces moments-là, tellement épanouie, qu'elle devenait méchante avec quiconque de ses enfants ou de sa mère qui l'interrompait dans ses rêveries. Cela la prenait de plus en plus souvent, quand elle était au potager, qu'elle faisait la vaisselle ou baignait Baptiste. La guerre n'avait pas calmé ses ardeurs, bien au contraire. L'absence, la peur de le perdre avait multiplié ses sentiments, et elle comprenait bien qu'elle ne se possédait plus, qu'elle ne ferait plus longtemps illusion. Alors elle devenait encore plus dure avec les siens, par crainte qu'ils n'abîment irrémédiablement ces instants où elle se rêvait pleinement aimée.

La nouveauté de ce type de désir accroissait son trouble. C'était la première fois qu'elle ressentait une telle anticipation du plaisir, en sachant précisément après quoi elle languissait. Quelle volupté, quel corps à corps, quelle exaltation pouvaient surgir de cet échauffement de l'âme s'il s'avérait réciproque ! Lorsqu'elle avait épousé Martin, elle ignorait tout à ce sujet. Et comment aurait-elle su quoi que ce soit ? Le matin de ses noces, sa mère lui avait décrit en quelques mots pudiques ce qui se passerait durant la nuit. Cela avait fait naître plus de questionnements que de réponses, mais Jeanne avait refusé de livrer davantage de détails, et Marie était trop absorbée par le cérémonial du mariage pour s'appesantir sur ce qui lui apparaissait licencieux, alors qu'elle s'employait à revêtir une robe immaculée. Elle sentait bien toutes les fibres de son être désirer le contact avec Martin, mais c'étaient là des pensées très chastes, car très ignorantes.

Heureusement affranchie des réalités conjugales par un Martin délicat et attentionné, Marie ne s'était jamais dérobée aux attentes de son époux, et les avait même souvent devancées. Les premières semaines, tous deux avaient partagé la même soif l'un de l'autre, et avaient le moins possible différé les instants de son assouvissement. Puis Martin avait connu sa première crise dépressive. Son désir était tombé d'un coup, et celui de Marie avait suivi la même trajectoire. L'homme qui l'avait séduite, subjuguée et dégauchie, n'existait plus. Elle était face à un homme nouveau qui ne l'attirait pas, et qu'elle ne voulait pas connaître. Par la suite, une fois Martin remis, leurs corps s'étaient retrouvés, mais cela n'avait plus jamais été pareil. L'insouciance qui leur avait permis de se perdre l'un en l'autre était restée en bordure du chemin. Martin n'était plus pour Marie cet être extraordinaire qui transformerait son existence en une vie trépidante. Elle avait considéré comme acquis que son époux serait unique. Or, elle l'avait pressenti tandis qu'il s'enfonçait, et en avait eu la confirmation des années plus tard : Martin était singulier, car malade, et il possédait en réalité de multiples visages. Au fil des années, elle était parvenue à relier les points et s'arrêter sur un portrait de lui qu'elle voulait agréable. Un portrait qui lui permettait de continuer à trouver du plaisir à vivre auprès de lui, qui mettait en lumière ses bons côtés, et ses régulières fulgurances. C'était ces traits de caractère qu'elle se forçait à se remémorer quand Martin sombrait, comme une rengaine qui devait lui rappeler ses fiançailles, et sa certitude alors d'avoir trouvé l'homme parfait. Ce travail laborieux d'acceptation de son mari avait consolidé leur couple assurément, mais n'avait en rien servi le désir.

Avec Roberjo s'ouvrait cette éventualité incroyable : la possibilité d'allier les plaisirs de la chair et la stabilité émotionnelle. C'était pour Marie un territoire inexploré et terriblement attirant. Elle pensait y avoir droit.

Parfois, elle se risquait même à croire que la vie l'avait menée précisément à cela, selon un chemin tortueux destiné à lui faire mesurer sa chance d'y avoir à présent accès. Elle se sentait comme une princesse sur le point d'être délivrée.

C'était généralement là que la raison venait la cueillir, avec le poids écrasant d'une réalité fort claire : il n'existait pas le plus petit indice que Roberjo partageât ses sentiments.

22

Bien avant qu'elle se découvre amoureuse, Marie s'était renseignée : depuis qu'il s'était réinstallé dans la région, on ne connaissait aucune conquête à Roberjo. Andrio se moquait parfois de lui à ce sujet. Il y avait eu quelques femmes, jeunes veuves ou vieilles filles, pour tenter des approches, mais Roberjo paraissait ne rien voir de ces embryons d'intrigues. Il ne manifestait pas non plus l'envie d'avoir un lieu à lui, un bout de terre, où il exprimerait ses talents. Il semblait content de sa vie dévouée à d'autres, peu soucieux de possessions, et certainement pas avide de se construire une famille. Il était parti à la guerre sans faire d'histoire, parce que c'était là ce qu'on attendait de lui. S'il avait été touché de l'empressement inquiet de Marie, il ne l'avait pas montré. Il ne tenait rien pour acquis, et lorsqu'il avait été démobilisé, il avait cérémonieusement demandé à sa patronne s'il pouvait reprendre sa place. Marie en avait été assommée, elle qui l'attendait si anxieusement. Dans l'émotion, elle avait d'abord pensé qu'il prenait congé d'elle, de la ferme. En réalité, il avait sincèrement cru qu'elle le remplacerait et il était prêt à s'effacer, sans rien exiger. Cela la bouleversa. N'avait-il donc pas la moindre idée de l'attachement qu'elle lui portait ? Pouvait-il envisager de quitter la ferme, comme ça, baluchon sur l'épaule, sans un regard pour les années qu'il y avait passées ? Elle appréciait le respect qu'il lui témoignait. Elle savait qu'il se plaisait parmi eux, qu'il était fier du verger qu'il soignait. Mais elle aurait tellement désiré qu'il défende sa place, qu'il démontre, même avec colère, son envie de rester !

Elle ne supporterait pas qu'il parte. Alors, s'il n'était pas prêt à avouer sa dépendance envers la ferme, ce serait elle qui afficherait l'affection que la famille Etcheberry lui portait. S'il ne pouvait concevoir combien il avait manqué durant ces quelques semaines de mobilisation, elle le fêterait pour qu'il comprenne que sa place ne pouvait être que parmi eux. Jeanne avait eu tort : elle ne s'était pas servie du prétexte de l'anniversaire de Claire pour célébrer Roberjo. Elle voulait au contraire faire un grand repas qui rassemblerait divers motifs de joie et parmi eux, les huit ans de sa fille ainsi que le retour de François, de Roberjo et d'autres personnes de sa connaissance. Elle ne souhaitait pas mettre en avant son ouvrier : elle voulait qu'il se sente intégré au sein de la famille, de la communauté, qu'il perçoive qu'il était l'un d'eux, et qu'il ne puisse plus s'imaginer construire une nouvelle vie ailleurs.

Mais rien ne s'était passé comme elle l'avait prévu.

Elle avait longuement réfléchi aux détails de sa fête et avait d'abord souhaité qu'il y ait beaucoup de monde. La météo, au début de ce mois de novembre, était clémente. Il faisait si doux qu'elle projetait de faire le repas à l'extérieur. Elle était prête à demander aux hommes de monter les toiles au-dessus de la cour, en cas de pluie. On les utilisait l'été pour la fête des moissons, quand le temps était menaçant. C'était fastidieux et périlleux à mettre en place, mais Marie ne voulait reculer devant aucun apparat. Puis elle s'était penchée sur sa liste d'invités. Hormis François, Roberjo et son frère Ferdinand, Marie connaissait un homme à La Vineuse qui avait bénéficié de la démobilisation, puis encore trois autres à Cluny et dans les villages voisins. Elle avait eu dans l'idée de les inviter tous, avec leur famille, pour célébrer ce retour au bercail précoce et inespéré. Mais sa proposition avait été mal accueillie. Dans presque toutes ces familles, il restait un ou plusieurs fils, frères, neveux, cousins, au front. On n'avait pas le cœur à se réjouir encore. On craignait que ça porte malheur, et l'enthousiasme de Marie était incompréhensible : n'était-elle pas inquiète pour

Pierre ? Elle saisit avec effroi combien sa démarche était déplacée dans la dernière famille qu'elle visita, les Jacot. Elle n'était déjà plus très assurée de son bon droit, après les rebuffades précédentes ; mais il s'agissait d'un foyer avec qui elle avait toujours entretenu des relations chaleureuses et solidaires, dès lors elle s'était obligée à les prévenir. Puis les Jacot n'avaient eu que des filles, cela réduisait le risque de gêne. Marie avait voulu se convaincre qu'à défaut de célébration ostentatoire, ils lui feraient le plaisir de partager un bon repas. Mais tout affairée à ses préparatifs, elle n'avait porté que peu d'attention à son entourage. Elle avait su que Jacot était rentré une semaine après Roberjo, et elle en avait déduit qu'ils appartenaient à la même classe d'âge. En arrivant dans leur ferme, elle s'était lancée bille en tête dans une argumentation qui devait justifier la fête qu'elle préparait. Un lourd silence lui répondit. Alors seulement, elle prit le temps d'observer ses interlocuteurs. Lydie Jacot avait les traits tristes et creusés, elle était habillée de noir, comme si elle portait le deuil. Elle se tenait debout en se tordant les mains. Jacot, lui, ne s'était pas levé à l'arrivée de Marie et en étudiant sa posture, elle comprit pourquoi. Il était amputé au-dessus du genou. Une honte si profonde l'envahit qu'elle peina soudain à respirer. Tout à coup, cela lui revenait. Elle avait entendu Roberjo et Andrio parler du tragique accident de tir qui avait diminué leur voisin. Pourtant, par une étrange éclipse de la raison, Marie avait éjecté cette horrible histoire de sa mémoire. Elle posa sur la table la tarte qu'elle avait apportée en gage d'amitié et sortit de la ferme des Jacot à reculons, le visage rouge de confusion, en balbutiant de vagues excuses. Elle revint chez elle en courant et en se traitant d'idiote à voix basse. Une fois encore, l'inconséquence de ses sentiments l'avait menée au désastre.

23

Son premier élan ensuite fut de tout annuler. Elle ne put pourtant s'y résoudre. Le matin suivant sa débâcle chez les Jacot, elle entra dans le verger où Roberjo ramassait les noix. Elle ne devait qu'y passer pour rejoindre le jardin d'herbes aromatiques qu'elle avait inauguré cette même année. Mais elle resta figée près de l'enclos en pierres sèches à observer son ouvrier de dos, calé haut sur l'échelle pour tenter d'attraper les fruits encore accrochés au noyer, avant de les jeter dans un large panier au sol. Rien dans sa posture ne trahit qu'il l'avait vue. Pourtant, au bout de longues minutes, il se mit à descendre lentement les échelons. Une fois à terre, il se tourna vers elle et la fixa, impassible. Puis il ouvrit une main où se trouvaient deux noix encore prises dans leur brou, qu'il entreprit de détacher, sans hâte aucune. Marie n'osait plus bouger, attentive à chacun de ses gestes. Une fois les coques mises à nu, il les frotta contre son pantalon pour en ôter les filaments qui résistaient. Puis il serra les noix dans sa main, jusqu'à ce qu'elles craquent. Alors seulement, il s'approcha de Marie. Arrivé à sa hauteur, il lui tendit un cerneau de noix et en prit un lui-même, qu'il avala sans autre cérémonie. Marie fit pareil et retint une grimace en sentant l'amertume envahir sa bouche. Elle n'aimait les noix que sèches.

« C'est comme ça que j'les préfère, moi », dit Roberjo, comme s'il lui répondait.

Elle acquiesça d'un hochement de tête, refusant d'interrompre cet étrange moment de communion par une remarque négative. Une fois sa noix finie, il fixa encore Marie quelques secondes puis, après un signe de la tête, retourna à son travail sur l'échelle. Elle murmura un remerciement. Elle ne savait trop de quoi elle était reconnaissante, mais elle voulut lire dans cet échange une réponse aux lancinants questionnements de ces derniers mois. Ce face-à-face autour du noyer ne pouvait être une coïncidence ; Roberjo lui avait fait passer un message à sa façon, modeste et fruste. Il souhaitait partager quelque chose avec elle.

Dès lors, il ne lui fut plus possible de se priver de son repas de fête. Elle tâcha de se convaincre qu'elle le maintenait surtout pour Claire, qui avait droit à un anniversaire digne de ce nom, et aussi un peu pour François dont le retour la soulageait. Mais elle savait qu'elle se mentait. Elle ne cherchait qu'un prétexte pour avoir Roberjo autour de la table, l'imaginant détendu, heureux d'être là, et comprenant enfin qu'il ne pouvait avoir de place pour lui ailleurs. Ils seraient comme une famille. Elle l'assiérait à côté de lui et tout serait dit. Il y aurait une telle évidence à les voir ainsi côte à côte que les choses se feraient d'elles-mêmes. Il comprendrait qu'elle le considérait comme son égal. Il était taiseux, ça ne la gênait pas, elle non plus n'était pas bavarde. Mais elle voulut se persuader que le symbole le toucherait au cœur, et même qu'il serait reconnaissant de ne pas avoir besoin de noyer de mots ce qui sonnerait comme un engagement. Plus elle y réfléchissait, et plus il lui parut évident que cela devait se faire dans l'intimité des liens familiaux, et non, comme elle l'avait cru d'abord, en présence d'amis ou de vagues connaissances. Cela avait été une bêtise de penser ainsi : tout le monde avait la tête ailleurs. En famille, chez elle, on ne verrait qu'eux deux. Elle n'aurait rien à avouer. Ce serait comme des fiançailles, humbles et silencieuses.

24

Tout était devenu limpide pour Marie. Elle invita l'ensemble de sa proche famille, ainsi que celle de Roberjo. Mais Ferdinand, le frère de ce dernier, lui annonça d'emblée qu'il ne viendrait pas. Depuis son retour, il palliait l'absence de Pierre à l'imprimerie. En deux mois, un retard considérable avait été pris, et le déficit de main-d'œuvre nécessitait que chacun des employés mît les bouchées doubles pour éloigner la menace de la fermeture. Louise ne s'était pas occupée de l'affaire. Le directeur provisoire, nommé par Pierre avant son départ, était un vieux pressier qui, sorti de sa presse Stanhope, ne s'était révélé bon à rien, et surtout pas à la gestion des affaires courantes. Ferdinand ne pouvait se permettre de passer un dimanche entier à se prélasser, et son épouse ne souhaitait pas assister seule à des festivités qui ne la concernaient que de loin. Ce fut encore un coup rude pour Marie qui avait désiré que chaque parti fût équitablement représenté. Mais cela ne la fit toujours pas renoncer. Même le refus de Claire de prendre part au repas si Gabin n'était pas présent ne la fit pas fléchir.

Avec le recul, elle comprenait que ces déceptions successives étaient autant d'avertissements qu'elle courait au fiasco. Elle s'était aveuglée, certaine qu'il était temps que Roberjo et elle se trouvent, enfin. À l'arrivée, elle fut bien punie, car lorsqu'elle voulut à toute force abandonner son projet, elle n'en eut plus loisir.

Environ dix jours avant le repas de famille, elle alla voir Roberjo pour lui demander s'il souhaitait manger un plat en particulier. Il la regarda un moment sans mot dire, l'air un peu effaré, comme s'il n'avait pas compris sa question.

« Mais vous f'rez les plats que Claire aime, non ? finit-il par répondre. On y fête bien ses huit ans ?

— Bien sûr, et ma mère va lui préparer son dessert favori. Mais on se réunit aussi pour célébrer le retour du docteur Longueville et le vôtre. J'aimerais vous faire plaisir. »

Roberjo fronça les sourcils et sortit une chique de la poche de sa chemise. Il la mit en bouche et la mâchonna un long moment en silence. Marie crut d'abord qu'il se creusait les méninges. Mais en le voyant se dandiner lentement de gauche à droite, les mains croisées derrière le dos comme un enfant pris en faute, elle songea qu'il avait en réalité très peu l'habitude que l'on s'enquît de ses désirs. Cela l'émut et elle choisit de mettre un terme à ce moment de malaise :

« Vous n'êtes pas obligé de me répondre maintenant ! Pensez-y et dites-moi ça tantôt. »

Il partit sans réclamer son reste et Marie se demanda s'il oserait lui avouer son mets favori, et aussi, si elle oserait prendre le risque de le mettre une nouvelle fois sur le gril. Mais si elle ne le faisait pas, peut-être s'en sentirait-il blessé. Peut-être espérerait-il au contraire qu'elle revînt vers lui. Il aurait élaboré une réponse, choisi un plat savoureux, mais pas trop ardu à réaliser, qui mettrait en valeur ses talents de cuisinière. Quelle conduite devrait-elle tenir alors pour ne pas avoir l'air de le harceler ou de l'ignorer ?

Elle prit conscience de l'emballement de son esprit, et sourit. Elle se comportait comme une jouvencelle ! Roberjo et elle étaient matures et vivaient sous le même toit : ils trouveraient bien un moyen de se faire comprendre. D'ailleurs, elle se demandait si elle ne pouvait pas s'appuyer sur lui pour convaincre Claire de cesser ses enfantillages. Ils s'aimaient bien, tous les deux. Elle craignait de s'adresser à Andrio : il prenait souvent le parti des enfants, et était tout à fait capable d'encourager la rébellion au lieu d'en pointer la stupidité.

Roberjo ne reparla pas du plat à Marie, ni du repas de fête. Il ne lui reparla de rien et parut plutôt l'éviter. N'ayant jamais été disert ni omniprésent, cela n'était pas évident à prouver : mais il fuyait son regard quand ils étaient en présence l'un de l'autre, et ne lui répondait plus que par onomatopées. Marie vit dans ce repli la manifestation d'un trouble, qu'elle espérait amoureux, ou du moins, trahissant un intérêt malhabile. Elle réfléchissait à la façon de l'amadouer et de l'apaiser tout à fait. Comment faire pour qu'il cesse de voir la patronne en elle ? Elle voulait qu'il se sente son égal et libre d'exprimer ses pensées. Il ne lui restait que peu de temps pour dénouer leurs rapports. Seule une franche conversation pouvait mettre les choses à plat et le rassurer sur son avenir à la ferme. Elle y était résolue ; et à l'issue du repas de midi, quatre jours avant la fête, elle lui demanda s'il pouvait lui accorder un entretien le soir même, une fois le travail achevé. Elle savait sa demande un peu trop formelle, mais elle ignorait de quelle autre façon procéder.

Une fois les enfants et sa mère couchés, elle tira une robe propre dissimulée plus tôt derrière une pile d'assiettes dans le buffet de la cuisine et l'enfila rapidement. Elle était un peu froissée, forcément, mais cela ferait l'affaire. Elle avait longuement réfléchi à ce qu'elle devait porter et avait choisi une robe d'été, qui était certes trop légère pour la saison, mais moins guindée que sa tenue pour la messe. Elle remit son gilet de tous les jours qui atténuait le côté « premier rendez-vous » que la robe aux tons clairs affichait. Elle hésita quelques secondes puis enleva les pinces qui retenaient son chignon. Sa chevelure se déroula jusqu'au bas du dos en lourdes mèches. Elle ne se montrait jamais les cheveux lâchés, tout juste s'autorisait-elle une natte certains dimanches. Aussitôt, elle regretta son geste. Elle savait qu'ainsi, son visage paraissait moins sévère et plus jeune, mais cela en disait trop sur ses intentions. C'était aguicheur, assurément, et bien trop éloigné de ce que Roberjo connaissait d'elle. Elle lissa ses cheveux et entreprit de les séparer en trois mèches égales afin de les tresser. C'est là qu'elle perçut les coups légers frappés à la porte. Marie retint son souffle, paniquée. Elle se sentait débraillée, soudain. Qu'allait-il penser d'elle, ainsi décoiffée ? Elle chercha un moyen de reculer l'échéance mais déjà, la porte s'entrouvrait.

25

Andrio pénétra dans la cuisine. Marie eut envie de jurer parce qu'en cet instant, malgré l'agitation des minutes précédentes, l'agacement prit le pas sur le soulagement : son beau-père allait tout gâcher avec ses bavardages interminables ! Ça lui prenait parfois. Quand il se sentait seul, il rejoignait Marie au coin du feu et jacassait sans discontinuer. Habituellement, elle trouvait cela distrayant. Elle n'avait même pas besoin de commenter, Andrio déroulait ses anecdotes, en conteur émérite qu'il était. Cela la détournait des soucis quotidiens, et à mesure que la soirée avançait, alors qu'elle prêtait de moins en moins attention au sens des mots accumulés par son beau-père, le ronronnement de sa voix finissait de l'apaiser tout à fait. Mais aujourd'hui, elle refusait qu'il interfère avec ses projets :

« Andrio, pas ce soir, s'il vous plaît ! J'ai besoin de calme. »

Il plissa les yeux et la détailla en silence. Nerveuse, Marie lui tourna le dos et recommença à tresser ses cheveux. L'ignorer était sans doute la meilleure façon de couper court à ses commentaires. Elle s'attendait à entendre la porte s'ouvrir puis se refermer, mais seul le silence s'imposa. Se retournant alors vivement vers Andrio qui n'avait pas bougé, elle lâcha :

« Qu'est-ce qu'il y a, à la fin ? »

Un sourire doux se dessina sur les lèvres du vieillard, et Marie en ressentit un grand choc tant il lui rappela Martin.

« Je vois bien que vous vous êtes donné du mal, mais ça sert à rien. Roberjo ne viendra pas, finit-il par dire.

— De quoi parlez-vous ?

— Vous avez pas besoin de changer de robe ou de coiffure, pour plaire. Vous êtes toujours très belle. »

Marie rougit sous le compliment inattendu, et Andrio poursuivit :

« Mais Roberjo, ça l'intéresse pas. Ça vient pas de vous, hein. J'suis sûr qu'il a même pas bien compris ce que vous attendiez de lui. C'est le genre de choses qui lui passent au-dessus du béret. J'en ai vu, des margotons, lors de foires ou au café, lui faire un rentre-dedans digne de professionnelles. Mais lui, impassible, et que j't'y descends ma pinte comme si y avait personne. J'dis pas qu'il a un souci avec les femmes ou heu… vous voyez, quoi, le mécanisme… Mon avis, c'est qu'il était destiné à devenir curé. Sauf qu'il sait à peine lire, et qu'on peut pas dire qu'il a été élevé dans une grande dévotion. Disons qu'il a la vertu… Ça lui sert à rien, sauf à humilier sans le vouloir les honnêtes dames comme vous. »

Il se tut quelques secondes, espérant une réaction de la part de Marie. Mais celle-ci resta muette, atterrée par ce qu'elle pensait avoir compris du galimatias qu'elle venait de subir. Andrio se racla la gorge avant de poursuivre :

« C'que j'voulais expliquer, c'est qu'ça l'gêne beaucoup que vous fassiez toute une cérémonie pour lui dimanche. Il saurait pas l'avouer, mais y préférerait être ailleurs qu'au centre de l'attention. J'dis ça pour vous : n'allez pas vous rendre idiote devant tout le monde. Roberjo, il restera ici tant qu'y aura du travail bien pour lui. Si vous lui offrez d'être patron, y se barrera. Cherchez pas, y veut pas d'emmerdes. Sa soupe, son pain, un bout de lard et un toit, le verger tant qu'y peut, voilà tout son bonheur. Le reste, ça l'embarrassera. Vous faites pas de mal, vous méritez pas ça. »

Marie avait la tête baissée, à présent. Se pouvait-il qu'Andrio ait raison ? Ou cherchait-il juste à préserver la mémoire de son fils ?

« C'est lui qui vous a demandé de me raconter tout ça ?

— Il m'a parlé de son embarras devant votre sollicitude. Je vous l'ai dit, j'crois pas qu'il imagine que ça aille plus loin. Mais déjà, y sait pas quoi faire de ça, alors je lui ai dit que j'allais v'nir vous dire un mot. Mais vous cherchez pas juste à être gentille, n'est-ce pas ? Vous pensez qu'il f'rait un bon parti… »

Marie resta silencieuse de longues secondes. Elle savait son beau-père futé, mais elle ne s'attendait pas à une telle franchise.

« J'ignorais avoir été percée à jour, glissa-t-elle.

— J'vous ai connue amoureuse de Martin. Y a pas tant de façon d'être amoureux, vous savez. Vous êtes pareille qu'y a dix ans : la joie rentrée, les yeux qui rêvent…

— J'ai bien le droit de refaire ma vie ! » lâcha-t-elle, menaçante.

Andrio leva les mains en signe d'apaisement.

« C'est pas moi qui vous dirai le contraire ! J'vous ai connue amoureuse, mais j'sais le malheur qu'a été Martin pour vous et aussi que j'porte ma part là-dedans. Ben justement, j'veux faire mieux cette fois, et vous prévenir : Roberjo, y vous aimera jamais comme vous le méritez. Y sait pas faire.

— Peut-être parce qu'il n'a pas encore trouvé la femme qui lui correspond ? »

Andrio sourit à nouveau et s'approcha de Marie. Il lui prit les mains.

« Moi, j'ai vu qu'il vous émoustille. La Jeanne peut-être aussi. Mais Roberjo, il est à mille lieues de ça. Laissez-le là-bas, il a pas envie d'en revenir. C'est un frocard, j'vous dis. Prenez ça en bonne part : il pense pas à autre chose qu'à la ferme. Tant qu'elle tiendra debout, il s'ra là. V'là le seul bonheur que vous pouvez attendre de lui. »

Il se pencha et déposa un baiser sur le front de sa bru. Elle le laissa repartir en silence. Elle savait qu'il avait raison. Mais elle ne pensait qu'à une seule chose : si vraiment c'était la ferme qui séduisait Roberjo, alors elle se crèverait à la tâche pour qu'il n'en parte jamais.

26

Marie se coucha avec des dizaines de bonnes résolutions visant tout à la fois à développer son activité maraîchère et à rassurer Roberjo quant à ses intentions. Mais elle se réveilla une heure plus tôt qu'à l'accoutumée, rongée d'angoisse, en songeant au prochain dimanche. Plus rien n'avait de sens. Roberjo se ferait tout petit et Claire s'obstinerait à bouder. Marie n'avait plus dans sa manche aucun argument ni assez de temps pour les faire changer d'attitude, l'un et l'autre. Il faudrait endurer le soulagement d'Emma et de François. Eux seuls avaient de réels motifs de se réjouir. Si au moins ils avaient pu persuader Gabin de se joindre à eux, cette journée aurait eu une infime chance d'être supportable ! Mais comme toujours, Emma n'en ferait qu'à sa tête. Ça, ce n'était pas encore le pire : il faudrait composer avec la présence de Louise, que Marie avait souhaitée pourtant jusqu'à la veille. Ses motifs pour cela étaient louables : ce jour devait lever le voile sur le tendre attachement entre Roberjo et elle, et il n'y avait aucune raison d'en exclure Louise. Plus encore, Marie y voyait l'occasion de rassurer sa belle-sœur. Si celle-ci craignait toujours que Pierre laisse tomber l'imprimerie pour devenir garçon de ferme, comme trois ans auparavant, savoir Roberjo élevé au rang de chef de famille la tranquilliserait tout à fait : Pierre n'aurait plus jamais à jouer les sauveurs. Marie y décelait là un signe supplémentaire que son penchant pour Roberjo harmonisait tout. Elle continuait à se raccrocher à cette idée, mais voyait bien que sa démonstration devrait attendre. Dans l'immédiat, sa précipitation avait pour seuls résultats la gêne et la tristesse.

Elle s'était préparée à passer une journée difficile, et tout se déroula comme elle l'avait craint. Vers 13 heures pourtant, elle connut un regain d'espoir en constatant qu'aucun de ses invités n'était arrivé. Elle se prit à croire qu'Emma et Louise avaient été mieux inspirées qu'elle en renonçant finalement à participer à ce qui s'annonçait comme une épreuve pour tout le monde. Tandis qu'elle pensait tenir ainsi une chance d'apaiser sa mère, elle entendit une voiture arriver, puis des enfants crier. La dispute avec Jeanne reprenait de plus belle quand Louise fit son entrée, le teint pâle et l'air perdu. L'agacement submergea Marie. Depuis le départ de Pierre, Louise avait retrouvé sa posture de souveraine déchue qui était sienne au début de leur mariage. On aurait pu croire que la maternité l'aurait définitivement aguerrie, mais non : elle redevenait cette femme enfant avide d'encouragement et de compliments qui avait le don d'exaspérer sa belle-sœur. D'autant que Marie refusait d'endosser toute la responsabilité du désastre ambiant. Elle était certes irritée après elle-même, comme un joueur d'échecs après avoir perdu une pièce, mais elle n'y pouvait rien si ses proches jouaient leur partie encore plus mal qu'elle.

Elle sortit de la cuisine et fit quelques pas dans la cour pour se calmer, tâchant d'ignorer Claire sur son perchoir. Puis elle se dirigea vers le pré où se trouvaient Baptiste, Pierre-Louis et Victoire. Elle les observa à quelques mètres de distance. Ils riaient, se tiraient les manches ou les cheveux, criaient et riaient de plus belle. Ce serait si simple si Martin était toujours vivant, si Baptiste pouvait se réfugier dans ses bras forts qui le feraient sauter jusqu'au ciel, si Claire pouvait se coucher sur son ventre, pleurer dans sa chemise et décharger tous ses chagrins comme lorsqu'elle était petite ! Ce serait tellement moins lourd d'avoir un homme à ses côtés qui lui jure fidélité et soutien, dans la joie et dans la peine, et ne se défile jamais ! Les larmes lui montèrent aux yeux et elle lutta pour qu'elles ne coulent pas. C'est alors qu'elle entendit la seconde voiture se garer. Elle retourna vers la maison tandis que Louise en sortait, et elle s'immobilisa à ses côtés. Le spectacle du bonheur d'Emma et François la brisa. Elle sentit le feu de la jalousie dévorer ses entrailles et elle se mordit la lèvre inférieure pour ne pas gémir de douleur. L'évidence lui sauta aux yeux : elle ne supportait plus d'être seule. Elle pouvait toujours se débrouiller avec la ferme – c'était ce qu'elle faisait depuis quatre ans. Elle aimait le pouvoir que son veuvage lui octroyait, mais à seulement trente-quatre ans, elle ne pouvait admettre de finir sa vie sans davantage d'égards et de tendresse. Elle était certaine de mériter plus qu'Emma d'être heureuse : sa sœur voguait, libre comme l'air, alors qu'elle-même supportait tant de choses en silence ! Elle l'embrassa du bout des lèvres, mais Emma ne s'aperçut pas de sa réserve. L'amour ne rendait pas seulement aveugle, mais aussi égoïste, songea Marie. Pourtant, elle n'hésita pas à enlacer François et il lui rendit son étreinte, ce qui lui noya une nouvelle fois les yeux. Il était son seul ami, peut-être le seul homme qui l'eût jamais comprise. Elle était infiniment soulagée de son retour, elle le mesurait à l'instant. Elle aurait voulu prolonger ce moment – que François la berce et la rassure –, mais c'était bien sûr au-delà de ce que la décence permettait et elle ouvrit les bras pour le libérer. Puis elle rentra précipitamment dans la maison, prétextant le repas à réchauffer.

À table, ne trouvant aucun sujet de conversation à la fois intéressant et neutre, elle laissa les enfants accaparer la parole. Roberjo s'était assis le plus loin possible d'elle, du même côté de la table, ce qui l'empêchait de le voir autrement qu'en le servant. Andrio demeurait étonnamment silencieux. Louise semblait transparente : à peine reprenait-elle parfois Pierre-Louis quand il haussait la voix. Emma et François restaient sur leur petit nuage, et ce sont les autres qui devaient leur paraître invisibles. À l'issue du dessert pourtant, alors qu'ils se retrouvaient entre adultes, Marie se risqua à demander à François des détails sur ses dernières semaines. Il éluda : il n'avait pas été cantonné très loin et n'avait rien vécu de passionnant. Marie fut presque déçue. Roberjo avait raconté la même chose. Elle aurait voulu des récits plus vaillants, de quoi justifier le marasme, donner un sens à cette époque étrange. Contrairement à Emma qui avait toujours des opinions tranchées sur les événements, qui savait où se situer, comment revendiquer et quoi espérer, Marie ne parvenait pas à se projeter plus loin que sa ferme, sa famille et l'année à venir. Ce qui se passait ailleurs l'indifférait. À présent qu'il semblait certain que cet ailleurs allait modifier leur vie en profondeur, elle aurait voulu que les choses fussent cadrées. Elle pouvait affronter le pire, mais elle préférait être sûre qu'il approchait. Non pas pour délirer comme Jeanne sur la mort de Pierre, mais pour choisir tôt la meilleure stratégie : faire barrage au gros temps ou le laisser passer en courbant l'échine.

Elle comptait les minutes qui la séparaient du départ de chacun. Elle se sentait plus éloignée que jamais des membres de sa famille, et elle appelait de ses vœux la solitude. Mais Jeanne fit son entrée et l'atmosphère, déjà peu légère, s'appesantit encore. Lorsque Louise annonça attendre un enfant, Marie ressentit une intense pitié à son égard. Cette grossesse n'était de toute évidence pas prévue et Marie savait exactement ce que Louise endurait, ayant vécu la même chose quand elle s'était découverte enceinte de Baptiste, plusieurs mois après la mort de Martin. Cela la fit revenir au moment de la naissance de son fils. Après le deuil, l'angoisse de l'avenir, tenir Baptiste dans ses bras lui avait contre toute attente donné un sentiment d'invulnérabilité. Elle y était arrivée. Elle s'était sentie si forte alors, si certaine que tout irait bien, qu'elle s'était trouvée chanceuse d'avoir pu ainsi agrandir sa famille. Le souvenir de cette plénitude effleurée la fit sourire un instant. Pourtant, elle n'avait aucune parole de réconfort à apporter à Louise. Elle ne voulait pas non plus la décourager davantage, alors elle ne dit rien. Le quotidien, le labeur et la fatigue avaient fini par élimer l'euphorie et la confiance, jusqu'à les faire disparaître. Les enfants ne sauvaient de rien. Ils rajoutaient au bonheur quand il était déjà présent, mais on ne pouvait rien construire sur l'émerveillement d'une naissance, encore moins sur un bébé non désiré. Marie avait continué à avancer sans plus s'émouvoir : la vie, les siens, ne la troublaient plus. Tant qu'elle ignorait vivre dans un tel désert émotionnel, cela ne la gênait pas. Mais désormais, elle savait très précisément ce qu'il lui manquait, et cela la blessait à chaque instant.

27

« Je n'avais pas compris que l'absence de Gabin serait aussi problématique », lança François à sa femme, sitôt que leur voiture eut quitté la ferme.

Alors qu'il vivait avec Emma une seconde lune de miel, ce repas pris à La Vineuse avait sonné comme un brusque retour à la réalité. Il n'y avait pas eu un seul moment de joie, juste une gêne immense qui n'avait fait que croître à mesure que la journée avançait. Il avait l'impression d'avoir été absent des années et d'avoir manqué de nombreux événements qui auraient expliqué comment un tel climat de tension avait pu s'étendre sur ses proches en quelques semaines seulement.

« Nous n'allions pas l'obliger à revenir là-bas ! s'exclama Emma.

— Non ?

— On peut comprendre qu'il ait peur d'y remettre les pieds ! J'avais dit à Marie qu'il ne viendrait pas.

J'avais même proposé de faire le repas chez nous. C'était à elle de raisonner Claire. »

François fronça les sourcils, puis reprit :

« Quand je lui ai parlé ce matin, je n'ai pas eu l'impression que Gabin était terrorisé. Il m'a vigoureusement affirmé qu'il ne voulait pas nous accompagner, mais cela ressemblait davantage à un caprice…

— Un caprice ? On croit rêver ! Je… »

François posa une main sur la cuisse de sa femme en guise d'apaisement.

« Ce n'est pas le bon mot, pardon. Je parlerai plutôt de refus d'obstacle. »

Emma secoua la tête :

« Qu'est-ce que cela signifie ? Si Gabin ne se sent pas prêt à retourner à La Vineuse, je ne vais certainement pas l'y contraindre.

— Peut-être a-t-il juste besoin d'être encouragé, de se sentir entouré dans cette démarche. Ç'aurait pu être une bonne occasion…

— C'est bien toi qui me parles d'accompagner Gabin ? s'agaça Emma. Alors que depuis qu'il est arrivé chez nous, tu prends grand soin de l'ignorer ? »

François serra les mâchoires et un lourd silence s'installa entre eux. La pique de sa femme le blessait d'autant plus qu'il savait avoir été insuffisant. Gabin avait soutenu Emma durant son absence et il se dévouait pour se rendre utile à tous dans leur quartier, autant que ses béquilles le lui permettaient. Il se comportait en homme, et n'eût été la faiblesse de sa jambe et la vigilance d'Emma, il aurait sans doute pris à sa charge nombre de travaux pénibles désormais dévolus aux femmes. Il avait considérablement grandi durant les deux mois d'absence de François et en le découvrant si peu valide lors de son retour du régiment, le médecin s'était senti envahi d'une intense culpabilité. L'été lui semblait loin après les semaines de mobilisation, mais il ne pouvait ignorer qu'il avait abandonné Gabin à son sort, alors même qu'il vivait sous son toit. À aucun moment, il n'avait vérifié que les exercices prescrits afin d'assouplir sa jambe avaient été bien suivis. Or Emma avait renoncé à soumettre son protégé à ce qui lui apparaissait une torture quotidienne, et de son côté, Gabin n'avait pas fait d'efforts pour se libérer de ses béquilles. Il paraissait totalement s'accommoder de son handicap. François ne leur faisait aucun reproche : sa seule mission était de veiller au bon rétablissement du jeune garçon, et même sur ce point, il avait failli.

Il gara la voiture dans l'arrière-cour et éteignit le moteur. Mais aucun d'eux n'en sortit. Ils le savaient : il fallait crever l'abcès avant d'entrer dans l'appartement où les attendait Gabin. François sentait sa femme tendue et il devinait qu'elle gardait le silence pour éviter de déverser d'autres reproches. Sans doute aussi pour sauvegarder ce qui pouvait l'être du moment de grâce qu'avaient été ces deux dernières semaines. Il lui en était reconnaissant. Il lui serait plus facile d'admettre ses torts s'ils n'étaient pas d'abord soulignés par la verve cassante d'Emma.

« Je sais que je n'ai pas été à la hauteur avec Gabin. Tu ne l'ignores pas, j'étais contrarié que tu m'aies mis devant le fait accompli. Je continue de penser que ce n'était pas une manière loyale de procéder, mais j'aurais dû être plus présent, et au moins m'assurer qu'il progresse physiquement.

— Il a progressé ! protesta Emma.

— Il s'est adapté, c'est différent. Il doit apprendre à se passer de béquilles. Je vais veiller à cela attentivement, désormais.

— Je doute qu'il apprécie…

— Probablement pas, mais c'est notre responsabilité de le faire. »

François se tut un moment puis ajouta d'une voix plus lente, en pesant ses mots :

« Nous sommes ses tuteurs, maintenant. En tant que tels, nous devons le guider vers ce qui est le mieux pour lui, même s'il doit en souffrir un peu. »

Emma aspira bruyamment de l'air. Elle parut à la fois émue et stupéfaite.

« Ça signifie que tu acceptes qu'il demeure chez nous ? »

François la regarda avec un doux sourire et lui prit la main.

« Depuis mon retour, sa compagnie fait naître en moi culpabilité et tendresse. Culpabilité lorsque je l'observe se déplacer de sa démarche désarticulée ; tendresse depuis que je sais quel soutien il a été pour toi. Il me paraît évident qu'il ne nous quittera plus… Et je ressens de la fierté à l'idée de le voir grandir avec nous. »

Emma pleurait, à présent. Elle se pencha vers lui, déposa un baiser sur sa joue et murmura un remerciement. Ils restèrent de longues minutes enlacés, habités par une émotion nouvelle qui les dépassait tous les deux et promettait de croître encore.

28

François avait soudain beaucoup de choses à dire à Gabin. Mais il ignorait dans quel ordre et de quelle façon aborder les différents sujets, tous graves. Emma lui conseilla de faire simple.

« C'est un jeune garçon intelligent et sensible. Ne tourne pas autour du pot. Crois-moi, il sera heureux que tu t'intéresses à lui ! Il pourrait te surprendre, d'ailleurs », ajouta-t-elle dans un demi-sourire.

François mesura à cet instant la complicité qui unissait sa femme à Gabin, et il l'envia. Il lui fallait rattraper son retard, combler les manques. Ce besoin impérieux n'était pas seulement nourri par le désir de créer un lien affectif avec Gabin. Il devait aussi beaucoup à une autre culpabilité qu'il n'avait avouée à personne et qu'il savait devoir traîner seul un long moment : ce n'était pas à son âge qu'il devait sa démobilisation, mais à l'influence de son père. La classe 1909, celle de Roberjo, avait été renvoyée dans ses foyers dès la mi-octobre, les classes 10 et 11 avaient suivi, mais on ne savait rien pour les classes suivantes, dont la 14, celle de François. Or l'idée de demeurer loin de Cluny lui semblait inenvisageable. Il s'était entièrement dévoué à ses patients durant de nombreuses années. Son mariage, à plus de quarante ans, lui paraissait encore miraculeux. Avant la découverte de ses sentiments pour Emma, il s'était résigné à finir sa vie seul, entouré au mieux des attentions des familles qu'il avait si longtemps soignées. Désormais, il avait un foyer solide et bien à lui, qui pourrait s'agrandir d'un ou deux enfants. Mais pour cela, il fallait qu'il fût présent. Emma avait catégoriquement refusé d'envisager une grossesse lorsque la guerre n'était encore qu'une vague menace. Maintenant qu'il était mobilisé et que les pires craintes de sa femme étaient confirmées, ses chances de devenir père un jour s'évanouissaient. S'il ne rentrait pas très vite, s'il n'apportait pas la preuve qu'il ne courait aucun danger et s'il ne pouvait se tenir aux côtés d'Emma et des siens dans les temps troubles qui arrivaient, jamais elle n'accepterait d'accueillir un nouveau-né.

Il ne réclamait pas une planque : à Cluny, le travail ne manquerait pas, on le ferait mander plus encore. Ce n'était pas non plus la peur qui le poussait à prendre des chemins de traverse, mais un sentiment aigu d'injustice. Il n'admettait pas qu'on lui enlève la part de bonheur auquel il avait droit, lui qui n'avait jamais ménagé sa peine et son temps pour soulager autrui. Alors, il avait fait ce qu'il s'était toujours refusé : il avait demandé de l'aide à son père, Théodore Longueville. Celui-ci, neurologue réputé, ancien élève de Charcot, avait longtemps été le médecin favori des hautes sphères de la société parisienne, pour qui consulter un spécialiste du cerveau avait plus d'allure que de se laisser aller aux mains d'un simple praticien. Vers la fin de sa carrière, il s'était spécialisé dans les consultations de complaisance, effrayant gentiment les bourgeoises sur leurs troubles supposés, rassurant à l'inverse leurs maris sur leurs facultés, afin que chacun revînt dans son cabinet l'enrichir en billets de banque… et en relations. François l'avait méprisé pour cela, et dès qu'il avait pu, s'était défait de son influence, menant sa barque à l'opposé des desiderata de Longueville père. Il avait décidé d'être médecin de campagne à des centaines de kilomètres de la capitale, alors que Théodore n'espérait qu'une seule chose : lui transmettre son prestigieux cabinet parisien. François ne choisissait pas ses patients ni ne leur mentait pour leur plaire. Plus son père faisait de la médecine un spectacle pour un public déjà conquis, plus il s'obstinait à apporter du soulagement à des gens qui n'osaient en demander. Sa sœur Cécile se moquait de cette tendance à sans cesse vouloir rééquilibrer la balance de la moralité familiale.

« Père ne te comprend pas. Pourquoi voudrais-tu que ton exemple le fasse changer en quoi que ce soit ?

— J'enrage des chances qu'il a eues et qu'il a perverties », répondait-il alors.

Le temps passant, François était devenu moins virulent. Avec l'expérience, il lui sembla moins scandaleux que son père ait décidé de ne s'occuper que d'une élite. Il ne l'enviait pas, ne regrettait pas ses propres choix et ne souhaitait rien changer à sa vie, mais à force d'écouter les confidences des gens, il lui était apparu que personne, riche ou pauvre, n'était épargné par le malheur, et que chacun avait droit à un médecin qui s'assît à ses côtés pour le rassurer. Or Longueville père semblait y parvenir à merveille avec sa patientèle. François troqua le mépris pour une cordiale indifférence à la pratique de Théodore. Ils réussirent même à discuter sans plus se disputer. François n'avait pas culpabilisé lorsqu'il avait profité des réseaux de ses parents pour convaincre Emma de l'épouser. Il ne reniait pas sa famille, mais il faisait le tri dans un héritage qu'il jugeait encombrant. Et s'il n'avait jamais directement demandé de faveur à son père, il n'hésita guère une fois mobilisé. Il ne risquerait pas sa peau ; jamais on ne l'enverrait en première ligne, et pour ces raisons mêmes, il ne parvenait pas à se trouver lâche, alors. Mais il savait qu'il lui fallait rester discret sur ses doléances. Beaucoup ne comprendraient pas

– il n'était même pas certain qu'Emma lui pardonnât une telle défection. Théodore se conduisit parfaitement. Souvent par le passé, il avait dit à son fils de ne pas hésiter à le solliciter pour l'avancement de sa carrière ou toute autre chose qui l'agréerait. Il était fier de son influence et aurait aimé que François le fût également et en usât bien davantage. Aussi, il suffit à ce dernier d'un courrier un peu sibyllin pour faire comprendre à Théodore son désir d'être libéré de ses obligations militaires. Les choses se passèrent en toute discrétion. À tel point que François n'avait pas encore une totale certitude que c'était à l'action de son père qu'il devait son retour à Cluny. Ils ne s'étaient pas parlé depuis des semaines. Les lettres de sa mère et de sa sœur ne dévoilaient rien. Pourtant, François ne pouvait douter. À Dijon, où il stationnait, il était le seul de la classe 14 à avoir été libéré. Son dossier semblait avoir été mêlé l'air de rien à ceux de la classe 09 sans que personne le remarquât ou s'en offusquât. Son activité de médecin suffisait apparemment à justifier la démarche. Mais François savait qu'il y avait dû avoir d'autres arguments avancés en haut lieu. Ce ne pouvait être une coïncidence. Et s'il se refusait à trop y penser, il devait à présent composer avec le double sentiment de crainte d'être découvert et de culpabilité à l'égard des autres appelés. Désormais à l'abri, proche de ceux qu'il aimait, et alors que cela avait été si facile de revenir, il ne pouvait s'empêcher de se dire qu'il aurait pu tenter de tenir un peu plus longtemps sous les drapeaux. Certes, les derniers jours passés avec Emma avaient été fastes et précieux. Mais cela ne fit que renforcer l'idée que son retour parmi les siens devait prendre un noble sens. Il devait prouver, sinon aux autres, du moins à lui-même, que sa présence à Cluny était requise. Il n'était pas là question de son activité médicale. Bien sûr, il serait dévoué comme avant – plus, même, s'il le pouvait. Mais cela ne réclamerait qu'une abnégation routinière qui ne l'élèverait pas assez à ses yeux. Il lui fallait une cause dans laquelle s'investir, une mission qui ne pouvait revenir qu'à lui seul. Faire en sorte que Gabin remarchât normalement, lui offrir enfin un foyer stable et aimant lui parut être un premier grand œuvre honorable auquel se consacrer.

Février 1940

29

Par la fenêtre de sa chambre, assise derrière son secrétaire, Louise voyait Victoire et Pierre-Louis glisser sur la vaste mare transformée en patinoire. Suzanne se tenait au bord, prête à les réconforter en cas de chute. Lorsqu'un mois et demi plus tôt, la glace s'était formée sur la pièce d'eau, Louise avait catégoriquement refusé que les enfants s'y aventurent. Elle n'avait jamais vu ce petit étang gelé et ne parvenait pas à croire que la surface fût suffisamment solide pour y accueillir des jeux d'enfants. Elle ne céda pas davantage après deux semaines de températures inférieures à moins dix degrés. Mais habilement, Victoire réussit à convaincre une jeune bonne à se risquer sur la glace en présence de sa mère et ainsi faire la démonstration que celle-ci résisterait aisément à son poids, ainsi qu'à celui de son frère. Début février, alors que les gelées reculaient, Louise avait à nouveau interdit l'accès de l'étang à quiconque. Mais on était à présent le 15 février : cela faisait plus de cinq jours que le grand froid était revenu et elle n'entretenait plus aucune crainte au sujet de cette éphémère patinoire. Bien plus, elle était ce matin-là satisfaite que les enfants soient occupés ailleurs. Il lui fallait accomplir une tâche difficile qu'elle n'avait que trop repoussée : elle devait écrire à Pierre pour lui annoncer qu'elle était enceinte.

Elle avait d'abord eu dans l'idée de le faire pour Noël, en le présentant comme une jolie surprise. Le premier trimestre serait passé, on aurait ainsi quelque certitude sur la pérennité de la grossesse. Puis elle avait réalisé que savoir sa femme enceinte loin de lui ne pouvait être une bonne nouvelle pour Pierre et qu'elle devait justement lui épargner ce genre de révélation à cette époque de l'année. Il avait tellement attendu et espéré la naissance du petit Henri ! Qu'on l'en éloignât aussi vite demeurait un déchirement, chacune de ses lettres en témoignait. Ses autres enfants lui manquaient, bien entendu, mais il y avait quelque chose dans la naissance d'Henri de particulièrement apaisé qui avait enchanté Pierre, et Louise par communion. Henri était arrivé alors qu'ils n'avaient plus rien à prouver, après une fille et un fils en parfaite santé. Il était la démonstration que la vie savait être prodigue. La grossesse avait été douce, et Pierre s'était attaché à l'enfant bien avant qu'il vînt au monde. Assurément, il serait perturbé d'apprendre qu'Henri n'était déjà plus le petit dernier, que bientôt un nouvel être réclamerait l'attention qui devait lui revenir. Louise savait comment pensait son époux. Ce ne pouvait être un cadeau que de l'obliger à appréhender ce bébé qui s'imposait. Elle s'en convainquit d'autant plus facilement que cette grossesse ne générait en elle aucun enthousiasme.

Elle avait lutté de nombreuses semaines contre la répulsion que lui inspirait l'enfant, voyant dans les vomissements qui ne la lâchèrent pas jusqu'à Noël l'image du bonheur qu'on lui arrachait. Elle en voulait au bébé de désirer vivre dans un monde sans père, de se présenter à une époque qui l'obligeait à faillir à sa mission de mère. Un instant, elle le maudissait parce qu'il la forçait à le rejeter ou à le craindre, puis la seconde suivante, elle culpabilisait amèrement de ne pas parvenir à s'y attacher. Cela avait été si aisé pour les trois premiers ! Elle était faite pour être mère. Elle en avait eu l'intuition très jeune, et celle-ci s'était confirmée lorsqu'elle l'était effectivement devenue. Elle se raccrochait à cette idée, tentant de se persuader qu'un quatrième enfant ne pouvait être un bouleversement insurmontable. Mais ces pensées qui tournaient sans répit ne faisaient que souligner combien Pierre lui manquait. Elle ne concevait pas une nouvelle grossesse sans son mari pour l'admirer enceinte, pour s'empresser autour d'elle, emprunté mais touchant.

Elle ne savait pas faire sans son regard d'homme qui la couvait ; elle était dépendante de Pierre comme elle l'avait été auparavant de son père, même si elle mettait beaucoup d'adresse à lui faire croire le contraire. Elle repoussa donc au mois de janvier l'annonce fatidique, et passa les fêtes dans un état de morosité qu'elle contint à grand-peine afin de ne pas chagriner ses enfants. Depuis le navrant déjeuner à la ferme, elle n'avait eu aucune nouvelle de sa belle-famille, et n'avait pas davantage cherché à en avoir. Elle n'avait été invitée nulle part pour les réveillons et en avait d'abord éprouvé du soulagement : cela lui épargnait la délicate tâche de refuser.

Elle avait cependant espéré que l'un ou l'autre vendît la mèche sur sa grossesse dans leurs courriers à Pierre. Cela lui aurait simplifié les choses. Elle avait de quoi justifier son silence, et son époux lui aurait pardonné. Mais de toute évidence, personne n'avait mentionné le bébé, sinon Pierre se serait empressé de lui en faire part dans ses lettres. Louise ne put que constater une nouvelle fois la désaffection de sa belle-famille. Que sa grossesse indifférât Emma, et même Marie, elle parvenait à le concevoir. Mais qu'étaient devenues la prévenance et la bienveillance de Jeanne ? Pierre serait indigné d'apprendre que toutes l'avaient abandonnée à son sort. Au début du mois de janvier, ce mépris la rendit furieuse, et cette colère, ajoutée au regain d'énergie apporté par la fin des désagréments du premier trimestre, lui octroya une nouvelle vigueur. Elle fit réaménager les chambres et la nursery en prévision de la naissance, passa de nombreuses heures à jouer avec les garçons, et entreprit d'apprendre l'alphabet à Victoire. Mais au fil des semaines, les pensées moroses refirent surface. Les enfants ne suffisaient pas à la rassurer. Elle se sentait abandonnée. Et si tous – Emma, Marie, Jeanne, François – avaient cru qu'elle affabulait en annonçant sa grossesse ? Elle se tortura l'esprit, imaginant les uns et les autres médire sur son compte. Puis, à la toute fin du mois, François Longueville vint la voir. Elle le reçut froidement. Il réclama de ses nouvelles, portant des regards appuyés à son ventre et à l'ensemble de sa silhouette. Il lui demanda si elle sentait le bébé bouger. Elle éluda, mal à l'aise. Alors il suggéra de l'examiner. Cela horrifia Louise. Elle le revit arriver à la ferme en compagnie d'Emma, tous deux échevelés et transpirants, et sa proposition, en cet instant, lui parut d'une grande indécence. Si des années durant, elle avait espéré ses visites et s'était émue de ses attentions, il lui semblait désormais impossible de dépasser avec lui le stade des civilités élémentaires. Il appartenait à Emma. Or Emma n'appartiendrait jamais au monde de Louise. Et assurément, à présent qu'avaient été données de façon si gênante les preuves de l'intimité entre Emma et François, ce dernier ne pouvait plus rester le médecin de Louise. Elle déclina sèchement sa proposition. Elle l'accompagna au jardin où s'aéraient les enfants, et l'abandonna aux assauts de ses neveux. Puis, sans un mot d'adieu, elle rentra se mettre au chaud, laissant son beau-frère rejoindre seul la sortie. Elle décida à cet instant de cesser d'espérer après sa belle-famille. Quelles que soient ses réactions ou leurs attitudes, on aboutissait toujours à des situations de grand malaise. Elle refusait désormais de lutter pour imposer sa crédibilité. Elle parviendrait à se sortir seule de cette méchante période, et quand Pierre reviendrait, il ne pourrait que constater son courage et la désertion des siens. Cette conviction, ainsi que la déconfiture manifeste de François lorsqu'elle l'avait congédié, suffirent à lui remettre les idées d'aplomb. Elle était seule, pour le moment du moins, et elle ferait de cette solitude une force.

Le mois de janvier était cependant passé sans qu'elle parvînt à annoncer à Pierre sa nouvelle paternité. L'hiver 1939-40 était l'un des plus froids que connaissait la France depuis des décennies, et pour son mari et ses camarades, elle s'était absorbée dans la confection de colis garnis de gants, moufles, mitaines, chaussettes, cache-oreilles, écharpes et autres gilets de corps qu'elle faisait réaliser en toute hâte par de vieilles femmes de la ville, heureuses de contribuer tout à la fois au bien-être des soldats et aux revenus de leur famille. Mais désormais, Louise ne pouvait plus reculer. Dans ses deux dernières lettres, Pierre faisait mention d'une permission qu'on lui accorderait sans doute dans le courant du mois de mars ou d'avril. Il fallait donc qu'il soit dès à présent averti de sa grossesse. Louise préférait qu'il se fît à l'idée de son ventre rond loin d'elle. Elle était heureuse et excitée qu'il revînt à Cluny, même pour quelques jours, mais la question des enfants ayant toujours été entre eux chargée d'émotions violentes et contradictoires, elle souhaitait qu'il encaisse le choc sans qu'elle eût à en supporter les conséquences immédiates.

Les mots filèrent vite sur le papier. Des semaines durant, elle avait tourné et retourné des formules dans sa tête, sur des brouillons, sans grande satisfaction. Ce jour-là, elle choisit la voie la plus aisée, et énonça simplement les faits. Elle acheva l'annonce par des mots doux et apaisants, assurant qu'elle allait très bien et que les enfants traversaient l'hiver en pleine santé. Puis sans attendre, elle cacheta sa missive et l'ajouta à la pile de lettres destinées à la poste. Elle se sentit alors libérée d'un grand poids : ils seraient deux à présent à porter ce bébé.

30

Encore six marches. Gabin n'avait même plus besoin de les compter. Si un jour, il parvenait à monter et descendre cet escalier souplement et rapidement, il n'oublierait sans doute jamais quel lot de douleurs était attaché à chaque degré, à chaque barreau de la rampe. Il reprenait ses forces, cherchant au fond de lui-même l'énergie nécessaire pour lever la jambe, encore, quand la porte en bas s'ouvrit. Il se figea, tentant de se fondre dans le décor. Une femme d'une vingtaine d'années entra. Il l'avait déjà aperçue, elle venait en consultation chez François Longueville. Pourvu qu'elle ne le vît pas ! Il faudrait lui parler, sans doute, et c'était difficile de tenir une conversation quand on avait si mal. Puis il était en sueur et en larmes. Non vraiment, il fallait qu'elle entre directement dans le cabinet. Mais une fois la lourde porte d'entrée refermée, elle s'immobilisa au milieu du vestibule et tourna lentement la tête vers lui. Il ne faisait pas très clair : les premières fenêtres étaient sur le palier du premier étage mais malgré cela, elle finit par repérer Gabin, la main crispée sur la rampe, à demi recroquevillé. Il l'entendit hoqueter : de surprise ? De peur ? Il aurait fallu qu'il se déplace, qu'il monte, démontrant ainsi qu'il n'y avait rien d'étrange à sa présence ici. Mais cela demanderait un effort tel qu'il gémirait sans doute, le corps tendu pour soumettre cette foutue jambe, le visage tordu par la souffrance. Rien de très rassurant. Alors, il ne bougea ni ne la regarda. Il fixa la marche devant lui, prochain bourreau, priant pour que la jeune femme ne crie pas. Il était de grande taille maintenant, presque comme un homme. Il avait beaucoup grandi ces derniers mois, et à douze ans, il en semblait seize. De qui tenait-il cela ? De son père ? Il cherchait encore à le convoquer dans ses souvenirs, mais cela faisait longtemps que plus aucune image ne s'imposait. Lui ressemblait-il ? Personne ne pouvait lui répondre. Il ne saurait jamais rien de lui. Ce qu'il savait par contre, c'est que ça ne l'aidait pas, d'être grand. C'était de la carcasse supplémentaire à soulever dans ce maudit escalier, et chaque nuit, il pouvait presque visualiser les os qui croissaient dans sa jambe raide, tandis qu'une douleur sourde et lancinante le gardait éveillé. En cet instant, il ne savait pas non plus ce que la jeune femme pouvait penser d'un homme qui se cachait dans l'obscurité d'un escalier, haletant et ne pipant mot. Il devina plus qu'il ne vit qu'elle reculait lentement. Puis elle rouvrit vivement la grande porte. Il crut d'abord qu'elle s'enfuyait, mais elle resta dans l'embrasure, afin de l'observer à la lumière du jour.

« Est-ce que… ça va ? »

L'hésitation montrait que la jeune femme savait sa question absurde. Il lui en fut brièvement reconnaissant et se réjouit presque qu'elle ait troqué sa peur contre de la pitié. Ce serait plus facile à affronter. Il suffisait de dire les choses de la façon la plus audible possible, sans faire trop de gestes pour ne pas perdre l'équilibre et risquer la chute.

« Je vis au-dessus, articula-t-il. Je fais un exercice pour assouplir ma jambe. C'est douloureux et difficile : alors non, ça va pas très bien. Mais il faut que je le fasse, vous n'avez pas à vous inquiéter. Et le docteur vous attend sûrement. »

Elle pencha la tête sans le quitter des yeux comme pour évaluer si ce qu'il disait était plausible, puis acquiesça. Elle avança, libérant la porte d'entrée qui se ferma une nouvelle fois, et ouvrit celle du cabinet. La poignée dans la main, elle se retourna, fixa encore Gabin quelques secondes avant de murmurer « Bonne chance ! » et de pénétrer dans la salle d'attente.

Il souffla. La pause était terminée.

Encore six marches.

31

Alors que Gabin atteignait le premier étage, Emma sortit de l'appartement, un verre d'eau fraîche à la main. Elle attendit qu'il ait repris son souffle, que ses traits se soient détendus pour le lui donner, sans un mot. Elle n'aimait pas être là quand il s'attaquait à l'escalier. Gabin le savait : elle fermait toujours la porte de l'appartement derrière lui lorsqu'il s'apprêtait à descendre et il devinait qu'elle se terrait dans une pièce du fond, pour ne pas l'entendre. Mais dès qu'il remettait un pied sur le palier, que les planches du parquet grinçaient sous son poids, elle arrivait, visage inquiet, ne sachant que dire. Elle préférait qu'il s'escrime avec sa jambe quand elle sortait faire les courses ou quand elle était retenue à l'école. Lorsqu'en rentrant le soir, elle lui demandait s'il avait bien fait ses exercices, il voyait combien elle était soulagée s'il répondait oui.

Il ne lui en voulait pas. Il y avait quelque chose de maternel, trouvait-il, dans l'incapacité d'Emma à le voir souffrir. Et il prenait ce désarroi comme une marque de tendresse. Le plus souvent, il essayait d'améliorer la souplesse de sa jambe quand elle n'était pas là, pour lui éviter tout tourment, mais parfois il l'attendait, juste pour pouvoir s'assurer de son affection, même inquiète.

Encore n'assistait-elle pas aux horribles séances d'étirements que lui imposait François matin et soir. Plier, déplier, tendre, il lui semblait que toute sa jambe était rouillée et qu'il devait, millimètre par millimètre, la dégripper. Le supplice de la roue devait être assez semblable. François lui avait montré des planches d'anatomie. À cause des mois où il avait dédaigné se servir de sa jambe, ses articulations s'étaient raidies, ses muscles avaient fondu, ses ligaments et tendons étaient devenus paresseux, alors même qu'il aurait fallu solliciter tous ces organes pour qu'ils se remettent à fonctionner le plus normalement possible. Désormais, il se trouvait face à un cercle vicieux : pour pouvoir bouger la jambe, il faudrait de solides muscles, et pour avoir de solides muscles, il faudrait pouvoir bouger la jambe. À ce moment de son explication, Gabin avait compris qu'il allait souffrir – beaucoup. Mais il lui fallait assumer. Et Emma également. Ils n'avaient pas suivi les premières directives de François. Si Gabin s'était obstiné et avait travaillé à sa réadaptation comme le lui avait prescrit le médecin, il ne souffrirait plus aujourd'hui. Plus autant, du moins. Peut-être même courrait-il ? Il ne pouvait l'imaginer, mais cela lui faisait de plus en plus envie. Emma et lui regrettaient le temps perdu et s'en voulaient tous les deux. Elle de ne pas avoir eu la fermeté nécessaire, lui de s'être convaincu qu'il pouvait passer le reste de sa vie avec une jambe inutile. Ils en payaient aujourd'hui le prix.

C'était également pour cela qu'il faisait parfois ses exercices en présence d'Emma : afin qu'ils n'oublient pas, tous les deux, qu'ils avaient eu tort et que François avait eu raison. Il avait eu raison de déconseiller le retour à la ferme après l'opération, et raison aussi de pousser très vite Gabin à abandonner ses béquilles. Sauf que personne ne l'avait écouté. Gabin se demandait si c'était pour cela qu'il semblait si triste parfois, comme éteint. Si ses proches ne l'écoutaient pas lorsqu'il leur conseillait quelque chose, qu'en était-il de ses patients ? Étaient-ils encore plus désobéissants ? Ce devait être lassant. Surtout quand on était certain d'avoir raison. Gabin s'interrogeait : quand il serait médecin, plus tard, est-ce qu'il supporterait d'avoir la solution et de voir ses patients faire tout l'inverse et souffrir plus encore ? Ce n'était pas ce qu'il voulait. Lui voulait être un sauveur que l'on écoute, que l'on respecte. Bien sûr, on respectait beaucoup le docteur

Longueville, et Gabin se réjouissait de devenir son assistant. Cette perspective était une raison supplémentaire pour descendre et monter ces escaliers encore et encore, subir les impitoyables étirements de sa jambe et bientôt, laisser tomber une béquille, puis deux. C'était leur marché, au docteur Longueville et à lui.

François était revenu de mobilisation d'abord euphorique. Gabin s'était senti de trop, les premiers jours de son retour, alors que de toute évidence, Emma et lui n'aspiraient qu'à être seuls. Il avait maintenu jusqu'au dernier instant son refus de venir à l'anniversaire de Claire pour cette unique raison : cela sauterait aux yeux de tous qu'il n'était qu'une pièce rapportée, encombrante. Il avait su, ensuite, la rébellion de Claire, et s'était senti triste pour elle. Mais il n'avait pas regretté sa décision. Il s'était passé quelque chose, ce jour-là, en son absence – et sûrement grâce à elle – qui avait changé sa vie. Gabin lisait beaucoup et Emma l'obligeait à consulter un dictionnaire à chaque mot inconnu. Il savait ce que le mot « emphatique » voulait dire et il savait que lorsqu'il disait que sa vie avait changé en une seule journée, c'était emphatique. Mais c'était aussi l'exacte vérité. Le matin, il se voyait comme une épingle autour de la bulle formée par Emma et François. À leur retour, dans l'après-midi, il s'était soudain senti absorbé par leur couple. Ils étaient venus le chercher pour l'emmener au restaurant. Ils avaient tous les deux beaucoup ri et bu, et ils regardaient Gabin d'un œil neuf, heureux, avec une pointe de soulagement pour Emma et un soupçon de fierté pour François. Puis les jours suivants, celui-ci avait commencé à lui parler, à le questionner sur ce qu'il aimait, ses attentes. Il avait été stupéfait de découvrir que Gabin aimait les poésies de Victor Hugo, s'était dit flatté et ému qu'il désirât embrasser la vocation de médecin, et avait chaleureusement salué sa précocité, sa clairvoyance et la justesse de ses goûts.

Au début, le jeune garçon n'avait su que faire de cette curiosité et de ces éloges. Il avait toujours cru que son séjour chez les Longueville serait provisoire. Qu'une fois totalement guéri, on le renverrait Dieu savait où. Pas chez son grand-père, non, mais peut-être chez Marie. Ce ne serait pas un si mauvais sort, bien sûr, mais il s'était pris d'une affection véritable pour Emma, qui se comportait à la fois comme une mère et comme une sœur. Puis, contre toute attente, il aimait vivre en ville. Des semaines après son installation à Cluny, il s'était souvenu que la mère Auffrey lui avait un jour lâché qu'il était né à Dijon et qu'il y avait vécu jusqu'à l'accident qui lui avait enlevé ses parents. Un pont se fit entre les quelques réminiscences qu'il conservait de cette époque-là et sa vie actuelle, au cœur de Cluny. Les commerçants ouvrant bruyamment leur échoppe, les saluts virils des ouvriers, l'odeur de la pluie ou de la poussière, les cris du porteur de journaux, l'immeuble qui s'animait peu à peu au gré des réveils des locataires, constituaient le bourdonnement primitif qui avait bercé sa petite enfance et le réconfortait au matin. Revenir à la ferme, ç'aurait été retourner à cette époque sombre où il tentait de retrouver la moindre trace de ses parents, en vain. Ses grands-parents n'avaient rien gardé de leur fille et ne s'étaient jamais livrés sur elle. Il avait l'impression de n'avoir eu aucune existence avant sa venue à La Vineuse, de n'être né de personne. À Cluny, s'il fermait les yeux, il pouvait presque deviner sa mère entrer dans sa chambre tout sourire pour le réveiller. C'était peu de chose, mais c'était bien davantage que les cris de sa grand-mère qui ne masquaient aucune tendresse. Voilà aussi pourquoi il n'avait pas voulu accélérer sa convalescence. Il pensait que tant qu'il aurait besoin de béquilles, on ne le renverrait pas à la ferme. Jamais il n'aurait cru qu'on lui mettrait en main un autre marché. Mais quand François lui promit de lui enseigner des rudiments de médecine s'il améliorait sa démarche, il lut dans son regard qu'il ne s'engageait pas à la légère. Puis Emma lui parla du lycée réputé qu'il rejoindrait ensuite, et se mit à réfléchir à la façon dont ils pourraient l'envoyer à la faculté de médecine. Soudain, l'orphelin avait trouvé une famille, l'enfant sans passé, un avenir.

Vraiment, sa vie avait changé. Il avait désormais une existence digne d'être vécue et c'était un sentiment très doux après avoir connu des années d'abandon. Cela valait le coup de souffrir, c'était même nécessaire, comme s'il fallait sortir du corps de son ancienne vie qui promettait d'être misérable, et s'apprêter pour la nouvelle, si excitante. Il aurait voulu expliquer tout cela à Emma pour la soulager. Mais les mots venaient aisément dans sa tête, et difficilement dans sa bouche. Et il n'aimait toujours pas se livrer. Mais ce n'était pas grave, il en était certain désormais : ses actes parleraient pour lui, plus tard, quand il serait un grand médecin. Alors François et Emma sauraient qu'ils avaient eu raison de lui donner sa chance.

32

Ce n'était qu'un petit article, pas même en première page. Un entrefilet, perdu au milieu de dizaines d'informations dramatiques, alarmistes ou hagiographiques. Pourtant, François ne voyait que lui et l'angoisse l'enserrait. Trois mille deux cent quatre-vingt-treize médecins venaient d'être rendus à la vie civile.

La mobilisation avait causé beaucoup de désordres à l'arrière, dans les industries, mais aussi sur le plan sanitaire – de très nombreux personnels médicaux ayant été appelés. Le gouvernement avait fini par prendre acte de ces insuffisances qui touchaient l'ensemble du territoire et, en l'absence de combats, avait autorisé plusieurs milliers de médecins, dentistes, pharmaciens, à retourner exercer chez eux, pour le bien-être de la population.

François fit le compte : quatre mois. C'était le temps qu'il aurait dû patienter s'il n'avait pas demandé à son père d'intervenir pour qu'il fût démobilisé au plus vite. Une bagatelle, pour avoir l'honneur sauf. Car il ne se remettait pas de sa lâcheté. Il ignorait posséder cette faille en lui et il ne trouvait plus dans les raisons qui l'avait poussé à intercéder auprès de Longueville père quoi que ce soit qui lui semblait justifier une telle faiblesse de caractère. Il y avait cette tache dans son histoire, dans l'idée haute qu'il se faisait de lui-même jusqu'ici, et il y avait la peur latente d'être découvert, humilié. L'époque cherchait des héros. Fuir alors qu'il n'y avait pas même l'ombre d'un combat à l'horizon, ce n'était pas seulement de la couardise, c'était une forme d'abjection dont on ne se remettait pas.

Il ouvrit le fourneau et y lança le journal. Emma ne lisait plus la presse depuis que, six mois plus tôt, elle avait jeté dans ce même foyer les lambeaux de *L'Humanité*, mais Gabin y avait pris goût. Il attendait toujours que François ait lu l'édition du jour pour y mettre le nez à son tour. Et il était malin, lui. S'il avait lu la nouvelle de la démobilisation des médecins, il aurait pu se poser des questions et les formuler ensuite à voix haute, faisant ainsi naître d'autres questions, soupçonneuses cette fois, sur les raisons de son retour si précoce dans son foyer. François aurait toujours pu feindre l'ignorance, avancer comme cause les mystères des processus administratifs, et même, en dernier recours, compter sur la compréhension et la discrétion de Gabin : le ver serait dans le fruit. Brûler le journal ne l'apaisa pas. N'importe qui, en ville, pour peu qu'il ne soit pas noyé sous d'autres préoccupations, pouvait s'interroger.

François attrapa la bouteille de vin rouge qui trônait au milieu de la table et se servit un grand verre qu'il but d'une traite. Ce n'était pas dans ses habitudes de boire en journée, mais il fallait qu'il se calme. Il était monté chez lui dès qu'il avait lu la nouvelle dans le journal, profitant d'un moment de répit à son cabinet. C'était la fin de la matinée, Gabin et Emma étaient à l'école et il disposait d'un peu de temps devant lui pour reprendre ses esprits. L'alcool fit effet et le détendit un peu. Il se raisonna, se persuada que peu de gens connaissaient son âge exact. Il avait quarante-cinq ans certes, mais lorsqu'il se regardait dans le miroir, il se donnait davantage. La fatigue faisait perdre de l'éclat à ses yeux, les rides et les cheveux gris ne se cachaient plus. Il accusait bien la cinquantaine, peut-être plus. Ce constat l'accablait jusqu'ici, surtout lorsqu'il songeait à sa femme plus jeune que lui de quatorze ans ; mais ce jour-là, il le rasséréna brutalement. Le réconfort durerait peu, sans doute, mais il accueillit ce répit avec reconnaissance.

Car il n'y avait pas que sa désertion qui l'agitait : depuis plusieurs semaines, il se sentait poursuivi par un sentiment de malaise diffus. Il ne savait pas si c'était dû à l'époque qui rendait tout le monde méfiant et craintif, ou si cela prenait justement racine dans sa lâcheté. Il n'était plus aussi sûr de ses jugements qu'auparavant, il trouvait les gens fermés, exigeants. Peut-être était-ce une forme de paranoïa qui l'habitait, à moins qu'il n'ait réellement perdu de son talent, de son empathie, de sa capacité à soulager. Il doutait de lui et ça empoisonnait sa pratique, jusque dans sa famille et sous son toit. Gabin l'impressionnait par son courage. Mais il n'aurait pas cru qu'il aurait tant à souffrir. Les progrès étaient extrêmement lents malgré la ténacité du garçon et certains jours, François se demandait s'ils existaient réellement ou s'ils ne les inventaient pas, Gabin et lui, pour se rassurer. Et si lui, le docteur Longueville que le gamin admirait tant, se trompait ? S'il était trop tard pour espérer une quelconque amélioration ? Pire, si après ce que lui avait infligé le gros Auf, Gabin n'avait jamais eu la moindre chance de remarcher normalement ? Comment supporterait-il l'échec ? Comment justifier après coup de l'avoir ainsi torturé, pour rien ? François ne savait pas comment sortir de ce dilemme : fallait-il s'obstiner, et croire que la détermination de Gabin, la foi qu'il mettait en lui, suffiraient à l'extraire de sa condition d'invalide ? Ou au contraire, fallait-il admettre tout de suite qu'il n'y aurait jamais de progrès ? Il ne pouvait s'empêcher de penser qu'un an plus tôt, le docteur Longueville d'alors aurait trouvé une solution, réaliste et juste. Tandis qu'aujourd'hui, il se réveillait, suant d'angoisse la nuit, à l'idée qu'il ne savait plus que blesser et décevoir toute sa famille.

Ainsi, l'accueil glacial de Louise, trois semaines auparavant, continuait de l'affecter. Elle faisait pourtant partie de ses patients acquis, ceux qui saluaient sa science avec déférence et ne remettaient pas en question ses jugements. Louise agaçait Emma, mais lui était sensible à sa fragilité et à son besoin de réassurance. Peut-être cependant que ce qu'il appréciait surtout, c'était qu'elle le flattait, justement. L'absence de réaction de François à l'annonce de sa grossesse, lors de ce dimanche étrange à la ferme, avait dû la vexer : il ne voyait pas d'autres raisons à cette soudaine inimitié. Il le concevait, mais savait aussi qu'il n'aurait pu agir différemment.

Il peinait à voir Louise comme sa belle-sœur. Pas seulement à cause de sa jeunesse, mais aussi parce que Marie, Emma, Pierre et Jeanne formaient un clan soudé. S'ils avaient parfois de profonds désaccords, ils fonctionnaient de la même façon et, en dernier recours, se comprenaient toujours, même s'ils l'admettaient à grand-peine. François avait de l'affection pour chacun d'eux, mais il était quelquefois effrayé par le bloc monolithique que constituait la famille Cathelan, en dépit des épreuves. La guerre et le départ de Pierre avaient certes aiguisé les susceptibilités des femmes, mais pour François, ce n'était qu'une façon désordonnée de serrer les rangs.

Au fil des ans, il avait noté les tentatives tour à tour humbles, mordantes, discrètes ou offensives de Louise pour faire sa place au sein de cette famille. Il la plaignait, car il savait qu'elle échouerait toujours – quels que fussent ses efforts, sa capacité à s'affirmer ou à s'annihiler. Ça ne tenait pas à elle, ou très peu. C'était le lot des pièces rapportées d'une famille assez unie pour disposer de ses propres codes et ignorer combien ceux-ci constituaient pour quiconque d'extérieur un rempart quasi imprenable. Lui-même n'avait jamais essayé de se rendre plus intime ou intrusif que ce que sa profession permettait. Il mesurait cependant que le crédit que la famille Cathelan lui accordait le dotait d'une situation bien plus confortable que celle de Louise. Personne ne lui demandait de faire ses preuves, et son mariage avec Emma était plutôt vécu comme une aubaine pour le clan. Et bien qu'il n'eût jamais osé avancer une telle opinion et qu'il se considérait en réalité chanceux d'avoir finalement trouvé grâce aux yeux d'Emma, il tirait satisfaction de ce petit prestige et le protégeait soigneusement.

Ce fameux dimanche de novembre à La Vineuse, il avait trouvé l'atmosphère chargée de non-dits et de colères rentrées. Encore habité par les moments de tendresse vécus avec Emma et désirant qu'ils se renouvellent à brève échéance, il ne pouvait féliciter Louise pour sa grossesse. C'était un terrain miné pour son couple. Emma y aurait vu une forme de pression, et il ne souhaitait pas entendre une nouvelle fois ses moqueries sur l'inconséquente fertilité de sa belle-sœur. D'autant que Louise comptait justement sur sa fécondité pour s'imposer face à Marie et Emma – elle l'avait avoué à demi-mot à François, des années plus tôt. Obsédée par ses enfants, elle ne voyait pas que ceux-ci mêmes, par leur présence, leur nombre et leur vigueur, contribuaient au contraire à crisper chacun des autres membres de la famille. Seuls Jeanne et Pierre auraient pu, avant la guerre, se réjouir sincèrement d'une nouvelle naissance. Mais Pierre était loin et Jeanne aurait voulu enfermer son monde sous cloche pour qu'il ne changeât jamais. François s'était donc senti comme un lapin pris dans les phares et n'avait osé aucune parole ni aucun geste en direction de la jeune femme. S'il n'en était pas fier, il condamnait surtout le manque d'intuition de Louise. C'était le pire jour pour annoncer une telle nouvelle ! Après sa fuite singulière, personne ne l'avait commentée. Mais elle était demeurée dans l'air, troublante et vaguement menaçante, jusqu'à ce qu'Emma donnât le signal du départ, soulageant ainsi tout le monde.

Malgré ces heures dérangeantes passées à la ferme, il ne doutait pas que Louise le ferait mander dans la semaine pour qu'il s'assure de son état. Il s'expliquerait alors et, au besoin, lui présenterait des excuses. Cela ne l'inquiétait guère. Louise nourrissait toujours beaucoup de craintes à ses débuts de grossesse, redoutant le pire comme la première fois ; et invariablement, François était invité à la rassurer et à la convaincre que tout suivait son cours normal. Pris par le travail et l'esprit occupé par ses nouvelles responsabilités vis-à-vis de Gabin, il ne réalisa le silence de Louise qu'à la fin du mois de décembre. Emma souhaitait passer Noël en toute intimité afin de préserver Gabin et leur foyer des caprices de Claire, des sautes d'humeur de Jeanne, de l'austérité de Marie, de l'affectation de Louise et du remue-ménage que ne manqueraient pas de créer leurs neveux. François trouva la démarche égoïste, tout en admirant, une nouvelle fois, la capacité de sa femme à s'affranchir des obligations qu'elle jugeait ennuyeuses. Il fut question un moment de passer à La Vineuse l'après-midi du nouvel an, mais de fortes chutes de neige incitèrent les Longueville à demeurer prudemment chez eux. Ainsi, ils ne surent pas ce qu'il advenait de Louise, ni même si Marie ou Jeanne avaient eu de ses nouvelles. François s'inquiétait, mais il n'osait s'en ouvrir à Emma. De même, il comprit qu'il craignait de rendre visite à Louise sans y être convié. C'est là qu'il mesura combien il avait perdu en assurance. Jamais auparavant il n'avait remis une visite qu'il jugeait fondée. Même si la porte ne s'ouvrait qu'à demi, il se savait suffisamment dans son bon droit pour affirmer son autorité et insister afin de mener à bien son examen. Désormais, quelque chose le retenait.

Contre toute attente, ce fut Emma qui le décida.

« Henri a eu six mois, non ? demanda-t-elle subitement un soir pendant le dîner. Il a dû bien changer depuis novembre. »

François resta un moment silencieux, étonné par une telle entrée en matière. Puis il risqua :

« Tu t'en soucies, tout d'un coup ?

— Ce n'est pas tout d'un coup… Je pense souvent à mes neveux et nièces. Ils sont si nombreux déjà… »

François fronça les sourcils, peu convaincu. Si Emma consacrait beaucoup de temps à Claire et Baptiste, elle n'avait jamais montré un intérêt démesuré pour Victoire, Pierre-Louis ou Henri. Elle leva les yeux au ciel et soupira.

« Très bien, je sais ce que tu penses, s'agaça-t-elle. C'est Pierre. Il trouve que Louise lui écrit moins, et que ses rares lettres sont tristes. Il veut savoir comment elle s'en sort avec Henri et les aînés. Je crois qu'il ne sait pas pour le bébé…

— Et que comptes-tu faire ? demanda François avec détachement.

— Louise ne me supporte pas : je ne vois pas en quoi cela la soulagerait d'être obligée de me recevoir…

— Mmm.

— Mais toi, elle t'aime bien… »

François la regarda avec un demi-sourire, sans répondre.

« Je voudrais vraiment rassurer Pierre, ajouta Emma, d'une voix forte. Fais ça pour lui, s'il te plaît. Puis tu es le médecin de Louise et des enfants, non ? Est-ce que tu ne devrais pas avoir de leurs nouvelles ?

— C'est sa quatrième grossesse, elle s'en sort sûrement très bien. Mais si c'est pour ton frère… j'irai la voir demain. »

Et c'était ainsi qu'il s'était retrouvé mal à l'aise dans le salon de la propriété Cathelan, assis face à Louise qui fuyait son regard et feignait de ne pas comprendre la raison de sa présence. Elle était amaigrie, et sous ses robes, on ne devinait aucun renflement. Il craignait qu'elle se nourrît mal. Il fallait qu'il s'assure que tout allait bien, sinon Emma serait contrariée. C'est pour cette raison qu'il demanda à Louise de l'examiner. Il n'y avait rien de la sollicitude du médecin dans sa voix mais plutôt, réalisa-t-il avec dégoût en prononçant sa requête, une sorte d'empressement nourri par la crainte de déplaire à sa femme. Un instant, il crut pourtant que cela passerait, que Louise n'attendait qu'un geste, même maladroit, pour le laisser l'approcher. Mais les joues de la jeune femme s'enflammèrent et elle frémit. Son attitude tout entière témoignait de son rejet. Il eut soudain l'impression d'être nu, d'avoir perdu tout talent, tout pouvoir. Quelque chose s'était cassé.

33

Marie s'était elle-même surprise en acceptant la requête de sa sœur. Elle l'avait fait sans hésitation, ni réelle réflexion, presque par instinct. Il lui était apparu, confusément, que cela pouvait lui être profitable, que c'était comme une voie de secours, jusque-là inconnue, qui apparaissait et qu'elle se devait de l'explorer.

Emma était venue la voir une semaine plus tôt, exaspérée. Marie avait fini par comprendre que son courroux visait tout à la fois François, Louise, Pierre, et peut-être aussi elle-même et Jeanne. Elle ne put s'empêcher de sourire en écoutant les doléances de sa sœur. Il lui semblait qu'elles avaient à nouveau huit et onze ans toutes les deux. Enfant déjà, Emma pouvait pester des heures durant si le monde autour d'elle ne s'organisait pas comme elle l'entendait. Cependant, Marie redevint sérieuse en apprenant que Louise avait rejeté François : cela ne lui ressemblait pas. Emma jugeait que, ce faisant, elle avait commis un crime de lèse-majesté, d'autant que la démarche de François visait le noble but de rassurer Pierre. Marie mit du temps à saisir le lien entre tous les éléments – Emma, dans son agitation, parlait vite et usait de raccourcis.

« Est-ce que Louise a dit pourquoi elle refusait l'aide de François ? » demanda-t-elle finalement, tandis qu'Emma faisait une pause.

Celle-ci la regarda, interloquée.

« Comment ça ?

— Eh bien, j'imagine que Louise avait ses raisons d'agir ainsi… »

Emma soupira bruyamment.

« Bon sang, Marie ! Elle vit quasi seule, retranchée dans sa propriété, où il n'y a que ses gosses et ses femmes de chambre. François vient la voir pour prendre de ses nouvelles… La moindre des choses, c'est de répondre, non ?

— Tu n'étais pas présente…

— Et ?

— Non. Rien. Enfin, Louise n'est pas à ta disposition.

— C'est François qui est allé la voir ! Je viens de te le dire.

— Parce que tu l'y as obligé…

— Mais c'est son médecin !

— Plus maintenant, apparemment.

— Mais de quel côté es-tu, à la fin ? »

Marie se tut un instant. Puis elle reprit, en pesant ses mots :

« Il me semble que tant que tu feras sentir à Louise qu'il y a deux camps et qu'elle n'est pas dans le bon, tu ne pourras pas espérer qu'elle t'accueille, toi ou tes messagers avec bonne grâce…

— Mais encore une fois, c'était François !

— François n'ose pas s'opposer à toi quand il s'agit d'enfant ou de grossesse. Il a bien trop peur de te déplaire sur ces points. »

Emma rougit violemment et se mit à crier :

« Comment oses-tu ?

— Tu sais que j'ai raison. »

Emma se mit à marcher de long en large dans la pièce. Furieuse, elle cherchait comment clouer le bec de sa sœur. Finalement, à court de mots et d'arguments, elle tira violemment sa chaise et se rassit. Elle inspira profondément et dit :

« Il faut que tu y ailles, toi.

— Chez Louise ?

— Évidemment. Pierre me harcèle par écrit. Apparemment, Louise vient de lui apprendre pour la grossesse, il est dans tous ses états. Il ne t'en a pas parlé ?

— On s'écrit peu. Je manque de temps, et tu le sais, nos rapports ne sont plus comme avant. Depuis que je l'ai “chassé” de la ferme, comme il dit, il ne se confie plus à moi.

— Et mère ?

— Elle passe ses journées à le plaindre, mais elle ne m'a pas parlé de Louise.

— Il ne reste que toi. »

Marie observa Emma. Elle semblait désormais plus inquiète que fâchée. Et bien qu'elle s'en défendît, son souci portait sans doute davantage sur Louise que sur Pierre. Marie et elle savaient, sans l'admettre tout à fait pourtant, que c'était leur rôle de veiller sur leur jeune belle-sœur et ses enfants. C'était une responsabilité tacite, qu'elles espéraient jusque-là ne pas devoir endosser de façon trop active. Cependant, ce n'était pas l'inquiétude qui fit se décider Marie. C'était la curiosité. Louise l'avait toujours exaspérée par sa tendance à se poser en victime et à attendre que les choses tournent naturellement en sa faveur. En toute honnêteté, Marie jugeait que François faisait partie des personnes qui entretenaient ce penchant. Que Louise le rejetât précisément pour cela lui donnait une grande envie de lui parler. Elle avait été la première étonnée de se voir prendre son parti. Mais si elle peinait à se lier avec Louise, elle ne cautionnait pas pour autant le mépris affiché d'Emma à son égard. Cela n'avait rien de juste. Louise avait toute légitimité pour avoir des enfants et en avoir tant qu'elle le voudrait. Marie elle-même, si les choses s'étaient mieux passées avec Martin, se serait bien vue avec deux ou trois enfants supplémentaires. Elle n'était pas dupe, elle savait qu'Emma se moquait de Louise parce que celle-ci s'épanouissait dans un domaine qui précisément l'effrayait : la maternité. Marie aurait aimé que sa sœur eût l'honnêteté et la simplicité de le reconnaître, au lieu d'afficher une telle condescendance.

Elle irait voir Louise. Elles étaient toutes les deux des mères solitaires, c'était un excellent point de départ pour une conversation. Elle ne pensait pas être rejetée comme François : la curiosité serait réciproque, sans doute. Et peut-être que si tout se passait bien, Marie pourrait se décharger auprès de Louise d'un énorme souci.

34

Marie n'avait cependant rien précipité. Un moment, elle crut même qu'elle n'aurait rien à tenter, puisque Pierre obtint une permission pour la fin du mois de mars. Mais ce fut la désillusion qui s'invita car on reporta son congé au mois de mai, sans raison apparente. Marie souffrit davantage des longues lamentations de sa mère à cette annonce que de la nouvelle même, car elle vit immédiatement le profit qu'elle pourrait en tirer. C'était l'opportunité de vérifier comment Louise s'en sortait, et ainsi remplir la mission confiée par Emma. Le mois d'avril était déjà entamé, et elle convenait que le silence de sa belle-sœur devenait aussi inquiétant qu'intrigant. D'autant qu'on ne pouvait ignorer que le report du retour de Pierre avait dû être un grand choc. Marie compatissait sincèrement avec Louise. Et ce sentiment la surprenait tant qu'elle s'y complaisait et le nourrissait en revivant sa propre grossesse après la mort de son époux. Il y avait quelque chose de rassurant à s'apercevoir qu'elle parvenait de nouveau à plaindre quelqu'un d'autre qu'elle-même. Des mois durant, elle s'était crue devenue insensible, étouffée d'abord par son désir pour Roberjo puis écrasée par l'humiliation des révélations d'Andrio et la conscience qu'elle avait désormais d'avoir stupidement entretenu l'illusion d'une liaison sentimentale avec son ouvrier. Elle aurait voulu fuir et s'installer en un lieu où personne ne la connaîtrait. Ni sa ferme ni ses enfants ne la distrayaient du vide qui l'habitait. Et Jeanne, tel un mauvais génie clairvoyant, ne cessait de lui reprocher son indifférence et sa passivité. D'une certaine façon, le comportement de Louise avait ouvert à Marie un nouveau territoire qu'elle semblait la seule à pouvoir explorer. Cela l'avait quelque peu ranimée. Elle pouvait poser une action qui n'aurait rien à voir avec son tourment amoureux, l'éducation chaotique de ses enfants, le rendement de sa ferme ni même vraiment les obsessions de Jeanne. Celle-ci ne songeait qu'à Pierre et n'arrivait pas à se rassurer d'une quelconque façon sur son sort. Rien, aucune lettre, aucune nouvelle, ne parvenait à canaliser son angoisse qui tournait parfois au délire. Une chape de détresse sans cesse alimentée par les cauchemars de Jeanne s'était abattue sur la ferme, et Marie ne croyait pas pouvoir supporter cette situation plus longtemps.

En janvier, François avait trouvé Louise amaigrie et amère. Selon lui, rien ne trahissait sa grossesse sinon peut-être la grande lassitude qui se dégageait d'elle. Marie pensait que le temps et la défection de Pierre auraient aggravé cet état de faiblesse et d'irritation. Aussi, elle avait préparé avec soin son arrivée et son discours, afin de ne pas braquer Louise plus qu'elle ne l'était déjà. Elle fut donc saisie de surprise en découvrant sa belle-sœur épanouie dans tous les sens du terme. Louise s'était nettement alourdie et son ventre, sa silhouette, ne laissaient plus aucun doute quant à sa prochaine maternité. Si l'amertume l'avait un temps habitée, il n'en restait plus aucune trace. Elle paraissait profondément calme, presque absente au monde qui l'entourait. Elle fit un très bon accueil à Marie, ne manifestant aucun étonnement à sa visite. Elle portait une robe aux couleurs vives, rouge et jaune, des rubans dans les cheveux, et ce fut d'une voix enjouée qu'elle appela ses enfants afin qu'ils viennent saluer leur tante. Pierre-Louis, du haut de ses deux ans, arriva le premier en courant, suivi de près par sa sœur Victoire, âgée d'un an de plus. À leur vue, l'étonnement de Marie s'amplifia. Tous deux étaient débraillés et mal coiffés. Leurs habits étaient tachés, tout comme leurs mains et leur visage.

À la ferme, Marie ne prêtait pas une attention soutenue à l'hygiène de ses enfants. Chaque lundi, elle leur donnait des vêtements propres qui devaient durer jusqu'au dimanche. Selon les saisons, l'état des sols et les activités qu'ils menaient, il n'était pas rare que dès le mardi tout fût noirci et bon pour le lavoir, mais c'était le lot des enfants, songeait-elle, de passer la majeure partie de leur temps à se salir. Elle essayait de les baigner une à deux fois par mois. François l'avait initiée à l'importance du lavage des mains, et elle veillait à ce que ce fût fait chaque soir avant le coucher. De même, chaque matin, elle brossait soigneusement la longue chevelure de sa fille. Ainsi, elle jugeait en faire assez. D'autant qu'elle leur taillait des vêtements neufs deux fois par année, ce qui était un luxe pour les gens de sa condition. Elle n'était intraitable que le dimanche, quand les enfants revêtaient leurs habits de cérémonie avant de se rendre à la messe. Là, chaque tache ou trou était sévèrement puni. Marie voulait que ses enfants démontrent qu'ils savaient se tenir, et à coup sûr, le moindre accroc au bon agencement vestimentaire aurait été du plus mauvais effet. À l'entrée et à la sortie de l'église, et même pendant l'office, tout le monde s'épiait, jaugeant et commentant les agissements des uns et des autres. Marie détestait cette atmosphère de médisance et aurait été mortifiée d'apprendre qu'elle prêtait le flanc aux ragots. C'est pourquoi, chaque dimanche, elle imposait que toute la famille fût impeccable avant de quitter la ferme. Mais dès le retour de l'église, elle relâchait la pression.

Louise à l'inverse tenait à ce que ses enfants soient toujours bien mis. Marie avait souvent l'impression qu'ils sortaient tout droit du magazine *Mon ouvrage - Tous les travaux de dames* qu'elle feuilletait de temps à autre lorsqu'elle passait devant un kiosque à Cluny. Les illustrations y figeaient des enfants souriants et fort sages dans des habits nets et parfaitement coupés. Marie savait que les enfants de Louise n'étaient pas moins remuants que les siens, et elle supposait donc qu'ils changeaient de vêtements deux à trois fois par jour afin d'éviter d'exposer au visiteur les preuves de leur légitime vitalité. Aussi, ce jour-là, ce fut moins l'allure sale et négligée de ses neveux qui choqua Marie que la totale indifférence de sa belle-sœur devant ce laisser-aller. Celle-ci embrassa ses enfants comme si de rien n'était, et Marie entreprit de faire de même, se retenant fort pour ne pas commenter les mains poisseuses de Pierre-Louis ou l'odeur aigre qui se dégageait de Victoire, toutes choses qui ne l'auraient pas ennuyée s'agissant de ses enfants, mais qui l'alarmaient en ce qui concernait ceux de Louise. Cela, plus que la tenue ou l'entrain de cette dernière, témoignaient du changement brutal qui semblait être intervenu en elle, et sous son toit. Un changement dont Marie ne parvenait pas à saisir la cause et qui la troublait tant qu'elle en oublia presque le motif de sa venue. Pour se donner une contenance, elle déballa la tarte au fromage qu'elle avait fait le matin même, et réclama couverts et assiettes afin de procéder au service. Louise partit elle-même chercher le nécessaire. On se régala, et n'eût été l'étrange contexte de ce goûter, Marie aurait pu y prendre un grand plaisir, tant chacun fit joyeusement honneur à son dessert. Louise se resservit trois fois et mangea aussi goulûment que ses enfants, égratignant un peu plus les règles de savoir-vivre qu'elle leur imposait usuellement.

Une fois repus, Pierre-Louis et Victoire repartirent avec la même énergie qui avait marqué leur entrée. Marie crut alors pouvoir s'entretenir avec Louise, mais un pas lourd et des babillages signalèrent une nouvelle arrivée. Bientôt, ce fut une jeune fille gironde qui apparut, tenant dans ses bras un bébé que Marie devina être Henri. Elle l'avait à peine vu depuis sa naissance, et elle s'étonna qu'il fût déjà si grand et si éveillé. Il serrait par le cou la jeune fille et lorsque celle-ci se pencha vers Louise, il lâcha un sanglot. Louise le prit néanmoins et l'embrassa sur le front. Henri se raidit alors et se mit à pleurer plus franchement. Cela ne sembla pas émouvoir sa mère qui le garda un instant contre elle, les yeux fermés, avant de le remettre dans les bras de la nurse où il se calma aussitôt. Alors que Marie se demandait si elle devait se lever pour embrasser son neveu, Louise prit la parole :

« Suzanne, asseyez-vous un instant à côté de madame Etcheberry. C'est la sœur de monsieur. Elle veut sûrement voir Henri. Prenez une part de tarte aussi, tant qu'il en reste. »

Suzanne ne se fit pas prier, et avec l'expérience des gens habitués à porter des tout-petits, elle cala Henri sur son flanc gauche tandis que de la main droite elle attrapait le dernier morceau de tarte.

« Vous voulez prendre le bébé, m'dame ? » demanda-t-elle finalement à Marie, la bouche pleine.

Celle-ci hésita, craignant de chagriner à nouveau son neveu mais Suzanne, d'autorité, plaça Henri sur ses genoux. Celui-ci agrippa vivement la manche de Marie mais demeura silencieux, la scrutant de ses deux grands yeux marron. Un instant, il lui rappela Ambroise, son père, puis Pierre. Quelque chose de Jeanne passa aussi sur son visage. Elle avait oublié cet art troublant qu'avaient les bébés de réfléchir sur leur visage les expressions de leurs ascendants. Elle se souvint comme cela émerveillait Martin, qui tentait de deviner dans les traits de sa fille ceux de sa propre mère qu'il n'avait jamais connue. Elle mesura combien était loin l'époque où elle prenait le temps de contempler ses enfants. Henri semblait un bébé en pleine santé, repu et joyeux. Il sentait bon le savon, ses habits étaient propres et repassés, et Suzanne lui paraissait toute dévouée. Marie songea qu'à tout le moins, elle pourrait rassurer Pierre sur ce point : Henri s'épanouissait.

Après avoir chassé les dernières miettes de sa robe, Suzanne reprit le bébé, se leva et quitta la pièce sans un commentaire. Louise regarda Marie avec un sourire interrogateur. Celle-ci ne pouvait plus reculer. Ne sachant quel sens donner à l'étrange moment familial qu'elle venait de vivre, elle échoua à trouver une transition pertinente et balbutia :

« Tu as l'air… bien. »

Louise accentua son sourire, caressa son ventre et ne répondit rien.

« Nous étions un peu inquiets d'être sans nouvelles de toi… Surtout après que la permission de Pierre a été reculée. Nous avons cru que, peut-être, tu vivrais mal cette nouvelle.

— Les choses se passent comme elles doivent se passer.

— Sans doute, mais…

— Je m'en sors, tu vois. J'ai une nourrice. Elle ne parvient pas à se faire entendre de Pierre-Louis et Victoire, mais elle adore Henri et il le lui rend bien. Au début, ce ne fut pourtant pas simple parce qu'il fallait tout lui dire et qu'elle n'en faisait encore que la moitié. Puis un jour, je crois qu'elle a décidé qu'elle ne s'occuperait plus que du dernier. Je l'ai accepté, vois-tu, parce que finalement et contre toute attente, c'est quelque chose qu'elle fait bien. Elle baigne Henri, elle promène Henri, elle nourrit Henri. Henri va bien. Je l'écris à Pierre sans cesse, mais il ne semble pas me croire. Henri est de ses enfants sans doute le plus heureux. Avec le bébé, bien sûr. »

Marie se sentit perdue un instant et ne comprit qu'au bout de quelques secondes que Louise parlait du bébé à naître. Celle-ci reprit son monologue :

« Je ne crois pourtant pas que Victoire ou Pierre-Louis soient malheureux. Je leur laisse découvrir le monde et c'est ce que devraient pouvoir faire les enfants, non ? Ils sont bruyants et sèment la désolation partout dehors et dedans, selon mes domestiques, mais que pourraient-ils faire d'autre ? Qu'ils jouent et qu'ils crient, cela ne m'ennuie pas. Voilà, nous sommes tous heureux. Les choses qui doivent arriver arrivent… Ça a un sens que je sois maintenant enceinte et que Pierre soit loin. C'est comme si ce bébé n'était qu'à moi. Je peux surmonter cela. À présent, je le sais. Je n'ai même pas besoin de vous, les Cathelan. Heureusement d'ailleurs, parce que vous ne m'avez guère laissé le choix. »

Marie rougit.

« François est venu…, commença-t-elle sans savoir comment poursuivre.

— Oui, François est venu. C'est très exactement ça. »

Marie attendit la suite, perdue une nouvelle fois.

« Le docteur Longueville ne vient plus me voir. J'ai mis du temps à le réaliser, j'espérais… Je ne sais pas. Mais bien sûr, le docteur Longueville est devenu le mari d'Emma et il n'est plus. J'imagine que pour toi ça a toujours été évident, mais…

— Je ne comprends pas.

— Il ne peut plus être un médecin maintenant. Pas pour moi. J'ai… Quand je l'ai vu en janvier et qu'il a voulu m'examiner, j'ai eu l'impression que j'entrais dans leur lit conjugal.

— Oh !

— Ça ne te fait pas cette impression ?

— Eh bien, je ne lui parle plus de ma santé depuis longtemps, alors j'imagine que c'est quelque chose que… Je n'y ai jamais réfléchi, en fait.

— Moi non plus je n'y avais jamais réfléchi, avant… »

Louise se tut et il sembla à Marie qu'elle hésitait à poursuivre.

« Avant cette grossesse ? risqua-t-elle.

— Non. Avant l'anniversaire de Claire, enfin, ce qui en a tenu lieu. C'était tellement explicite entre Emma et lui… Je n'ai jamais compris leur mariage, ce qui les liait ; je me disais que c'était peut-être le fait qu'ils soient si cultivés, tous les deux. Quelque chose de… Comment dit-on ? Platonique ? D'autant qu'aucun bébé ne s'annonce. Mais là, ils étaient si…

— Rayonnants.

— Oui. J'ai été jalouse de ça, je crois. »

Marie hocha la tête. La franchise de Louise la déconcertait et la bouleversait tout à la fois. Cela rejoignait tant ce qu'elle avait elle-même ressenti, cette envie de vivre les mêmes émois amoureux et le dépit de ne pas y avoir droit. Elle choisit d'être sincère à son tour, pour ne pas briser le mince lien qui semblait s'être tissé, à son insu, entre elle et Louise.

« Cela me manque aussi, murmura-t-elle.

— Je l'ai senti. Ce jour-là, quand ils sont arrivés débordants de bonheur et que nous étions côte à côte à les observer, j'ai vu que tu souffrais. »

Un long silence s'installa, ému et gêné, que Louise finit par briser.

« Pourquoi es-tu venue, Marie ? »

Celle-ci releva la tête et fixa sa belle-sœur. Il fallait lui dire toute la vérité, crûment. À ce stade de leurs échanges, Louise ne lui pardonnerait pas qu'elle se dérobât ou mentît.

« Je ne pense pas te surprendre en t'avouant que ma visite n'est pas totalement désintéressée, même si je m'inquiétais sincèrement pour toi. »

Louise s'avança au bord du canapé comme pour mieux entendre ce que Marie souhaitait lui révéler.

« J'ai été missionnée par Emma pour venir prendre de tes nouvelles. Elle avait d'abord envoyé François et en t'écoutant, je comprends encore mieux que tu l'aies éconduit.

— Encore mieux ? Cela signifie que tu trouvais déjà cela justifié avant notre conversation ?

— Emma se montre parfois mesquine.

— Tu le penses vraiment ou tu cherches à m'amadouer ?

— Je le lui ai dit en face. Mais ce n'est pas ça l'important. Pierre ne sait plus à quel saint se vouer. Tes lettres peinent à le rassurer et… »

Louise leva les mains pour la faire taire.

« Je sais tout cela. Ce n'est pas facile pour Pierre de me savoir enceinte avec trois autres enfants encore si petits à charge. J'ai beau lui certifier que tout va bien, il est persuadé que je lui cache la réalité.

— Je le rassurerai.

— J'espère qu'il te croira.

— Emma m'aidera, elle saura trouver les mots.

— Peut-être qu'avec un peu de chance, le bébé sera né quand il viendra en permission. »

Marie hésita à répondre. Avait-elle bien compris ?

« C'est souhaiter qu'il rentre tard, non ? En juin ? »

Louise inspira profondément.

« Ce serait plus simple pour nous deux. »

Marie n'insista pas, car elle voyait dans le tour que prenait la conversation un moyen de pousser son pion.

« Il y a une chose qui pourrait à coup sûr le tranquilliser, commença-t-elle.

— Vraiment ?

— Suzanne s'occupe d'Henri, tu t'occupes du bébé à naître et des aînés. C'est beaucoup de travail. Si quelqu'un d'autre venait t'aider ? Quelqu'un qui vous connaît bien.

— Claire ?

— Claire ? Oh non ! J'ai besoin d'elle à la ferme. Je pensais à ma mère. »

Louise recula au fond de son siège et observa sa belle-sœur quelques instants en silence. Elle ne semblait pas réfléchir à la situation, mais plutôt attendre que Marie complétât sa pensée, ce qui mit cette dernière mal à l'aise. Elle finit par céder :

« Elle ne peut plus vivre avec nous. Elle parle de Pierre du matin au soir comme s'il était atteint d'un mal incurable. Ou alors elle reste mutique pendant deux jours et c'est pire, parce qu'elle nous observe de ses yeux paniqués et personne ne trouve le moyen de l'apaiser, même pour une heure. Cela devient intenable. Elle crispe tout le monde. Elle nous condamne comme si nous étions responsables du départ de Pierre ou coupables de continuer à vivre malgré cela.

— Et ça t'amène à conclure qu'elle pourrait me seconder efficacement ?

— Elle serait dans la maison de Pierre, avec ses enfants et sa femme. C'est le prolongement de Pierre, ce qu'il a bâti, son sang. Je me dis que ça pourrait lui redonner de l'espoir, ou du moins assez de force d'âme pour accepter la situation. Si elle avait à se préoccuper des enfants de Pierre, peut-être que cela atténuerait sa peur de le perdre, ou du moins la rendrait suffisamment responsable pour taire cette frayeur. À la ferme, on ne la supporte plus, c'est vrai, et je sais que cela donne l'impression que je veux m'en débarrasser. Mais c'est avant tout ma mère et ce que je vois surtout, c'est qu'elle ne se supporte plus. Peut-être que cette incapacité à sortir de cette panique la blesse même davantage que l'absence de Pierre. Elle ne se possède plus, mais elle est assez lucide pour le savoir.

— Cela paraît terrifiant.

— J'ai essayé de l'aider, crois-moi. J'ai tout tenté, de la patience absolue au rudoiement, de la tendresse à l'ignorance. Je ne suis pas celle qui peut la sortir de cet état.

— Et je serais cette personne ?

— Je n'en ai aucune certitude et je sais ce que je t'impose. Mais l'alternative, c'est l'hospice. »

Louise se leva et se planta devant la fenêtre. Cette fois, elle paraissait plongée dans une profonde réflexion.

« Je la loge jusqu'à la permission de Pierre. Il lui parlera et la rassurera », trancha-t-elle finalement tout en contemplant son jardin. Puis elle se retourna et ajouta d'un ton ferme :

« Je la loge parce que j'ai de la place et qu'elle peut avoir un étage tout à elle, si elle veut. Mais elle n'approchera pas de mes enfants tant qu'elle débitera ses idées morbides. J'ai suffisamment de peine à leur expliquer ce que fait leur père sans qu'elle leur mette des horreurs en tête. Si elle prend sur elle comme tu l'espères, très bien. Sinon…

— Ça me va.

— Et Emma ? Qu'en dira-t-elle ?

— Je doute qu'elle s'engage à prendre notre mère sous son toit. Dans ces conditions, elle n'a pas grand-chose à opposer. »

Louise hocha la tête.

« Je vais la préparer à l'idée et je te dirai quand je pourrai te l'amener. Je te remercie, Louise, pour ce geste.

— Je le fais pour Jeanne et pour Pierre.

— Bien sûr.

— Peut-être que cette nouvelle le rassurera, tant qu'il est loin. Mais s'il la trouve dans tous ses états à son retour, il pourrait bien t'en vouloir d'avoir accru ma charge.

— J'en prends la responsabilité. Mais Louise, si ta charge est trop lourde, viens me voir, surtout.

Ou appelle François. Je sais que tu ne veux plus qu'il s'occupe de ta santé, mais concernant Jeanne, il est le dernier recours. »

Louise se rassit et ne commenta pas. Elle caressa son ventre de longues minutes. Tandis que Marie cherchait une façon élégante de prendre congé, elle annonça d'une voix douce et rêveuse :

« Tu sais, je crois que ça ira. Peut-être pour les raisons que tu avances, mais aussi pour d'autres que je ne saurais t'expliquer. Je crois que les choses s'arrangeront. »

Marie retrouva la jeune femme évanescente et étrangement insouciante qui l'avait accueillie deux heures plus tôt.

« D'où te vient cette nouvelle sérénité ? » lui demanda-t-elle.

Louise sourit puis ajouta, comme une évidence :

« Du bébé. S'il croit bon de vivre, c'est que ça doit valoir le coup. Même avec un père au front, la guerre qui menace toute l'Europe et une famille qui ne se comprend pas. Il m'apaise, d'une façon inexplicable. »

35

Le merle s'était posté sur le toit de la dépendance, au coin Sud. Jeanne avait fini par le repérer de la fenêtre de la bibliothèque. Il chantait, indifférent aux cris des enfants dans le jardin. Rien ne semblait pouvoir le faire taire. Les merles avaient toujours été les oiseaux préférés de Jeanne. Elle aimait la sobriété de leur robe. Que du noir, et juste une coquetterie, un bec orange, comme pour dire : « Ne vous fiez pas à l'austérité de mes atours, ce qui sortira de ce bec vous ensorcellera. » Sa mère possédait un plateau en porcelaine auquel elle tenait beaucoup. Un merle y était peint sur une branche de cerisier. Jeanne n'avait jamais oublié la phrase qui encadrait le dessin : QUAND LE MERLE A CHANTÉ, L'HIVER S'EN EST ALLÉ. À cause de ce plateau qu'elle avait déchiffré seule dès qu'elle avait su lire, elle avait longtemps cru que le merle détenait le sésame qui faisait venir le printemps. Elle se rappela qu'un jour de mars, elle devait avoir sept ans, elle avait hurlé après son frère qui tentait, à l'aide d'un lance-pierre, de chasser un merle qui commençait tout juste à siffler. Elle se souvint de sa frayeur d'alors : si le merle partait, ou pire, mourait, jamais on ne sortirait de l'hiver. À gros sanglots, elle l'avait expliqué à sa mère qui n'avait pas ri. Elle l'avait prise par la main et l'avait emmenée sans mot dire au fond du jardin où un chèvrefeuille s'épanouissait sur le mur d'enceinte. Du doigt, elle lui avait désigné un nid où s'affairait le merle.

« Trois petits sont nés hier, tu les entends piailler ? lui avait-elle murmuré. Le merle a sa maison ici, il ne partira pas. Et les oisillons prendront la relève quand il mourra. Ne t'inquiète pas, le printemps est bien là. »

Plus tard, elle avait appris avec soulagement que rien, et certainement pas un lance-pierre, ne pouvait empêcher l'hiver de partir. Mais si elle avait quitté depuis fort longtemps l'âge tendre qui attribuait à un chant d'oiseau un si merveilleux pouvoir, chaque année, quand le merle recommençait à improviser au coucher du soleil, Jeanne se sentait libérée d'un poids, comme si, encore, elle doutait du retour de la belle saison.

Au pied de la dépendance, Pierre-Louis aussi avait repéré l'oiseau. Il avait d'abord crié pour attirer son attention ou le faire taire, puis avait sauté à pieds joints avant de taper dans ses mains. Tandis que le merle, tête haute, imperturbable, continuait sa mélopée, Pierre-Louis s'était finalement rabattu sur les gravillons. L'observant du deuxième étage, Jeanne ne hurla pas, cette fois, mais elle eut l'impression que deux périodes se mêlaient, le passé et le présent, son enfance et sa vieillesse, et qu'elle devait y lire un signe. Elle ne parvenait pas à saisir lequel, mais cela avait à voir avec la continuité de la vie, les petits garçons qui toujours effrayeraient les oiseaux, son frère, Pierre et Pierre-Louis, trois générations et ensuite sans doute, les enfants que Pierre-Louis aurait, même si Pierre mourait au front comme le frère de Jeanne avant lui. Elle cherchait le fil qui liait tout ça, le sens que cela avait d'être un jour un petit garçon avec pour seul ennemi un merle amoureux, puis de devenir adulte et peut-être, au fond d'une tranchée, ne plus avoir que ce rêve : entendre un merle chanter. Cela tourna en tous sens dans sa tête, puis autour d'elle, et elle dut s'asseoir. Elle savait qu'elle devait aimer Pierre-Louis, comme elle aimait Pierre et comme elle avait aimé son frère, et même comme elle avait aimé ce petit garçon avant la guerre, sans se poser de question, simplement parce qu'il était là et qu'il était son petit-fils. Il fallait le faire, se convaincre qu'après celle-ci, c'était sûr, il n'y aurait plus de guerre, qu'on ne l'enverrait pas se battre, que la vie de ce petit homme-là serait préservée, que lui au moins était né au bon moment. Elle y était parvenue pour Pierre. Partout, elle l'avait lu, on lui avait dit : « Ça n'arrivera plus », et elle y avait cru, comme elle avait cru à sept ans que le merle apportait le printemps. Ou peut-être qu'il fallait l'aimer, et l'aimer beaucoup, justement parce que toujours ça arriverait. Parce que les petits garçons qui tirent sur les oiseaux deviennent des hommes qui tirent sur d'autres hommes et que ceci est aussi inéluctable que la succession des saisons. Peut-être qu'il n'y avait rien d'autre à faire que de les aimer tant qu'ils étaient là et que l'on pouvait encore leur ôter leur lance-pierre des mains. Elle pourrait l'aimer pour cette raison-là, et aimer Henri à sa suite, ainsi que Baptiste. Les aimer tant qu'ils ignoraient qu'aux cailloux succèdent les balles et ainsi, peut-être, retrouver la terre ferme de la vie ordinaire.

Marie l'avait prise à part et lui avait expliqué longuement et précautionneusement, lui semblait-il, pourquoi elle devait quitter la ferme. Jeanne ne se souvenait d'aucun de ses arguments, elle l'avait à peine écoutée. Sitôt qu'elle avait compris qu'on l'emmènerait chez Pierre et Louise, elle s'était perdue dans ses pensées. Marie semblait sincèrement émue et soucieuse de bien faire. Jeanne ne pouvait lui enlever cela, même si, durant des semaines, elle avait dû subir ses remarques exaspérées et sa mauvaise humeur. Jeanne ne lui en voulait pas de sa décision, mais elle ne se sentait pas non plus coupable de l'avoir menée à un tel choix. L'angoisse qui l'avait envahie à la déclaration de guerre n'avait cédé aucun terrain depuis et avait avalé toutes les petites choses heureuses de sa vie. L'attente de la prochaine lettre, de la prochaine permission, et bien sûr de la fin de la mobilisation, la paralysait tout entière. Il lui semblait qu'elle ne devait pas bouger d'un millimètre pour ne pas déranger plus encore l'ordonnancement des choses et risquer que le moindre déséquilibre causât la mort de Pierre. Les prières, les messes, le curé ne l'aidaient en rien. Elle ne voulait pas s'abandonner à la volonté divine – pas dans ces conditions, trop incertaines. Ce serait s'autoriser à croire qu'Il pouvait la tenter de la pire des manières en lui enlevant son fils. Elle ne parvenait plus à poser la moindre action utile. Elle cherchait la formule magique, le moyen sûr, le rituel précis qui lui assureraient le retour de Pierre. Elle tournait dans sa chambre en marmonnant, négociait avec elle-même : peut-être qu'elle accepterait qu'il revînt mutilé, peut-être qu'il fallait faire ce genre de concession. Et elle songeait des heures durant à ce qui pourrait être le tribut le plus équilibré, celui suffisamment pénible et visible pour être valable, mais aussi assez supportable pour continuer à vivre, à travailler, à nourrir une famille : une jambe en moins ? Un œil en moins ? Elle sortait épuisée de ces séances de marchandage avec le destin et aussi déçue d'elle-même de ne pouvoir croire simplement que Pierre reviendrait entier et fort, comme Marie, Louise et Emma semblaient y parvenir.

Marie paraissait penser que vivre chez Pierre serait salutaire. Elle le lui répétait comme on répète à un enfant combien aller à l'école est important. Jeanne ne lui avait rien avoué, mais elle était assez d'accord. Marie l'agaçait, et elle devait reconnaître que ce serait un soulagement de ne plus la voir s'agiter perpétuellement. Jeanne se savait injuste de penser ainsi, mais elle ne parvenait pas davantage à éteindre ce sentiment qu'elle n'arrivait à taire la frayeur ou la tristesse. Elle s'apercevait qu'elle entretenait de nombreux ressentiments envers sa fille qui en faisait trop avec sa ferme, et pas assez avec ses enfants ; qui jouait un jeu trouble avec Roberjo au lieu d'en faire un respectable chef de famille ; qui était là, fière de son rôle de patronne alors qu'elle ne le devait qu'à la mort de Martin ; qui aurait dû ménager Pierre au lieu de le renvoyer sèchement à l'imprimerie ; qui semblait contrôler tout son monde alors qu'elle-même voyait le sien se déliter. Si Jeanne s'était beaucoup inquiétée pour la jeune Marie, celle-ci lui manquait aujourd'hui considérablement, autant que Pierre, sans doute. Mais on pouvait encore espérer, même si c'était difficile, que Pierre reviendrait tel qu'en lui-même alors qu'il était certain, désormais, que Marie avait irrémédiablement atteint les berges d'une maturité que Jeanne jugeait écrasante. Il lui était difficile d'admettre que l'on pouvait également perdre ses enfants de cette manière. Cela était aussi incompréhensible et inadmissible que d'envisager qu'ils meurent dans une tranchée. Elle avait perçu l'évolution de Marie ces dernières années, elle en avait compris les raisons et cru pouvoir s'y faire. Mais Jeanne avait elle aussi perdu de sa bienveillance et de sa patience. Et si elle en faisait le constat lucide, cela ne l'aidait pas dans ses relations avec sa fille. C'était donc une bonne chose de quitter la ferme. Cela ne changerait rien au tableau d'ensemble – tragique –, mais peut-être, se disait-elle, cela modifierait son point de vue sur ce tableau et lui apporterait un peu de soulagement.

Louise aussi avait changé, elle le savait. Mais si Jeanne lui portait beaucoup d'affection, elle n'était pas sa fille. Elle n'avait pas, des années durant, comptabilisé ses qualités et ses défauts, présumé ses réalisations, entrevu ce que serait sa vie et cru, avec la certitude d'une mère, qu'elle ne se tromperait que peu. Elle l'avait accueillie, tout juste adulte, et l'avait prise telle qu'elle était, sans préjugé, puisque Pierre l'avait choisie. Elle avait été un guide pour elle et l'avait soutenue au mieux quand il l'avait fallu, mais cela n'engageait pas son âme. Aujourd'hui, elle ignorait si elle pouvait être d'une aide quelconque pour Louise. Mais elle savait que cette dernière ne la tourmenterait jamais autant que Pierre ou Marie pouvaient le faire, même contre leur gré. Alors, vivre à Cluny, dans la propriété Cathelan, c'était un peu comme rejoindre un refuge. Et un très beau refuge. Elle y avait déjà vécu quelques semaines, après les noces de Pierre et de Louise et le décès de Martin, et elle avait aimé cela. Elle n'avait jamais rien trouvé à redire à la maison sombre de Cluny où elle avait grandi, ni à celle où elle avait élevé ses enfants. Ces dernières années, elle s'était habituée à l'odeur de la ferme, aux cris des animaux et aux champs à perte de vue. Elle était de celles qui s'adaptent si c'est la chose à faire, en silence et sans trop réfléchir. Mais désormais, elle sentait naître en elle un frisson de plaisir quand elle déambulait dans les pièces qui lui étaient exclusivement réservées. Ce n'était pas de l'euphorie, loin de là, mais la découverte de ce petit sentiment de satisfaction était agréable après des mois de torture mentale à croire que jamais plus rien ne la réjouirait. Elle occupait trois pièces au rez-de-chaussée. C'était une partie des appartements de Victor Deschanel, le père de Louise. Rien n'avait vraiment changé depuis sa mort ; on avait simplement vidé les lieux de ses effets puis recouvert les meubles de housses. Pierre, Louise et leurs enfants occupaient les deux étages supérieurs, et ils n'avaient jamais réfléchi à ce qu'il devait advenir des anciens quartiers de Victor. Jeanne jugeait que c'était une aubaine pour elle. Quand

Louise l'avait amenée dans ce qui était désormais sa chambre, son cabinet de toilette et son petit salon, elle lui avait indiqué d'un ton nonchalant qu'elle pouvait tout faire réaménager. Qu'il était aussi possible de faire venir un tapissier pour rafraîchir les murs et les fauteuils. Jeanne avait refusé. Elle aimait que les pièces aient du vécu, même si les tons verts chers à Victor n'auraient pas été son premier choix.

Tout était charmant chez Louise, et Jeanne s'apercevait, un peu mortifiée, qu'elle pourrait s'y sentir bien et aller mieux. Non à cause de la présence de Louise et des enfants, non plus parce que c'était la maison de Pierre et que tout entière, elle l'attendait, mais simplement parce qu'elle n'avait plus à se trouver une utilité comme à la ferme. Elle pouvait ne rien faire de la journée. On l'aidait à s'habiller et à se coiffer, et on lui portait ses repas si elle ne rejoignait pas la table familiale. Cela se faisait sans jugement ni attentes précises. Marie avait laissé entendre qu'il lui faudrait sans doute s'occuper de Victoire et de Pierre-Louis, surtout à l'approche de l'accouchement, mais Louise n'avait rien exigé de tel et ne semblait même pas l'envisager.

Au contraire, elle laissait les choses se faire, et chaque personne de sa maisonnée paraissait se comporter un peu comme elle l'entendait. C'était surtout vrai pour la nurse, Suzanne, et pour les enfants. Jeanne les observait souvent depuis la porte-fenêtre de sa chambre qui donnait de plain-pied dans le jardin. On y envoyait Pierre-Louis et Victoire dès le déjeuner avalé et Suzanne y faisait de longues promenades, Henri lové dans les bras. Louise les rejoignait parfois pour le goûter, mais le plus souvent, les enfants restaient des après-midi entiers livrés à eux-mêmes, dehors quand il faisait beau, courant et hurlant dans les étages quand il pleuvait. Louise n'élevait plus la voix. Elle n'élevait plus ses enfants. Un an plus tôt, cela aurait scandalisé Jeanne, et elle serait intervenue pour y mettre bon ordre. Aujourd'hui, cela l'indifférait. Elle se sentait comme une orpheline encombrante et difficile que l'on se repassait de tante en tante en espérant qu'elle finît par rentrer dans le rang. Or elle aimait ce nouveau foyer. Pour des raisons toutes égoïstes, certes, mais surtout parce que personne, ici, ne lui reprochait cet égoïsme. Peut-être qu'un jour, elle parviendrait de nouveau à aimer les siens et à ressentir profondément cet amour au point de recommencer à se battre pour eux. En attendant, que l'on criât, que l'on rît, que l'on pleurât, que l'on chantât autour d'elle, cela ne la concernait plus.

36

Comme souvent, ce furent Pierre-Louis et Victoire qui réveillèrent Louise en pénétrant dans sa chambre et en se glissant à ses côtés sous les couvertures. Suzanne dormait sans doute encore dans la chambre d'Henri où elle avait fini par prendre ses quartiers, mais de toute façon, elle ne se serait pas occupée des aînés. Elle tolérait qu'ils jouent avec Henri dans la salle de jeux tant qu'ils ne l'asticotaient pas, daignait parfois leur donner des habits propres quand les leurs sentaient vraiment mauvais ; et si Louise insistait beaucoup, elle acceptait de les surveiller tandis qu'ils prenaient leur repas ou leur bain. Rien de plus. Louise songeait parfois qu'elle devrait prendre une autre nurse pour s'occuper d'eux, mais en les voyant, visages rieurs, serrés contre elle au matin, elle finissait par se convaincre qu'ils ne manquaient de rien. D'un peu d'autorité paternelle peut-être, mais même cela pouvait attendre. Ils étaient si petits encore. Combien elle-même aurait aimé, enfant, disposer d'une telle liberté !

Ils ne parlaient plus autant de leur père. Victoire ne le réclamait plus aussi vigoureusement le soir, avant de s'endormir. Étaient-ils en train de l'oublier ? Ou la routinière litanie de Louise avait-elle fini par les convaincre qu'il n'y avait rien d'anormal ni d'inquiétant à son absence ?

« Il va bien, il ne se bat pas, il n'est pas en danger, peut-être rentrera-t-il bientôt… Non, les méchants Allemands ne lui feront pas de mal… Non, il n'est pas seul, il a plein de camarades avec lui, tous très courageux. Ils ont besoin d'être ensemble pour montrer qu'ils sont forts et que les Allemands n'ont aucune chance… Il n'a pas peur du tout, il pense à vous souvent, il veut que vous soyez sages et gentils avec maman et Henri… »

Louise elle-même parvenait presque à y croire. Certains jours, c'était comme si Pierre était simplement parti en voyage. Elle avait craint que l'arrivée de Jeanne ne vienne gâcher cette tranquille illusion ; aussi avait-elle veillé, les premiers jours, à ce que sa belle-mère ne reste pas seule avec Victoire et Pierre-Louis. Mais en réalité, le discours lénifiant tenu aux enfants semblait l'apaiser tout autant qu'eux. Louise ne décelait pas chez elle la colère et l'angoisse décrites par Marie, ou alors à un degré si faible qu'elle se demandait si sa belle-sœur n'avait pas à dessein grossi le trait. Par contre, il était certain que Jeanne n'avait plus grand-chose de la femme affable et empressée qu'elle était auparavant. Elle demeurait loin, en retrait, dans des pensées qui – Louise devait quand même l'admettre – semblaient parfois l'agiter intérieurement. Mais elle ne faisait aucune immixtion dans la vie de famille, et jamais elle n'avait lâché de commentaires négatifs sur quoi que ce soit. Elle était transparente. Louise s'était d'abord dit qu'elle devrait s'en inquiéter et chercher à en apprendre davantage, mais Jeanne semblait comme une tour d'ivoire inaccessible. Puis il était apparu qu'elle reprenait du poids et des couleurs. Louise avait questionné les domestiques, et en effet, sa belle-mère mangeait de bon appétit et dormait tard le matin. Elle faisait aussi de longues promenades dans le parc et lorsque Louise l'observait cueillir une anémone dans le massif de fleurs ou une stellaire dans les bordures d'herbe, cela lui faisait le même effet que de constater la joie de ses enfants à l'aube : les choses étaient bien comme elles étaient. Cela ne rejoignait-il pas ses convictions, certes récentes, mais profondes ?

Il y avait eu un tournant après l'annonce de sa grossesse à Pierre. Cela avait coïncidé avec le moment où elle avait senti le bébé bouger pour la première fois. Avant cela, il n'avait été qu'une perspective sombre, un souci, la cause de ses vomissements, de sa fatigue, de ses angoisses. Mais soudain, tout s'était passé comme si le bébé avait décidé d'apprivoiser sa mère. Alors que les trois aînés s'étaient agités dans son ventre dès le cinquième mois et n'avaient pas cessé, jusqu'à l'accouchement, de révéler par des coups de plus en plus énergiques des organes internes jusque-là inconnus d'elle, le bébé semblait ondoyer dans l'eau de ses entrailles. Elle sentait une vague agréable envahir son ventre lorsqu'il bougeait, et bien que ce mouvement s'intensifiât au fil des mois, il ne devint jamais brutal, même à présent qu'elle était rendue à huit mois de grossesse. Mieux, il semblait parfois à Louise que le bébé activait son balancement justement lorsqu'elle se sentait triste ou en colère. L'onde bienfaisante montait dans sa poitrine et enveloppait sa tête et ses idées noires d'un voile de douceur qui l'apaisait immédiatement. Elle goûtait ces instants intensément, et il lui fallait du temps pour reprendre pied dans la réalité, mais cela accroissait son désir de s'isoler avec son bébé qui ne lui voulait que du bien. Alors elle ne craignait rien, ni la naissance ni ce qui se passerait ensuite. Ses proches iraient bien, tous, ses enfants comme Jeanne… et même si elle ne s'en souciait plus du tout, Marie, ses enfants, Emma et François aussi. Et Pierre bien entendu. Tout s'arrangerait, tout s'accorderait. Le bébé en était le signe. Et elle, Louise, était très sensible aux signes. Elle avait un don pour cela. La guerre, tout ça, ce ne serait rien. Bien sûr, ça s'agitait, partout. On annonçait le pire à présent que les Allemands avaient envahi le Danemark et la Norvège. Mais c'était loin d'ici. Loin de Cluny, de Louise et du bébé en elle. Loin de cette plénitude : le mois de mai, les fleurs partout, le soleil chaque jour. Elle savait rendre ses enfants heureux, il suffisait de les regarder rire. On se sentait bien chez elle, Jeanne en était la preuve.

Louise n'avait plus qu'une hâte, tenir son bébé dans les bras, le respirer, l'admirer, l'observer accomplir de nouveaux miracles par sa simple présence. Elle aimait sentir le bébé bouger en elle, mais cela accroissait son désir de le connaître vraiment. Les contractions, le soir du 9 mai, ne l'effrayèrent donc pas. C'était trop tôt bien sûr, un mois trop tôt, mais le bébé savait. S'il devait naître maintenant, c'était le destin. Elle ne dit rien du travail qui commençait et accoucha seule, aux lueurs de l'aube, d'un petit garçon. Il n'était pas bien vaillant – à peine cria-t-il –, mais il respirait. Elle coupa le cordon avec les ciseaux de couture qui traînaient sur sa table de nuit et passa les heures suivantes dans un état d'émerveillement, au milieu des draps souillés, son troisième fils dans les bras. Ses aînés ne vinrent pas ce matin-là, mais vers 10 heures, sa femme de chambre entra brutalement sans frapper :

« Les Allemands ont envahi les Pays-Bas, le Luxembourg et la Belgique ! Ils seront bientôt en France ! » s'exclama-t-elle avant de se figer, bouche bée, devant le spectacle qui s'offrait à elle.

La nouvelle laissa Louise indifférente. Elle sourit à sa bonne, leva le bras pour que celle-ci vît bien le bébé qui y dormait lové, et, le regard brillant, annonça comme une évidence :

« Aurélien est né. »

Juin 1941

37

François Longueville monta à bord du train, dans le dernier wagon, et s'assit lourdement sur une banquette élimée. L'attente et l'ambiance nerveuse des contrôles à Chalon-sur-Saône avaient ajouté à sa fatigue. Il ne craignait rien lui-même : son laissez-passer était en règle, mais il trépignait de rejoindre la zone libre et Cluny, où l'on ne risquait pas de croiser un uniforme allemand en sortant de chez soi. Sa sœur Cécile, Parisienne depuis toujours, disait que l'on s'y habituait. C'était peut-être vrai, mais il n'aimait pas le sous-entendu qu'elle mettait dans cette phrase. « On s'y habituait », dans sa bouche, devenait un euphémisme inquiétant. François avait séjourné plusieurs jours chez elle et il avait dû se rendre à l'évidence : l'invasion allemande n'avait en rien altéré la soif de divertissement de sa sœur. Bien au contraire, elle s'était improvisée guide touristique pour les officiers allemands. Elle leur faisait découvrir les meilleures tables de Paris, les coins charmants, les clubs sélects, et les artistes tout prêts à divertir l'occupant. À François qui s'étonnait que soient livrés corbeilles de fruits, bouteilles de champagne, café et autres délices devenus inabordables en période de pénurie, elle répondit, désinvolte :

« Tout est question de relations, François. C'est ce que père nous répétait sans cesse, tu te souviens ? Je suis douée pour ça : parler aux gens, les amener à donner le meilleur d'eux-mêmes. L'Allemand veut croire qu'il peut être un Parisien comme un autre. Eh bien, je lui offre cette illusion. Et il me remercie.

— Mais enfin Cécile, comment peux-tu… ?

— Oh, je t'en prie ! Ils sont là depuis un an déjà. Est-ce que l'on doit se convaincre de leur invisibilité ? Je ne vais pas m'enfermer en feignant le dégoût : la plupart des officiers sont charmants. La vie continue. Et je compte que la mienne ait quelque intérêt. »

François la fixa, atterré.

« Ne fais pas cette tête ! Je rends service à plein de monde, reprit Cécile. Bien sûr, je m'amuse, mais tout ce que tu vois, là, le pain, les œufs, les fruits, je les redistribue. J'en donne la plus grande part à l'orphelinat d'à côté, et à ceux de mes amis qui ont tes scrupules et en sont réduits aux tickets de rationnement. Mais ils savent très bien comment j'obtiens ça. Et les cigarettes que je leur tends, ils les fument avec autant de plaisir que moi. Tout le monde est hypocrite, François, par les temps qui courent. Certains l'assument juste mieux que d'autres. Tu en sais quelque chose, n'est-ce pas ? »

Il blêmit. Alors elle savait. Jamais ils n'avaient parlé de sa démobilisation précoce et du rôle probable de leur père dans cette affaire. Mais bien sûr, Théodore avait dû se vanter devant sa fille et sa femme de ses relations puissantes et influentes. François avait été faible, et il devrait vivre avec cette idée déplaisante. Mais cela avait cependant peu à voir avec les activités actuelles de Cécile. Il ne savait ce qui le choquait le plus : que sa sœur s'affichât sans vergogne avec les Allemands ou qu'elle s'obstinât à sortir et festoyer chaque soir, quelques jours seulement après les funérailles de leur mère. Pourtant, François ne l'ignorait pas : chez Cécile, la provocation ne nichait jamais loin du désespoir, et l'étendue de ses égarements actuels trahissait l'immensité de son chagrin. Elle aimait profondément leur mère. Elle l'avait portée à bout de bras depuis la mort de leur père, un an plus tôt. Celui-ci avait toujours veillé avec un soin jaloux sur les femmes de sa famille. Il prenait tout à sa charge, petits et grands soucis, et ni sa femme ni sa fille n'avaient eu à s'inquiéter de quoi que ce soit de son vivant. Désormais, il revenait à François de faire face au spectacle consternant de sa sœur incapable de résister aux promesses de confort et de sécurité d'un envahisseur haï. Lui-même était affligé par la disparition de sa mère, qu'il avait si peu vue ces dernières années. Il aurait aimé partager des souvenirs d'enfance avec Cécile, mais elle avait fui chacune de ses tentatives. Sa sœur ne voulait vivre que dans le présent.

« Le passé me désole et le futur m'ennuie. J'aimerais danser et dormir. Boire aussi. Envahisseurs allemands ou non, c'est ce que je ferais. Et si aujourd'hui, eux seuls peuvent me payer des verres, alors ça me va. Le reste m'indiffère.

— Je n'aime pas quand tu parles ainsi.

— Mais c'est ainsi que je me sens, François. Et je n'ai jamais fait semblant. Que veux-tu que je te dise ? Bien sûr, on était heureux, enfants. On a été heureux après la guerre, aussi. J'ai adoré les années vingt. Je croyais encore que je me marierais et que j'aurais un ou deux gosses pour me divertir. Et regarde-nous : je suis seule, encore et toujours. Et toi, tu es perdu en rase campagne avec une femme plus têtue que moi, qui ne veut pas d'enfant.

— Elle en voudra.

— Je te le souhaite, en toute honnêteté. Je me le souhaite aussi : peut-être que des neveux et nièces, c'est mieux que des enfants à soi. Mais ça ne sert à rien de remâcher les temps heureux et d'espérer des jours meilleurs. Je n'ai de la force que pour aujourd'hui. Alors, laisse-moi vivre mon présent comme je l'entends. Condamne-moi si tu veux, renie-moi, mais ne me retiens pas. »

François avait prévu de rester aux côtés de sa sœur trois ou quatre semaines, pour l'aider à faire le tri dans les effets de leurs parents. Mais il repartit au bout d'une dizaine de jours. Cécile ne manifestait aucune volonté de s'engager dans un deuil décent, et s'obstinait à se moquer de tout. Puis elle mettait en lumière, de façon dérangeante, sa lâcheté propre, celle de l'automne 1939 qui le rongeait toujours, et dans cet appartement plus que partout ailleurs. Est-ce que la veulerie était dans leur sang ?

Emma lui manquait terriblement. Il aurait aimé l'avoir à ses côtés dans cette épreuve. Mais il était également soulagé qu'elle n'ait pas été témoin de la dérive de Cécile ni de ses sous-entendus. Il ne lui dirait rien des accointances de sa sœur avec l'occupant. Emma avait de la tendresse et de l'admiration pour Cécile : il protégerait cela, le temps nécessaire. Surtout, il se refusait à prononcer à voix haute et devant un tiers, fût-il intime, des paroles de condamnation envers sa sœur. Elle se reprendrait, c'était certain. Le chagrin s'atténuerait, et elle retrouverait raison et fierté. François passa ses nuits d'insomnie parisiennes à s'en convaincre tandis qu'il guettait l'heure où elle rentrait, en compagnie de gens qui disposaient de suffisamment d'influence pour la soustraire au couvre-feu.

Il entama son voyage du retour épuisé et confus, et respira mieux une fois la ligne de démarcation passée. Il ne put pourtant se défaire d'un certain malaise. S'il refusait de se sentir responsable de sa sœur, il l'était assurément d'Emma, de Gabin, et de l'ensemble de sa belle-famille. Pierre prisonnier, il demeurait le seul homme de la famille, et comme souvent depuis qu'il avait été démobilisé, une profonde lassitude l'envahit : contrairement à ce qu'ils espéraient tous, il ne maîtrisait rien, ne pouvait rien prévoir, ou seulement le pire.

Longueville était l'un des plus jeunes médecins en exercice sur Cluny et sa région : s'il chômait peu avant le conflit, il n'avait à présent plus une minute à lui. Pour permettre au plus grand nombre de se faire soigner pendant cette période de pénurie, il avait mis en place, deux jours par semaine, une consultation à l'Hôtel-Dieu. Là-bas, assisté par les sœurs qui le déchargeaient des soins élémentaires, il pouvait voir plus de patients, plus rapidement. Il avait tenté des mois durant de convaincre deux médecins âgés de l'y suppléer les autres jours. Mais ceux-ci s'accrochaient à leur cabinet et à leurs habitudes, rechignant même à faire davantage de visites, abusant de leur collègue trop serviable. Le décès de la mère de Longueville avait finalement rebattu les cartes. Lorsque celui-ci annonça une absence de plusieurs semaines, les médecins récalcitrants redoutèrent l'afflux prévisible de patients dans leur cabinet et trouvèrent soudain plein d'avantages à déplacer leur consultation à l'Hôtel-Dieu. François espérait qu'à son retour, ils garderaient cette disposition d'esprit.

Son départ précipité pour Paris s'était teinté de l'immense chagrin du deuil, et du regret de laisser Emma et Gabin si longtemps. Mais en quittant Cluny, il avait aussi ressenti un soulagement certain à l'idée que, durant quelques semaines, il ne serait plus assailli de plaintes répétées, de confessions tourmentées, d'angoisses insurmontables. Il n'aurait plus à puiser patience et réconfort dans des ressources qu'il devinait limitées. Il n'aurait plus à s'oublier derrière sa profession ni à se composer une image de médecin qui, faute sans doute d'être infaillible, savait en tout temps apaiser et compatir. Avec Cécile, il pourrait être lui-même. Il n'aurait rien à prouver, elle l'accueillerait comme un égal et non un sauveur, elle n'attendrait pas de lui qu'il la soulageât d'une quelconque façon, de même qu'elle n'aurait pas l'orgueil de croire qu'elle pourrait le défaire de sa peine et de sa fatigue. Ils seraient simplement heureux de se retrouver, différents et complémentaires, soulagés de la présence de l'autre, partageant leur peine, devinant les pensées intimes, devançant les mots d'esprit. Complices comme ils l'étaient enfants, forts et tristes à la fois, sans espoir démesuré, mais sans non plus résignation. Telle était l'attente de François en rejoignant Paris : revenir pour quelque temps aux origines. Pleurer sa mère, l'enterrer dignement et retrouver sa sœur pour mieux se retrouver lui. Souffler un peu loin du quotidien harassant qui l'absorbait à Cluny.

Mais Cécile n'avait pas laissé François l'atteindre. Elle était engluée dans l'ennui et la mélancolie, et son frère comprit que ces sentiments avaient des racines profondes et anciennes. Il s'en voulut de ne pas avoir saisi plus tôt que la mort de leur père et les derniers mois de vie de leur mère avaient tué en Cécile ce qui lui restait de joie et d'enthousiasme. Elle courait à présent après ce que la vie daignait encore lui offrir, passant de fête en fête pour capturer des instants de plaisir comme on cherche de l'air lorsque celui-ci se raréfie. La fréquentation de l'élite allemande de la capitale ne signifiait pas qu'elle avait puisé dans la défaite française de quoi améliorer son humeur. Simplement, elle refusait d'entrer en résistance ou de regarder ailleurs en attendant des temps meilleurs. Elle continuerait de débusquer les distractions où qu'elles se trouvent et quels qu'en soient les pourvoyeurs, c'était pour elle une question de survie. Cécile n'eut pas besoin d'exprimer les choses aussi franchement à François ; il devina sans peine la fuite en avant dans laquelle elle s'était engagée. Il ne partagea rien de précieux durant son séjour parisien, et se trouva à échanger le trop-plein d'émotions qui accompagnaient sa profession de médecin, avec l'absence d'états d'âme de sa sœur. Alors, il regretta Cluny, où il servait au moins à quelque chose, même si cela l'épuisait. Cécile cilla à peine quand il décida d'abréger son séjour. Le matin du départ, elle ne l'accompagna pas à la gare. Elle ne se sortit même pas de son lit pour le saluer, mais cela soulagea François en lui évitant des adieux embarrassants et sans chaleur.

38

Le train s'arrêta en gare de Saint-Boil. Bien qu'englué dans ses pensées, François remarqua les deux passagers qui montèrent dans son wagon et s'assirent de l'autre côté de l'allée : une femme et un enfant. Il les remarqua, tant ils semblaient vouloir se rendre invisibles en se fondant dans la banquette. L'œil habitué de François releva leur air épuisé et leur teint hâve. La femme serrait fort son fils contre elle. Ceci, ajouté à leur maigreur, faisait qu'ils n'utilisaient à eux deux qu'à peine la moitié de l'espace qui leur était dévolu. La mère gardait obstinément les yeux fixés au sol, et tout son corps était crispé autour de l'enfant. Longueville perçut la terreur qui émanait d'elle et la faisait haleter. Le garçonnet paraissait plus téméraire, et son regard accrocha celui de François. Celui-ci prit alors conscience qu'il fixait depuis de longues minutes ce couple misérable et perdu. Il tenta un sourire pour amadouer l'enfant. Celui-ci ne le lui rendit pas, et ses yeux coulèrent, indifférents, vers la fenêtre et le paysage riant qui défilait. En détaillant son visage sérieux, François comprit qu'il était sans doute plus âgé que ce qu'il avait cru d'abord. Il devait être du même âge que Gabin. D'ailleurs, il lui ressemblait étrangement, même avec dix ou quinze centimètres de moins : les mêmes cheveux hirsutes et presque noirs, les mêmes grands yeux marron en amande, le même air à la fois intelligent et sensible, et cette réserve qu'ils opposaient au monde. Le garçon du train avait un visage plus allongé, mais cette impression était peut-être renforcée par l'émaciement de ses joues.

Longueville fit l'effort de détacher son regard de ses troublants voisins et ses pensées le ramenèrent à Emma et Gabin. Alors que François lui-même n'y croyait plus, l'acharnement du garçon avait finalement payé. Grâce à des mois de rééducation douloureuse et obstinée, il avait pu abandonner totalement ses béquilles à l'été 1940. Au début 1941, il courait – d'une curieuse manière, qui donnait toujours l'impression qu'il allait basculer et tomber, mais il courait. De fait, il conservait une nette claudication, que François considérait désormais irréversible. Pour atténuer ce jugement, il avait offert à Gabin un stéthoscope, celui de son propre père, et lui avait enseigné la façon de prendre le pouls.

Le train ralentit en prévision de son arrêt à Saint-Gengoux, et la femme se mit à geindre brièvement. Elle se recroquevilla plus encore sur elle-même et resta dans cette position jusqu'à ce que le train s'ébranlât à nouveau. Le garçon avait plongé sa tête dans le cou de sa mère et murmurait à voix basse des phrases que François ne parvenait pas à comprendre, mais qui visaient sans doute à l'apaiser. Il en fut ainsi à chaque arrêt jusqu'au terminus. Une telle démonstration de peur emplit Longueville d'un fort sentiment d'impuissance, si bien qu'une fois sur le quai, à Cluny, il ne put s'empêcher de se retourner pour observer encore ses éphémères voisins. L'enfant sauta agilement par-dessus les trois marches du wagon, et ce bref éclat de spontanéité émut profondément le médecin. Souvent, durant les années qui allaient suivre, ce dernier se demanda si ce n'était pas cela qui l'avait poussé à intervenir si résolument, bouleversant ainsi son existence et celle de sa famille.

Avant de descendre à son tour du train, la femme regarda longuement à droite et à gauche. Enfin, elle se décida, mais son talon heurta le marchepied et elle perdit l'équilibre. Poussant un cri aigu, elle tomba à genoux sur le quai. Puis, réalisant qu'à présent, tous les regards étaient pointés sur elle, elle s'évanouit. Le garçon se baissa et entreprit de lui secouer les épaules pour la réveiller. Il le faisait sans mot dire, mais fébrilement, ce qui donnait une touche particulièrement tragique à la scène. Longueville revint rapidement sur ses pas et s'agenouilla à son tour. Il saisit les mains de l'enfant, et attendit qu'il le regardât pour lui glisser :

« Je suis médecin, je vais aider ta maman. C'est bien ta maman ? »

L'enfant hocha vivement la tête.

« Ça va aller. Elle est juste évanouie. Quel est son prénom ?

— Ysobel. »

Il tapota le visage de la femme, l'appelant d'une voix forte. Elle ouvrit finalement les yeux et se rassit aussitôt.

« Arrêtez de crier mon nom ! » siffla-t-elle.

Longueville se tut, saisi par la violence du ton. La femme gardait la tête obstinément baissée et recommençait à gémir tandis que des curieux s'agglutinaient autour du trio. Le médecin secoua les bras pour les disperser.

« Écartez-vous ! dit-il d'un ton ferme. Cette femme a besoin de calme et d'air. Rentrez chez vous, vous n'êtes ici d'aucune utilité. »

Les voyageurs ramassèrent leurs bagages et s'éloignèrent à regret, l'un après l'autre. Le chef de gare reconnut Longueville au loin et d'un geste, le sonda pour savoir s'il avait besoin d'aide. Le médecin secoua la tête. Une fois le quai désert, la femme se redressa et reprit la parole :

« Je vais bien, maintenant. Mon fils et moi, nous partons. »

Elle tenta de se lever, mais elle fut à nouveau saisie d'étourdissement et retomba assise.

« Vous n'allez pas bien. Vous êtes épuisée. Votre garçon aussi. Depuis quand n'avez-vous pas mangé de vrai repas et dormi dans un vrai lit ? »

Son regard se déroba et elle garda le silence. L'enfant répondit à sa place :

« Cinq jours. Maman me donne à manger ce qu'elle trouve. Elle ne garde presque rien pour elle. Puis on a dormi dans la forêt.

— Marceau, tais-toi ! tança la femme.

— Vous n'avez rien à craindre de moi », reprit Longueville en posant une main sur son bras.

Elle se dégagea vivement :

« Je ne sais pas à qui je peux faire confiance !

— Regardez-moi. Je suis médecin. J'exerce ici, à Cluny. Ce que vous fuyez, je m'en moque. La seule chose que je souhaite, c'est vous aider à vous rétablir. »

Elle leva les yeux vers Longueville et l'observa quelques instants comme pour le jauger. Puis elle secoua la tête :

« Je n'ai pas d'argent pour vous payer.

— Je ne veux pas d'argent. Je veux que vous me suiviez dans un endroit où l'on prendra soin de vous.

— Un camp ? Parce que si c'est un camp, je ne viens pas : mon mari s'est déjà fait avoir. »

Longueville fronça les sourcils. Il hésita quelques instants puis murmura :

« Vous êtes juifs, n'est-ce pas ? Et vous venez de la zone occupée ?

— De Paris. »

François hocha la tête.

« Je viens de passer dix jours à Paris. J'ai entendu parler de l'arrestation des juifs étrangers, en mai dernier.

— Ils ont dit que c'était juste pour examiner sa situation, une simple formalité ! Mon mari est polonais, vous savez. Bien sûr, il se méfiait des Allemands. Ça faisait des mois déjà qu'il n'avait plus de nouvelles de plusieurs membres de sa famille restés en Pologne. Mais il disait qu'il valait mieux respecter la loi, que la clandestinité nous condamnerait plus sûrement. Je suis allée avec lui. Je suis française, moi. La convocation ne me concernait pas, mais il fallait qu'il soit accompagné. Il a été arrêté tout de suite, et on m'a dit d'aller lui chercher des affaires. Ils sont des milliers à s'être fait piéger ainsi. On les a fait monter dans des trains et on les a emmenés dans un camp, à Pithiviers. Je n'ai plus de nouvelles de mon mari depuis, et je n'ai pas osé en demander. »

La femme sanglotait. Son fils saisit sa main et la serra fort. François avait entendu des amis de sa sœur discuter de ce traquenard savamment organisé par l'occupant. Certains d'ailleurs avaient attaqué une nouvelle fois Cécile sur ses fréquentations. Elle avait haussé les épaules.

« Pensez ce que vous voulez. »

Plus tard, il l'avait interrogée plus avant. Elle s'était défendue à demi-mot :

« Il y a toujours deux versions à une histoire, François. Tu sais comme j'aime laisser traîner mes oreilles ici et là. Je savais qu'il se préparait quelque chose contre les juifs étrangers. Cela m'a permis de prévenir deux, trois connaissances… »

Elle n'en avait pas dit plus, et François, perturbé par le comportement équivoque de sa sœur, n'avait pas cherché à en savoir davantage. Mais à présent, il lui fallait prendre un risque. Ysobel et Marceau étaient de toute évidence en situation irrégulière.

« Je veux vous emmener chez les sœurs. Vous y serez en sécurité et elles ne vous poseront aucune question. »

Ysobel le fixa encore de longues secondes, puis elle tourna la tête vers son fils, quêtant une approbation. Marceau hocha lentement la tête.

« D'accord. On vous suit. Mais c'est juste pour une nuit ou deux. »

39

Les sœurs hospitalières accueillirent les deux réfugiés comme n'importe quels autres patients. Marceau se rempluma et eut vite des fourmis dans les jambes. Les déambulations dans les couloirs et le parc de l'Hôtel-Dieu ne suffirent bientôt plus à tromper son ennui. Sa mère par contre semblait gravement anémiée, et une fois la tension du voyage redescendue, elle tomba en léthargie. Elle ne parlait quasiment plus, mangeait difficilement et dormait beaucoup. François jugea que seul le temps lui permettrait de reprendre le dessus, et les sœurs acceptèrent de la garder.

« Je suis plus réservée pour Marceau, glissa la mère supérieure à Longueville.

— Comment ça ? Il va très bien !

— Justement, il n'a aucune raison de rester à l'hôpital. Cela va attiser les curiosités : depuis le 2 juin, les juifs en zone libre doivent être recensés.

— Ysobel refusera. Elle ne fait aucune confiance aux autorités.

— Elle a peut-être raison. Et nous ne pouvons pas la contraindre à se déclarer. Mais de fait, cela nous place tous dans l'illégalité. Il faut donc être discrets.

— Que suggérez-vous, ma mère ?

— Marceau a des faux papiers, vous le saviez ? Ysobel a réussi à lui en obtenir à Paris. Elle voulait garder de l'argent pour payer le passeur chargé de leur faire traverser clandestinement la ligne de démarcation, alors elle n'en a pas acheté pour elle-même.

— Marceau n'est pas son vrai prénom ?

— Si… Mais son patronyme est Szymkiewicz. À présent, ses papiers indiquent Marceau Sicard. Aussi, j'ai pris sur moi d'inscrire sa mère sur nos registres sous le même patronyme, et de franciser son prénom. Veillez à présent à l'appeler Isabelle Sicard.

— D'accord.

— Ce n'est pas tout : je vous suggère de placer Marceau quelque part, dans une famille où il n'attirera pas l'attention. Votre belle-sœur Marie ne pourrait pas le prendre ? Il ferait un solide garçon de ferme.

— Je vais me renseigner. Vous pensez réellement qu'ils sont en danger, en zone libre ?

— Je n'en sais rien. Je sais seulement qu'il y a un peu plus d'un an, il n'y avait pas de zone occupée en

France. Qui peut savoir combien de temps encore nous serons à l'abri des Allemands, ici, à Cluny ? »

François rentra chez lui à pas lents, plongé dans ses pensées. Il aidait chaque jour des dizaines de personnes. Il y avait les soins qu'il délivrait, bien entendu, mais avec les sœurs hospitalières, ses confrères, et toute âme de bonne volonté, il tentait aussi de secourir les plus pauvres, de leur trouver à manger, des chaussures pour les enfants, parfois même un meilleur toit. Il jugeait que cela faisait partie de son travail. Il ne pouvait pas tout résoudre, mais il pouvait mettre les gens en relation, tenter de susciter la compassion, à défaut la pitié. Cela ne fonctionnait pas toujours : parfois la générosité était absente où qu'il s'adressât, parfois les miséreux refusaient l'aide quoi qu'il proposât. Le plus souvent, il se résignait, espérant une autre chance de convaincre – plus tard. Quelquefois, les souffrances et les rejets des autres le touchaient au cœur, et il lui fallait plusieurs jours pour s'en remettre, retrouver foi en l'espèce humaine, en ses patients, en ses voisins. Jamais pourtant, il ne laissait les malades empiéter sur sa vie privée. Certes il rejoignait son foyer la tête farcie de préoccupations, trop fatigué souvent pour être totalement présent à Gabin et réellement attentionné envers Emma. Mais il refusait de faire de son toit un abri, même provisoire, d'offrir les couvertures bien pliées de ses armoires, ou le restant de soupe chaude qu'Emma gardait pour le lendemain. Il travaillait consciencieusement, sans compter les heures passées à soigner, à visiter et soulager. Son appartement était un lieu qu'il voulait inviolable : une bulle d'air. Il n'était pas prêtre, il n'avait pas promis de se dévouer tout entier, de faire vœu de charité. La plupart des gens le comprenaient. D'autres non, et il avait parfois droit à des scènes pénibles juste devant sa porte, à des heures indues, avec des personnes qui exigeaient ce qu'il se refusait à leur donner : des bouts du foyer qu'il s'était construit avec Emma. Celle-ci ne le comprenait pas toujours. Un quignon de pain, ce n'était rien. Un œuf et deux pommes non plus, surtout quand on avait une sœur à la tête d'une ferme florissante. Mais François en faisait un principe. Lorsqu'il était chez lui, il n'était atteignable que pour les urgences médicales.

Gabin avait été une faille dans ce modèle, et Longueville avait mal vécu cette intrusion dans son monde soigneusement cloisonné. Il avait été frustré de ne pas pouvoir opposer d'arguments sensés à Emma. Contrairement à ce qu'il lui avait dit, à aucun moment il n'avait craint qu'elle ne fût dépassée par la situation. Il était au contraire certain qu'elle saurait l'apprivoiser et l'apaiser. Puis Gabin était quasiment de la famille, François ne pouvait pas monter les barrières habituelles, fermer sa porte obstinément : Emma, Marie, Claire ne lui auraient jamais pardonné. Il avait fini par admettre que prendre Gabin sous son toit était la meilleure des solutions. Il avait fini par s'attacher à l'enfant. Et quand il l'observait panser une plaie, écouter une respiration ou fixer un garrot, une fierté de père montait en lui.

Marceau, lui, l'avait immédiatement troublé. Il se sentait confusément redevable à son égard. C'était comme s'il avait découvert un jumeau à Gabin et que son devoir était de lui accorder les mêmes chances. Il percevait l'absurdité d'un tel raisonnement, mais il ne pouvait se défaire de l'envie de l'aider. De l'aider d'une façon qu'il aurait jugée un mois plus tôt déraisonnable : en l'accueillant chez lui. Il y avait songé avant que la mère supérieure lui conseillât son placement. Ysobel serait longtemps en convalescence et son fils devait continuer son instruction, voir des enfants de son âge, retrouver une forme de vie normale. François se battait depuis une semaine avec l'idée de l'héberger. Du côté des arguments en faveur de cette initiative, il disposait de la place nécessaire ; Gabin serait sans doute heureux d'avoir un compagnon de son âge ; Emma pourrait tromper son ennui en lui faisant la classe ; Marceau ne serait pas loin de sa mère ; il mangerait à sa faim, reprendrait les vêtements trop petits de Gabin… Surtout, François pourrait se prouver à lui-même qu'il n'était pas lâche. Du côté des arguments négatifs, le danger à contrevenir à la loi, danger qui s'étendrait à Emma, Gabin peut-être ; le déséquilibre que cela pourrait apporter dans son foyer ; la porte ouverte, béante même, sur son activité de médecin. François s'avouait que c'était ce dernier point qui l'amenait le plus à douter. Faire tomber une nouvelle fois les cloisons soigneusement montées entre sa vie privée et son cabinet ; accueillir un autre garçon blessé par la vie, dont le comportement resterait sans doute imprévisible, qu'il faudrait réconforter sans bien connaître les causes de ses chagrins. Lui céder la place réservée à l'enfant qu'il voulait avoir avec Emma. Se laisser absorber encore davantage par la misère humaine et les affres de l'époque.

Quand il arrivait à cette étape du raisonnement, le désir d'hospitalité avait fondu. Mais il réapparaissait quelques heures plus tard, tourmentant François qui ne parvenait pas à trancher.

La demande de la mère supérieure l'obligea à se décider. Il fit donc son choix et en ressentit une forme de soulagement, ce qui lui permettait de croire qu'il avait pris la bonne décision. L'idée de laisser Marceau à La Vineuse, chez Marie, était séduisante sur le papier. Il y serait utile, et attirerait sans doute moins l'attention qu'en plein centre-ville de Cluny. Mais Marceau refusait de trop s'éloigner de sa mère. Il voulait la voir tous les jours. François doutait que ce fût possible, du moins pas sans arrangements complexes avec la réalité, car si le garçon se mettait à circuler partout, on jaserait. Pourtant, Longueville se refusait pour le moment à distendre le lien entre la mère et l'enfant. Ysobel était encore trop fragile pour cela, et Marceau, trop porté à l'inquiétude.

Jusqu'ici, François avait raconté peu de choses à Emma sur ses deux protégés. Quelques mots sur leur rencontre dans le train et sur leur convalescence chez les sœurs, rien de plus. Depuis l'armistice, les réfugiés affluaient en zone libre. À Cluny, ils n'étaient pas si nombreux, mais pas rares non plus : ce n'était pas incongru d'en croiser. Et François ne voulait pas montrer que Marceau et sa mère constituaient pour lui des réfugiés à part. C'est pourquoi il s'était jusque-là gardé la liberté de les renvoyer à leur destin sans l'infléchir davantage. Mais à présent, il avait besoin d'aide, il avait besoin du pragmatisme et de l'imagination d'Emma, car le lendemain, Marceau viendrait vivre sous leur toit.

40

Emma prit plaisir à voir François rentrer plus tôt qu'à l'accoutumée, et à témoigner d'excellentes dispositions. C'était devenu rare. Il s'installa dans la cuisine tandis qu'elle préparait le dîner, et joua aux cartes avec Gabin. Puis, quand elle eut achevé la vaisselle, il l'invita à faire quelques pas en sa compagnie. Ils se promenèrent une petite heure dans les rues de Cluny, selon un itinéraire qu'Emma affectionnait car il lui permettait de contempler les façades des maisons romanes dont elle connaissait les détails par cœur. Elle les trouvait réconfortantes par leur élégance architecturale, à l'épreuve des siècles. Elle imaginait les générations d'hommes et femmes qui s'étaient succédé derrière les petites fenêtres entourées de colonnes ou de pilastres, et cela apaisait son âme : ces maisons avaient connu drames et révolutions mais elles étaient toujours debout, remplissant leur office d'abri, sans doute pour de nombreuses décennies encore. Tout passe. Emma se raccrochait à ce constat. Il lui permettait d'espérer des temps meilleurs, où elle se sentirait moins désœuvrée.

Elle avait cessé d'enseigner en octobre 1940, contrainte à démissionner à cause de ses sympathies marxistes. On l'accusa d'en faire étalage en classe, ce qu'elle nia farouchement, mais certains parents avaient gardé en mémoire son euphorie lors de l'avènement du Front populaire en 1936, et avaient rappelé à qui de droit qu'on l'avait vue alors sur plusieurs piquets de grève. Le directeur de l'école n'avait pas voulu plaider sa cause. Si elle n'avait jamais pris sa carte au parti communiste, elle ne faisait pas mystère de son appartenance à l'Union syndicale des enseignants qui comptait en son sein beaucoup d'adhérents au Parti.

« J'ai quitté l'Union syndicale le 25 août 1939 !

— Vous confirmez donc y avoir appartenu… Cela suffit pour mettre en doute votre loyauté envers la nation française. »

Elle s'était soumise. Elle n'avait en effet aucune loyauté envers l'image de la nation renvoyée par le gouvernement de Vichy, mais elle ne voulait pas verser dans l'héroïsme. Malgré sa démission forcée, elle n'ignorait pas qu'on la ménageait à cause de son époux qui jouissait, lui, d'une excellente réputation.

Elle n'était pas, au sens propre, exclue de la fonction publique comme de nombreux autres enseignants. Officiellement, l'administration annonça qu'elle cessait de travailler pour se consacrer à son foyer, réalisant sur son dos de la propagande pour la politique familiale de Vichy qui barrait l'accès des femmes mariées aux postes de fonctionnaires. Elle ne put que constater la cruelle ironie de la situation : on lui interdisait d'exercer le métier qu'elle adorait alors même qu'elle avait renié depuis plus d'un an ses amitiés communistes, et on la confinait au foyer alors même qu'elle se refusait à donner naissance à un enfant tant que la guerre durerait. Pourtant, elle ne fit pas de vagues, par égard pour François, et aussi pour Pierre, bien que toujours absent. C'étaient des notables. Elle voulait qu'ils puissent continuer d'exercer leur métier dans les meilleures conditions. Si elle se rebellait, cela ne lui apporterait rien de bon en plus de leur nuire. Elle souhaitait se convaincre qu'elle agissait ainsi par amour et loyauté, et non par lâcheté. Mais elle n'y parvenait pas toujours, et elle se demandait où étaient passées sa hargne et son inflexibilité d'antan. N'avait-elle pas eu raison de craindre que le mariage fît d'elle quelqu'un de docile ? Pourtant, elle n'avait rien à reprocher à François. Il avait été désolé de la perte de son travail et avait voulu faire jouer ses relations afin qu'on lui permît de continuer à enseigner. Mais elle l'avait retenu :

il ne pouvait prendre le risque d'agacer les pétainistes aux affaires. On ne savait pas encore avec certitude à qui l'on pouvait faire confiance, et de toute façon, les parents qui l'avaient dénoncée n'accepteraient pas qu'elle retrouvât son poste. Dès lors, il l'avait soutenue avec une tendre sollicitude tandis qu'elle tournait en rond dans leur appartement, partagée entre la colère et la tristesse. Mais en le voyant si désarmé et si désireux de l'aider, elle avait compris qu'elle devait se reprendre ; aussi, elle s'était cherché de nouvelles activités.

Gabin fut la première victime de son nouveau zèle. Elle décida de surveiller plus étroitement son travail scolaire, jugeant qu'il avait trop tendance à se reposer sur ses acquis. L'an passé, il avait obtenu son certificat d'études avec mention Bien, mais ce qui aurait été un brillant achèvement à sa scolarité lorsqu'il n'était encore qu'un garçon pauvre et négligé à La Vineuse apparaissait anecdotique à présent que lui était ouverte la voie des études supérieures. S'il voulait devenir médecin, il lui fallait avoir les meilleures notes pour intégrer plus tard un bon lycée et ensuite la faculté. Gabin consacrait ses fins de journée à assister François, aussi Emma s'octroya les matins. Elle le réveillait une demi-heure plus tôt qu'auparavant, et lui faisait faire divers exercices d'arithmétique et de géométrie. Le jeudi était dédié aux lettres : Emma lui demandait de réaliser une fiche de lecture par semaine, qu'il devait présenter oralement avant son heure d'initiation au latin, et la dictée visant à améliorer son écriture – encore trop fantaisiste au goût de l'institutrice – et à élargir son vocabulaire. Gabin rechigna à cette surcharge de travail, mais François l'approuva et décida de conditionner l'apprentissage médical de Gabin au sérieux qu'il mettrait à suivre les leçons de son épouse. Dès lors il s'appliqua, et si sa motivation était parfois feinte, ses progrès bien réels consolaient Emma. Cela l'occupait cependant assez peu. Une fois Gabin parti pour l'école ou le cabinet médical, elle se retrouvait seule avec ses idées moroses. François lui proposa de le remplacer pour quelques visites qui tenaient davantage du social que du médical. Mais si Emma disposait de trésors de patience envers les enfants, elle s'agaçait rapidement lorsqu'elle devait écouter les élucubrations de vieux à moitié déments, les soupirs des mères débordées, ou les exigences d'éternels insatisfaits. Elle ignorait comment son époux parvenait à conserver son calme et ses bonnes manières devant tant de mécontentement exprimé. Elle-même n'y arrivait qu'à grand-peine, et François ne la sollicita plus qu'en de rares occasions. Aussi, à la fin de l'hiver, elle résolut d'offrir ses services à Louise.

Emma n'ignorait pas susciter chez sa belle-sœur des sentiments négatifs. Cela ne l'ennuyait pas, car elle-même n'éprouvait aucune inclination pour Louise et préférait que leurs interactions se limitent à ce que commandait la bienséance. Elle aurait néanmoins aimé profiter davantage de ses neveux et nièce. Longtemps, elle s'était refusée à en faire la demande à Louise, craignant un refus dédaigneux. Face à sa belle-sœur, elle se sentait toujours illégitime, et si le côté bêcheuse de Louise l'irritait, elle ne trouvait pas le courage ni l'envie de l'affronter. Lorsque Pierre avait été mobilisé et que Louise s'était retrouvée une nouvelle fois enceinte, Emma avait su qu'elle devait s'investir davantage. Mais Jeanne s'était finalement installée à la propriété Cathelan, et Emma avait voulu se persuader que Louise s'en sortirait très bien sans elle, même avec quatre enfants dont deux nourrissons, même avec l'imprimerie à superviser, et même avec une belle-mère sujette à la mélancolie. Cependant, les mois passant, la culpabilité gagna Emma. Elle ne prit pourtant pas d'initiative. Tout juste glissa-t-elle à sa mère de ne pas hésiter à faire appel à elle en cas de besoin, bien qu'elle sût que Jeanne n'intervenait plus dans rien. Quand elle perdit son travail, Emma lanterna encore plusieurs semaines, jusqu'à ce qu'elle considérât plus agréable d'affronter le dédain de Louise que le vide de ses journées.

Une honte profonde la saisit devant l'accueil enthousiaste de sa belle-sœur. Louise semblait épuisée. Henri et Pierre-Louis étaient de solides gaillards, batailleurs et bruyants, qui ne lui laissaient guère de répit. Victoire avait très mal vécu la naissance d'Aurélien, l'envahissement de son espace que cela augurait encore, et surtout l'accaparement de sa mère par ce nouveau bébé. Elle réclamait sans cesse son attention, voulait tout faire comme elle du haut de ses quatre ans, et partait dans des crises de larmes inextinguibles quand elle n'y parvenait pas. Louise devait donc s'occuper sans relâche de chacun alors même qu'Aurélien, le petit dernier, de mauvaise constitution, requérait tous ses soins. Elle avait bien cherché une gouvernante pour prendre la relève de Suzanne, l'ancienne nurse qui, expliqua-t-elle à Emma, avait plié bagage le jour où Henri avait su marcher, arguant que seuls les tout-petits l'intéressaient. Mais le niveau d'exigence de Louise en termes éducatifs l'avait amenée à rejeter la plupart des candidatures, tandis que les profils les plus recommandables déclinaient l'offre, probablement effrayés par le remue-ménage créé par les enfants. Jeanne n'était pas non plus d'une grande aide. Après deux heures en compagnie de cette tribu remuante, Emma sut comment aider Louise. Depuis, trois jours par semaine, elle emmenait les trois aînés à La Vineuse, dans la ferme de Marie, où ils passaient la journée à courir dehors, à se goinfrer de fruits et de noix, et à crier tout leur saoul. À la nuit tombée, elle les débarbouillait, grattait la terre sur leurs chaussures et leurs vêtements, et elle les ramenait à Cluny, ivres de sommeil. Ils rejoignaient leur lit sans demander leur reste.

Emma appréciait ces journées qui lui permettaient de déployer ses talents d'éducatrice et d'entretenir le lien particulier qui s'était tissé avec Claire depuis sa prime enfance. À dix ans, celle-ci restait réservée, et parfois triste. Sa tante savait la dérider, et elle parvenait même à en tirer quelques mots sur son quotidien. Elle comprenait ses silences et ses entêtements. Baptiste, le cadet de Claire, était à l'inverse un enfant solaire que rien ne semblait devoir inquiéter. La joie permanente qui irradiait de ce petit bonhomme de cinq ans était un ressourcement pour Emma, et aussi un grand mystère. Son père était mort avant sa naissance et sa mère avait peu de temps à lui consacrer dans ses journées surchargées. Claire s'en occupait lorsqu'elle n'était pas à l'école. Andrio jouait aussi volontiers avec lui, mais depuis que Jeanne avait déménagé, le petit garçon était souvent livré à lui-même. Néanmoins, il semblait se satisfaire de toutes les situations. Jamais il ne s'impatientait ou ne pleurait lorsqu'il en était réduit à égratigner ses mains pour cueillir des baies en guise de goûter, lorsque Pierre-Louis s'appropriait ses meilleures billes, lorsque Henri lui chipait la pomme dans laquelle il venait de croquer ou lorsque la voiture d'Emma quittait la cour en fin de journée, le laissant esseulé. Elle aurait voulu le protéger mieux, et préserver cette aptitude au bonheur. Mais Marie refusait tout conseil sur la manière d'élever son fils. Elle ne le disait pas, mais Emma devinait que l'absence d'enfant la rendait illégitime à émettre un avis. Il en allait de même pour Louise. Sa carrière d'enseignante ne comptait pas. Elle n'avait jamais fait la classe qu'à des jeunes filles ; Gabin lui-même avait déjà onze ans quand il était venu vivre chez elle. Que pouvait-elle savoir des soins que nécessitait un enfant en bas âge ? Quels soucis, quelles obligations il générait ? On acceptait son aide, mais on refusait ses leçons. Elle ne jouait qu'un rôle de nourrice, cantonnée au divertissement, pour le salut des mères. Ce constat, au fil des semaines, éroda le plaisir pris en compagnie de ses neveux et nièces. Le sentiment d'inutilité refit surface.

Alors elle se mit à penser à ce bébé que tout le monde voulait la voir désirer. Peut-être que le moment était venu, finalement. Elle écoutait les ordres secs que Marie donnait à Baptiste pour qu'il s'écartât de son chemin lorsqu'elle rentrait son bois, son linge, ses pommes de terre. Elle voyait la bouche de Louise se crisper d'impatience lorsque Henri ou Pierre-Louis hurlaient « Maman » et qu'elle ne trouvait plus aucune ressource pour les consoler. Elle ignorait combien de mois ou d'années encore on la tiendrait éloignée de l'école, mais elle commença à se dire que ce temps ne serait pas si mal employé s'il était entièrement consacré à un petit être tout à elle. L'idée fit son chemin lentement, la charmant chaque fois un peu plus.

Au bras de François ce soir-là, devant l'Hôtel des monnaies de la rue d'Avril vieux de plus de sept cents ans, elle voulut lui faire partager ce désir tout neuf. Elle se réjouissait à l'avance de la joie qui éclairerait le visage de son époux, du baiser fougueux qu'il lui donnerait sans doute, et de la course vers la maison dans laquelle il l'entraînerait, désireux de ne plus laisser aucune minute les séparer de ce nouveau chapitre de leur vie. Elle rougit à cette évocation.

Inspirant profondément, les mains moites soudain, elle s'apprêtait à se livrer, quand François prit la parole.

41

Au début, elle ne comprit pas de quoi il était question. Elle ne l'écoutait pas vraiment, encore tournée vers ce qu'elle voulait lui annoncer. Elle crut que François s'épanchait sur un patient, ce qui lui arrivait parfois lorsqu'il était préoccupé, et attendit qu'il finît son propos, hochant la tête pour l'encourager à conclure. Elle ne devint réellement attentive qu'à la mention de Gabin.

« Marceau pourra dormir dans sa chambre. Ou alors, on fait de la place dans le bureau pour y mettre un lit. Oui, c'est peut-être la meilleure solution. »

Emma le regarda, interdite, tentant de rembobiner ses propos, d'y donner un sens, en vain :

« Mais enfin, de quoi parles-tu ? s'exclama-t-elle.

— Ce ne serait que provisoire. Le temps que sa mère se remette. »

François se pencha vers Emma et chuchota :

« Mais c'est un peu risqué parce qu'il est juif. »

Elle secoua la tête, perdue. François lui prit la main et l'entraîna :

« Allons parler de cela à la maison, ce sera plus sûr. »

Sur le chemin du retour, Emma commença à reconstituer le puzzle : François voulait héberger un gamin. Maintenant. Alors qu'elle se sentait prête à avoir un bébé ; alors qu'elle avait réaménagé mentalement le bureau afin d'y installer le lit à barreaux utilisé par Claire et Baptiste ; alors qu'elle souhaitait moins s'inquiéter pour les enfants des autres. L'exaspération grandit en elle : François avait tout programmé sans lui demander son avis.

« Quel âge a-t-il ? demanda-t-elle abruptement, alors qu'ils venaient de passer le porche de leur maison.

— Douze ans. Il a juste un an de moins que Gabin et tu verras, c'est étonnant comme il lui ressemble !

— Mais je ne comprends pas pourquoi c'est à nous de le recueillir. Pourquoi les sœurs ne le gardent pas ? »

François s'arrêta au milieu de l'escalier et la regarda, sourcils froncés :

« Tu ne veux pas de lui ? demanda-t-il, incrédule.

— Je ne sais même pas de qui tu me parles ! Tu refuses un bout de pain à ceux qui sonnent à ta porte, et tout d'un coup, il faut faire de la place pour un gosse perdu ? »

François resta silencieux, jusqu'à ce qu'ils fussent à l'abri d'oreilles indiscrètes dans leur appartement.

« Je sais que j'aurais dû t'en parler plus tôt, mais j'ai longtemps hésité. Justement parce que je n'aime pas tout mélanger : les gens que je croise quand j'exerce, et ceux que j'aime. Mais là, c'est différent… »

Il regarda Emma, espérant un peu de compréhension, mais mains sur les hanches, elle le fixait avec ressentiment.

« Enfin, tu ne peux pas me reprocher mon manque de générosité et dans le même temps refuser l'hospitalité à un enfant ! s'exclama-t-il d'un ton plus dur qu'il ne l'aurait souhaité.

— Ça n'a rien à voir ! C'est de l'équilibre de notre vie de famille qu'il est question, pas de savoir si on aura encore assez de lard ou de soupe pour demain !

— Ne t'aventure pas sur ce terrain. Tu sais les frustrations que j'entretiens envers notre "vie de famille" comme tu dis. Et puis, n'est-ce pas toi, il y a deux ans, qui es rentrée un soir pour m'annoncer que Gabin vivrait chez nous désormais ? Tu m'as mis devant le fait accompli !

— Alors tu te venges ce soir ? »

François la regarda, abasourdi.

« Pas du tout, reprit-il d'une voix douce. Je… Tu m'as demandé de faire de la place à Gabin et je me suis exécuté, à contrecœur il est vrai, mais je n'ai aucun regret aujourd'hui. Il me semble que j'ai le droit de te demander d'agir de même pour Marceau. »

Emma n'était pas encore prête à céder :

« Nous connaissions Gabin, il faisait partie du clan. Puis il était blessé, orphelin… Il n'y avait pas d'autre choix que celui que nous avons fait.

— Il y en avait un autre, celui-là même auquel tu veux renvoyer Marceau : les sœurs.

— Mais où sa mère se trouve ! »

François inspira profondément et réfléchit quelques secondes.

« Ysobel refuse qu'ils soient recensés. Je ne sais pas ce qu'ils risquent à ne pas le faire. Peut-être pourraient-ils être arrêtés, comme leur mari et père. Marceau a besoin de plus qu'un hébergement, il a besoin de protection.

— C'est une énorme responsabilité. Et tu es exposé, toi ! En quoi serait-il davantage à l'abri ici qu'à l'hôpital ?

— C'est là où j'ai besoin de ton aide. Il va falloir se montrer prudent et malin. Je comptais sur tes idées pour gérer cela au mieux. »

Emma s'assit, sonnée soudain. Était-elle vraiment de mauvaise foi en refusant son toit à ce Marceau, après avoir imposé la présence de Gabin ? Elle continuait de penser que les deux situations ne pouvaient être comparées, mais la détermination de François la troublait. Elle songea alors qu'il suffirait qu'elle glissât un mot sur son envie de maternité à présent affûté pour qu'il reculât. Il attendait ce moment depuis si longtemps ! Mais ce serait cruel de lui infliger un tel dilemme. Elle devait taire le désir à son tour. Tant pis pour elle : elle avait eu sa chance.

« Tu me prends de court, François, mais je veux bien faire la connaissance de ton protégé et réfléchir aux moyens de l'aider », convint-elle finalement, en tournant vers lui un regard adouci.

François lui sourit en retour, et elle devina ce qu'il pensait : à mots comptés, elle venait d'accepter d'héberger Marceau.

42

Gabin poussa le semainier contre le mur puis plaça le secrétaire juste devant, tandis que François et Emma faisaient entrer un sommier dans l'espace étroit ainsi libéré. Un matelas suivit, puis une paire de draps et un oreiller. La chaise de bureau servirait de chevet. Gabin fut soulagé de voir que tout était entré, et que l'exiguïté n'avait rien d'austère. Les meubles rassemblés dans un coin et le lit de fortune créaient au contraire une atmosphère de bohème chaleureuse. Gabin ne voulait plus partager sa chambre avec Marceau, mais il ne souhaitait pas non plus que celui-ci eût le sentiment d'être mis au rebut. Il était même prêt à lui proposer de garder sa chambre, tandis que lui adopterait le bureau comme repaire. Mais Marceau avait déjà entrepris d'y disposer ses rares effets. Passant devant Gabin, il étala une chemise et une culotte courte sur le dossier de la chaise, posa le portrait de ses parents sur le bord du secrétaire et cacha deux mouchoirs brodés sous son oreiller. Ayant ainsi marqué son territoire, il resta les bras ballants. Gabin se sentit soudain de trop. Il enjamba le matelas pour s'extirper de la pièce, et alla rejoindre Emma qui souhaitait trier ses habits pour donner les plus courts au nouvel arrivant.

Une semaine plus tôt, en début de matinée, elle était partie avec François faire la connaissance de Marceau à l'Hôtel-Dieu. Gabin ne savait encore rien de ce qui se tramait. Il avait entendu François et Emma se disputer la veille au soir, mais ce n'était pas chose si rare depuis qu'Emma avait été chassée de l'école, et il n'en avait tiré aucune conclusion. Puis, tandis que Marceau réunissait ses effets et disait au revoir à Ysobel, Emma était rentrée pour prévenir Gabin de son arrivée imminente dans leur foyer.

« Ce n'est que provisoire, le temps que sa mère se rétablisse. On va lui faire un peu de place. Il est assez timide, tu verras. Mais vous avez presque le même âge, alors, je pense que vous devriez bien vous entendre. »

Ensuite, Emma lui avait expliqué longuement le statut particulier de Marceau, et pourquoi il ne pouvait conserver sa véritable identité.

« On va le présenter comme le fils d'un cousin éloigné de François, qu'il a ramené de son séjour à Paris afin qu'il profite du bon air de la campagne. C'est un peu délicat et il ne faudrait pas que les autorités creusent trop la question, mais si on est discret, ça peut passer. Pour cela, il faut absolument que tu tiennes ta langue, tu comprends ? Même à Claire ou Victoire, tu ne dis pas qu'il est juif. Moins de gens seront au courant, mieux ça vaudra. Est-ce que je peux te faire confiance ? »

Gabin avait hoché la tête vigoureusement. Il aimait qu'elle le jugeât assez responsable pour garder un tel secret, et goûtait cette ambiance de mystère, nouvelle pour lui. Cela compensait la nécessité de partager sa chambre.

L'enthousiasme était vite retombé. L'arrivée de Marceau le troublait à maints égards. D'abord, celui-ci semblait perpétuellement ailleurs. Il évitait les regards, ne disait que le minimum, et ne montrait aucune forme de reconnaissance pour l'accueil qui lui avait été réservé. Il avait le droit de visiter sa mère deux fois par semaine, et il ne semblait vivre que pour ces rendez-vous. Gabin avait voulu lui prêter ses livres, lui faire raconter sa vie parisienne ou l'initier aux échecs, mais il n'avait obtenu qu'un léger signe de la tête en retour, comme fin de non-recevoir. Les nuits surtout étaient étranges. Gabin peinait toujours à s'endormir, et Marceau semblait atteint du même mal. Il restait assis sur son matelas, le visage tourné vers la fenêtre. Parfois, il se levait et déambulait. Il pleurait aussi, et essuyait ses larmes dans les grands mouchoirs qui paraissaient emplir sa valise. Gabin demeurait immobile sur son lit, feignant de dormir, incapable de risquer un geste ou un mot de consolation. En épiant Marceau, il avait l'impression d'être revenu deux ans en arrière et de se contempler lui-même aux prises avec les affres de l'insomnie. Plusieurs nuits passèrent ainsi, dont il ne parla pas, espérant qu'il ne s'agissait là que d'une brève phase d'adaptation. Mais rien ne changea et Gabin, sentant que les angoisses crépusculaires qui l'assaillaient autrefois revenaient à la charge, résolut de s'en ouvrir à Emma. C'est elle qui décida de la réaffectation du bureau en chambre.

« Tu dois préserver ton sommeil, Gabin, tu sais qu'il est fragile. Quant à Marceau, c'est à François et à moi de gérer ses peines. »

Cette bienveillance l'émut et le contraria à la fois. François ne cessait de souligner la ressemblance physique qu'il percevait entre lui et Marceau. Gabin ne parvenait pas à retrouver ses traits dans celui de son colocataire, mais il ne pouvait s'empêcher de penser qu'ils partageaient bien d'autres points communs. Et cela l'inquiétait. Bien sûr, Marceau avait encore ses deux parents, mais on ignorait quand son père serait libéré, et l'état de sa mère semblait sérieux. Et si elle ne se remettait jamais ? Marceau resterait-il ici jusqu'au retour de son père ? Gabin était arrivé de la même façon, comme un ballot de paille malmené par le vent qui trouve par bonheur un abri où se fixer quelque temps. Puis, grâce à la bonté d'Emma et de François, il avait pu rêver d'avenir et commencer à le construire. Les derniers mois avaient été les plus heureux de sa vie, et il ne voyait pas ce qui pouvait désormais ternir ce bonheur. François était revenu sain et sauf de la guerre et n'y partirait plus. Emma était plus disponible que jamais. Gabin se doutait qu'un jour tous deux auraient un enfant, mais il ne serait pas menacé par un nouveau-né. Lui avait déjà fait ses preuves, démontré ses talents et sa bonne volonté. Il ne saurait y avoir de comparaison avec un marmot tout en exigences.

Marceau, avec ses douze ans bien sonnés, son éducation parisienne, son père emprisonné, ses nuits d'errance dans la campagne châlonnaise et sa mère peut-être à l'agonie, c'était autre chose. François et Emma avaient fini par s'attacher au garçon difforme et vulnérable qu'était Gabin. Marceau était à la fois plus fragile d'esprit et plus vigoureux de corps. Si pour le moment il restait sourd aux attentions qu'on lui portait, il pouvait lui aussi prendre goût à la vie protégée et choyée qu'offrait le foyer Longueville. Et s'ils avaient gardé Gabin, qu'est-ce qui empêcherait Emma et François de garder Marceau, de lui tracer à lui aussi un avenir, et de lui donner leur affection ? Gabin n'était pas prêt à ce partage. Tous deux avaient peut-être un visage semblable, des trajectoires de vie analogues, mais lui ne ressentait aucune affinité pour Marceau. Il ne lui voulait aucun mal, comprenait aisément sa peine et sa confusion, mais il le considérait néanmoins comme un intrus dans son monde enfin stable.

43

Jusqu'à l'intervention d'Emma et son initiative pour emmener ses aînés trois jours par semaine à La Vineuse, Louise vécut avec le sentiment paradoxal d'être à la fois totalement débordée et pleinement comblée. Jamais elle n'eut le sentiment de négliger Victoire, Pierre-Louis ou Henri. Certes, ses enfants étaient toujours un peu débraillés – plus qu'elle ne l'aurait voulu, elle se l'avouait honnêtement –, les garçons criaient beaucoup et passaient une bonne part de leur temps à se battre – n'était-ce pas le lot des garçons ? – et Victoire s'épuisait régulièrement en crise de larmes. Mais ils grandiraient et ils comprendraient. Ils deviendraient autonomes et se calmeraient. Pierre reviendrait et tout rentrerait dans l'ordre. Voici ce qu'elle se répétait. Elle en demeurait convaincue, même si la légèreté qui l'habitait lors de sa dernière grossesse s'était largement dissipée. Aurélien, tout fragile qu'il était, demeurait son phare et son trésor. Et il était tout à fait légitime pour Louise de se consacrer au plus faible de ses enfants alors que l'énergie déployée par les autres membres de la tribu et le bruit perpétuel qu'ils généraient témoignaient à l'inverse de leur excellente condition physique.

Aurélien avait été malade durant des semaines après sa naissance et Louise avait passé ses jours et ses nuits à le veiller, inquiète, et malgré tout certaine qu'il se rétablirait. Elle avait ainsi vécu la bataille de France, l'arrivée des réfugiés et la capitulation comme dans un rêve. Rien ne la touchait vraiment en dehors du sort d'Aurélien et des siens. Elle n'aurait su dater aucun des événements clés de cette époque qui avait pourtant vu le destin de la France basculer. Elle se souvenait par contre avec une grande précision du 22 août 1940, quand elle avait appris, après des semaines de totale incertitude, que Pierre était vivant, retenu prisonnier à Sarrebourg, une ville de Moselle qui venait d'être annexée au Reich. Pour la première fois depuis sa naissance, Aurélien avait dormi huit heures d'affilée, s'était réveillé souriant et avait avalé un biberon entier sans régurgiter. Louise en avait ressenti un soulagement tel qu'elle avait pleuré de joie. Puis le facteur avait apporté l'avis de capture de Pierre en provenance du Stalag XII F qui indiquait qu'il était en bonne santé et précisait l'adresse où lui écrire désormais. Depuis cette date, et même s'il y avait eu quelques rechutes, Aurélien avait pris régulièrement du poids et Louise avait alors retrouvé la certitude que non seulement tout irait bien pour lui, mais qu'il demeurerait comme un ange protecteur pour leur famille, le baromètre des bons jours. François Longueville ne partageait ni son enthousiasme ni sa confiance. Elle avait accepté qu'il revînt sous son toit en tant que médecin, mais juste pour les enfants. Or il s'était beaucoup inquiété des conditions de la naissance d'Aurélien, de sa prématurité surtout. Il jugeait qu'il y avait chez l'enfant une fragilité originclle qui sans doute le poursuivrait toute sa vie. Louise n'aimait pas quand il parlait ainsi. Il lui semblait que François jugeait son fils chéri doté d'une tare à laquelle elle n'était pas étrangère. Bien sûr, il n'avait jamais osé le formuler en ces termes, mais cela demeurait dans l'air quand elle le faisait appeler alors qu'Aurélien peinait à respirer. Longueville ne percevait pas ce que l'existence de cet enfant pouvait avoir d'extraordinaire ou de symbolique. Lui voyait un gamin chétif, que l'on avait peut-être privé de soins élémentaires et essentiels aux premières heures de sa vie. Même à présent, alors qu'Aurélien n'était plus malade que de loin en loin, François demeurait soucieux à son endroit. Il jugeait qu'il ne se développait pas aussi vite qu'attendu. Certes, à quatorze mois passés, il ne se mettait toujours pas debout seul, et Louise se souvenait que ses aînés avaient été bien plus précoces. Néanmoins, elle refusait de s'inquiéter et argumentait pied à pied avec François qui souhaitait qu'elle le stimule davantage et ne le gâche pas à force d'attentions.

Aurélien ne la quittait en effet jamais. Elle voulait l'avoir sans cesse sous les yeux, l'entendre respirer, vérifier que sa peau ne vire pas au bleu. Aurélien ne babillait pas ; il hoquetait de rire parfois, mais c'était tout. Il ne se déplaçait pas non plus, ni à quatre pattes ni en rampant. Il fallait donc qu'elle s'assure sans cesse de sa présence puisqu'elle ne pouvait l'entendre et qu'il ne pouvait la suivre. Ainsi, comme l'avait fait Suzanne avec Henri, elle maintenait Aurélien dans son dos à l'aide d'un grand châle. Elle pouvait alors vaquer à ses occupations sans craindre pour son bébé. Suzanne avait repris cela des jeunes mères qui travaillaient dans les champs. La nuit, Aurélien ne dormait plus dans la nursery mais dans le lit conjugal, aux côtés de Louise, à la place normalement réservée à Pierre. Cela évitait à sa mère de se lever sans cesse, soit parce qu'Aurélien s'éveillait, soit qu'elle s'inquiétait pour lui jusqu'à n'en plus dormir. Tout cela déplaisait à François, elle ne l'ignorait pas. Mais elle savait aussi qu'avoir quelqu'un de tout dévoué à soi, la première année de sa vie, ne gâchait rien, contrairement à ce que le médecin pensait. Henri en était la preuve. Il avait certes été perdu et triste plusieurs semaines après la désertion de Suzanne, mais il était à présent un petit gars fort et assuré, qui ne craignait pas d'affronter les farces et bourrades de ses aînés. À presque deux ans, il leur en remontrait même parfois, et Louise ne pouvait qu'admirer les ressorts de vitalité de ce petit garçon qui tranchaient à côté de l'apparente apathie d'Aurélien. Même François finirait par admettre que ce dernier avait son rythme propre, mystérieux et surnaturel ! À intervalles réguliers, Louise en avait des preuves qu'elle prenait pour autant de petits miracles. Le dernier en date coïncidait avec la proposition d'Emma concernant les enfants. C'était précisément en ce jour de février 1941 qu'Aurélien s'était tenu assis, sans appui, pour la première fois. Louise avait alors compris que la visite d'Emma et son offre étaient une bénédiction. Quand elle en avait parlé à François, il avait haussé les épaules, bougonnant que ce n'était que pure coïncidence, et peu importait les précédents que Louise lui avait pourtant rappelés : sa conception lors de la mobilisation, sa naissance le premier jour de la bataille de France, sa première nuit complète quand on avait su Pierre en sécurité. À sa façon de la regarder alors, Louise avait deviné que François s'inquiétait pour sa santé mentale. D'ailleurs, l'arrangement pris avec Emma ne le satisfaisait pas pleinement. Bien sûr, son épouse avait grand besoin d'occupations. De même, cela déchargeait Louise et ce n'était pas non plus superflu. Pourtant, à sa façon de la questionner et de parfois débarquer chez elle les jours précis où ses aînés étaient à La Vineuse, elle comprenait que Longueville ne voyait pas d'un très bon œil les tête à tête entre elle et Aurélien que cela générait. Mais elle avait changé et ne craignait plus désormais de s'opposer au médecin. Lorsqu'elle considérait qu'il dépassait les bornes, elle refusait de l'écouter et le raccompagnait au portail, lui rappelant les limites à ne pas franchir : il devait s'occuper de la santé du bébé quand elle le faisait mander, certainement pas de la sienne et encore moins s'il la jugeait folle.

Heureusement, la plupart du temps, il était suffisamment noyé de travail pour la laisser en paix. Et elle pouvait alors tout à loisir savourer ce temps qui lui était offert avec Aurélien. Cela lui rappelait la période d'avant-guerre, quand elle n'avait à se soucier que de Victoire et de Pierre-Louis, mais c'était encore plus doux, parce que désormais elle savait devoir profiter de chaque seconde, et aussi parce qu'Aurélien acceptait avec plaisir toutes les marques d'affection de sa mère. Ils vivaient trois jours par semaine dans une bulle de tendresse que rien ne venait troubler. Les domestiques savaient qu'ils ne devaient pas déranger madame ces jours-là, et Jeanne se faisait encore plus transparente.

44

Bien qu'accaparée par les soins de son bébé, Louise avait constaté la grande détresse qui avait touché sa belle-mère sitôt qu'on avait su que les Allemands attaquaient la France. Jeanne avait passé cinq semaines dans un état de crispation croissant qui avait fait craindre pour sa santé. Elle ne se nourrissait plus et gémissait tant que parfois Louise confondait ses pleurs avec ceux d'Aurélien. Si la maisonnée tira quelque réconfort de l'armistice franco-allemand, ce fut grâce à l'apaisement qu'il apporta à Jeanne. Il semblait qu'enfin, elle respirait à nouveau. Dès lors, le maréchal Pétain devint son sauveur personnel, puisqu'il avait sauvé la vie de Pierre. Même un an plus tard, alors qu'à cause des lois vichystes, Emma ne pouvait plus travailler et que le retour rapide de Pierre paraissait chaque jour plus compromis, Jeanne continuait de le défendre farouchement. Elle avait affiché son portrait dans sa chambre et refusait qu'on l'attaque en sa présence. Emma ne s'en privait pourtant guère, et Jeanne avait alors des accès de colère brefs mais violents qu'on ne lui avait jamais connus. Le reste du temps, elle demeurait dans un état de contentement apathique. Tout lui convenait du moment que Pierre était en sécurité. Et elle avait décidé que derrière les barbelés d'un stalag, il l'était. Cela valait bien mieux que le front. Elle noircissait d'une toute petite écriture les formulaires spéciaux qui servaient de support au courrier des prisonniers. Un seul message prédominait, qu'elle répétait de plusieurs manières sur chaque carte : NE CHERCHE SURTOUT PAS À T'ÉVADER. C'était la hantise de Jeanne qui craignait que Pierre mît sa vie en danger. Elle demandait à Louise et à ses filles de le lui rappeler également. Louise ignorait ce que faisaient Emma et Marie, mais elle-même s'en gardait bien. Elle ne savait pas comment ces redites incessantes étaient perçues par la censure du camp où séjournait Pierre, mais il lui semblait qu'elles ne devaient pas vraiment le servir. Est-ce que justement, cela ne faisait pas naître sur lui des soupçons d'évasion ? Elle avait essayé de l'expliquer à Jeanne qui avait haussé les épaules puis était retournée à ses rêveries. Louise se demandait même si ce n'était pas cela précisément qui avait retardé la libération de Pierre. Car il aurait dû être parmi eux depuis plusieurs mois déjà. Grâce à Aurélien.

45

Début 1941, Vichy avait obtenu des autorités allemandes la libération de certains prisonniers de guerre français afin de permettre le redémarrage de l'économie. Les pères de quatre enfants mineurs en faisaient partie. L'apprenant, Louise jugea qu'il y avait décidément une aura mystique autour de la naissance d'Aurélien. N'était-ce pas grâce à lui que son père serait libéré ? C'était comme si un plan parfait avait été écrit bien à l'avance pour le salut de sa famille. Elle en parla à Jeanne qui allait à la messe chaque matin et récitait le rosaire à l'intention de Pierre lors de ses promenades dans le parc de la propriété. Mais celle-ci ne comprit pas son propos.

« Est-ce que tu te prendrais pour la vierge Marie ? grinça-t-elle. Pierre s'en sortira s'il est sage, et c'est pour cela que je prie chaque jour. Il faut qu'il suive les règles. Qu'il se tienne tranquille. Aurélien n'a rien à voir là-dedans, ne mélange pas tout. Je sais, moi, comment Pierre s'en sortira. Je l'ai bien éduqué. Déjà enfant, je lui disais : "Si tu es poli et calme, tout ira toujours bien pour toi." Maintenant, je prie pour qu'il s'en souvienne. »

Louise n'avait pas insisté. Jeanne avait ses propres croyances et s'accrochait à ses rituels avec une grande superstition. Louise refusait d'entrer dans sa logique, mais elle ne cherchait pas non plus à la ramener à la raison. Cela apaisait Jeanne de croire qu'elle avait un pouvoir sur la vie de Pierre, quitte à faire de Dieu un simple messager. Louise, elle, s'en remettait à la sainte Providence. Celle-ci pourvoyait à tout, et avait envoyé Aurélien pour sauver la vie de son père. Car Louise doutait fort que Pierre fût parfaitement en sécurité dans le stalag XII. Elle lisait ses lettres entre les lignes et sous les ratures de la censure : la vie au camp paraissait extrêmement éprouvante. Pierre avait été malade, semblait-il, à l'automne 1940. Il ne l'avait écrit qu'a posteriori, lorsqu'il allait mieux, mais Louise avait craint qu'il n'ait attrapé le typhus ou quelque chose de ce genre, et avait imaginé ce que cela augurait des conditions d'hygiène dans le stalag. Bien sûr, elle ne s'en ouvrait jamais à Jeanne, mais elle en parlait souvent avec François et Emma, qui partageaient ses craintes. Elle faisait parvenir à Pierre autant de colis que possible, mais elle ignorait s'ils lui arrivaient. Et malgré la foi qu'elle conservait dans son retour, elle se sentait impuissante. Croire en la Providence divine, dans ces moments-là, devenait une gageure. Aussi, en début d'année, l'annonce de la libération prochaine de prisonniers fut un vrai soulagement. Louise eut l'impression de retrouver la lumière au bout du tunnel. Mais elle fut à nouveau éprouvée : au mois de mars, on n'avait toujours aucune information au sujet du congé de captivité de Pierre. Ses lettres d'ailleurs se faisaient rares et lorsqu'un camarade écrivit à sa place pour donner quelques vagues nouvelles peu rassurantes, elle sut qu'il était encore bien malade et probablement hors d'état de quitter le stalag. Jeanne elle-même commença à s'inquiéter de cette détention pas aussi saine qu'elle l'aurait espéré. Néanmoins, Pierre se remit doucement, et à la fin du mois d'avril tous crurent qu'il serait à Cluny incessamment. Mais ce fut une nouvelle désillusion. Au mois de mai, le stalag déménagea à Blonay, près de Metz, et toutes les libérations furent suspendues. Louise s'effondra brièvement. À l'inverse, puisqu'elle recevait à nouveau des cartes rassurantes de la part de son fils, Jeanne avait retrouvé ses anciennes certitudes et ne comprenait pas le désarroi de sa belle-fille.

« Pierre doit rester au stalag ! Tu t'es monté la tête avec cette libération ! Mes prières sont écoutées, et j'ai raison ! Il est dans un bon camp maintenant, il va mieux et travaille aux champs. »

Louise se retenait alors pour ne pas lui hurler dessus. Mais cela n'aurait servi à rien d'autre qu'à fragiliser Jeanne plus encore. Mieux valait abonder dans son sens, même si cela n'en avait aucun, de sens. Le monde qu'elle s'était construit à partir de rituels précis, de cartes régulièrement envoyées à Pierre avec le même message de prudence sans cesse rabâché, de longues incantations aux saints les plus susceptibles de l'exaucer, était le seul où elle trouvait la paix. Et si elle pouvait agir sans qu'on la contrariât, elle demeurait une hôte agréable et discrète. Les bons jours, Louise parvenait à se convaincre que laisser Jeanne livrée à ses chimères était la meilleure façon de la traiter ; les mauvais, elle espérait que jamais personne ne lui demanderait des comptes pour avoir ainsi encouragé ses obsessions.

46

Jeanne avait cependant raison sur un point : Pierre semblait s'être rétabli et avoir retrouvé un certain moral depuis qu'il avait été détaché dans une ferme à proximité du stalag. Pour la première fois, Louise bénit le penchant de son mari pour les travaux des champs. Sûr qu'il mangeait mieux là-bas et que cela lui redonnerait de la vigueur en attendant sa libération ! De ce côté-ci pourtant, rien ne semblait avancer. Aidée par Emma, Louise avait sonné à toutes les portes possibles, et partout on lui assurait que l'affaire suivait son cours, sans lui communiquer de date précise. Pour ne pas sombrer dans le désespoir, Louise se rappelait sans cesse les signes qui prouvaient que Là-Haut, on veillait sur eux. Elle devait garder sa famille sur de bons rails jusqu'au retour de Pierre, et se convaincre que ces retards et ces aléas n'étaient qu'une façon de l'éprouver. Les jours passés seule avec

Aurélien n'étaient pas de trop pour raffermir sa foi en Dieu, en la Providence, la Destinée ou quoi que ce fût qui avait tracé l'histoire de leur famille telle une route à la destination précise, mais aux nombreuses circonvolutions. Cependant, il lui semblait parfois qu'elle entretenait autant d'idées fixes que Jeanne, et cela l'effrayait. Néanmoins, elle ne pouvait se défaire de l'opinion que pour continuer à être bénie, il fallait qu'elle soit à la hauteur, qu'elle honore sa belle-famille, qu'elle prenne soin de ses enfants et de tout ce que Dieu lui avait accordé jusqu'ici.

L'imprimerie en faisait partie. Avec l'aval de Pierre, elle avait d'abord tout délégué avec grande confiance à Ferdinand. Celui-ci avait composé avec le manque d'hommes, embauchant plus de femmes et les formant plus vite. Louise suivait cela de loin, jetant un œil aux comptes de temps à autre, passant distraitement en revue les livres de tierces qui conservaient une trace de toutes les productions réalisées, et donnant son accord aux plus gros frais engagés. Elle était surtout soulagée que Pierre ait trouvé à s'appuyer sur un second aussi fidèle et fiable. Mais début juin, Ferdinand réclama une entrevue à Louise. Il avait longuement discuté avec les contremaîtres, et un consensus s'était établi pour demander qu'une nouvelle orientation soit donnée à l'imprimerie.

« Monsieur Cathelan en parlait parfois, commença-t-il pour amadouer Louise. Il songeait à nous spécialiser dans les impressions savantes : travailler pour des maisons d'édition, des académies, des écoles prestigieuses…

— Quel intérêt ? le coupa Louise. L'imprimerie fonctionne bien ainsi, non ?

— Être davantage dans l'érudition augmenterait notre renommée. Puis développer un savoir-faire rare et garantir un niveau d'excellence nous assureraient des clients fidèles.

— Mais si le savoir-faire est rare, les clients doivent l'être aussi, non ?

— Y a un marché à prendre. On y est déjà un peu, d'ailleurs. C'est pour ça qu'on sait qu'il y a de la demande derrière.

— Comment ça ?

— Feu votre père avait réuni des caractères rares, plus par goût de la collection que pour l'usage. Lui ne pensait qu'en termes de production traditionnelle à destination des administrations, des usines, des commerces : rien de fantaisiste. Votre mari a continué à enrichir cette collection. Cela le fascinait, je crois. Mais il hésitait sur ce qu'il devait en faire. Il se demandait si ça valait le coup d'investir là-dedans, si on viendrait jusqu'à Cluny réclamer des tirages en cyrillique, vous comprenez ?

— En cyrillique ?

— Oui, on a des polices spéciales qui nous permettraient de produire plusieurs langues étrangères comme le cyrillique, l'arabe et même le chinois : vous ne le saviez pas ?

— Si… Peut-être. Mon père avait dû me les montrer lorsque j'étais petite, mais j'ignorais que Pierre avait pris la relève.

— Il n'y a pas que ça ; on en a aussi qui concernent les langues anciennes, comme le grec ou le syriaque. On a commencé à le faire savoir, ici et là – aux universités lyonnaises, à l'académie des Belles-Lettres, ce genre de choses.

— Et ?

— Les retours ont été enthousiastes et plusieurs commandes ont été passées. Mais si on veut réussir, il faudrait investir là-dedans assez largement. Avec un peu de nez, de bons contacts, des formations adaptées, et l'embauche de typotes de pointe, on pourrait faire beaucoup d'autres choses.

— Que deviendraient les clients traditionnels ?

— On y a pensé. On pourra garder les anciens clients privés, au moins au début, mais on refusera les commandes publiques. »

La détermination avec laquelle Ferdinand avait prononcé cette dernière phrase surprit Louise. Ils se fixèrent quelques instants en silence et la jeune femme eut l'impression que le vieil homme la défiait.

« Est-ce que l'on peut se permettre de refuser les commandes des mairies ou des sous-préfectures ? prononça-t-elle lentement, ne sachant pas clairement où Ferdinand voulait l'emmener.

— Si on se spécialise sur autre chose, ce sera légitime, répondit-il d'une voix ferme.

— Est-ce que c'est le but de cette initiative ? Ne plus travailler pour l'administration à la botte des Allemands ? »

Ferdinand se renfrogna et fit un geste du bras comme s'il voulait la faire taire. Puis il reprit :

« La majorité des ouvriers est pour que l'on se concentre sur les sociétés savantes. Je me suis permis de les sonder avant de venir vous voir afin que vous ou monsieur Cathelan preniez votre décision en toute connaissance de cause.

— Je devrais écrire à Pierre, selon vous ?

— C'est lui le patron. »

Louise demanda quelques minutes de réflexion et sortit sur la terrasse pour échapper au regard perçant de Ferdinand. Craignait-il qu'elle s'offusque de son manque de patriotisme ? Et d'ailleurs, est-ce que cela l'offusquait ? Son père répétait sans cesse que tout client était bon à prendre du moment qu'il payait. Il ne s'embarrassait pas toujours de morale, il fallait bien l'avouer. Mais c'était à son époux qu'elle devait penser, et non à Victor Deschanel. Assurément, Pierre se rallierait au choix de ses employés. Elle n'avait pas besoin de lui écrire pour le savoir, et d'ailleurs, devait-elle lui donner du souci supplémentaire ? Puis, ça lui plaisait, ces langues exotiques dont elle ignorait tout et qui pourraient sortir des presses familiales. Ça avait un goût d'aventure, d'inconnu, loin de la chape de plomb qu'avait instaurée l'Occupation. Elle revint vers Ferdinand.

« Monsieur Cathelan est le patron, mais c'est à moi que mon père a légué l'imprimerie. J'ai besoin d'une vision détaillée des nouvelles dispositions que vous souhaitez prendre. Fournissez-moi la liste des clients potentiels et des rentrées d'argent attendues, le total des frais à engager, votre stratégie pour spécialiser vos typotes et assurer l'excellence des productions, ce genre de choses, vous voyez ? »

Ferdinand hocha la tête, surpris.

« Si tout ça tient la route, vous donnerez votre accord ?

— Vous avez déjà mon accord de principe. Mais je veux que ce soit réglé au cordeau. Vous n'avez pas droit à l'erreur. »

C'était comme si Louise se rappelait soudain que du sang Deschanel coulait dans ses veines. Les soirées passées à écouter son père parler de sa maison de labeur n'avaient pas été vaines. Si Ferdinand disait vrai, Pierre était lui-même attiré par cette idée de spécialisation érudite. Sans doute aurait-il fini par s'y engager. Alors ce serait bien, vraiment bien si, à son retour, il retrouvait son imprimerie davantage orientée vers ses goûts propres.

Louise veillerait à cela, comme au reste.

47

Juillet déclinait, les moissons battaient leur plein. Dans la douceur du soir, Marie cheminait aux côtés de Roberjo. Ils coupaient à travers les bois pour rejoindre leur maison. Fourbus et affamés, ils ne parlaient pas. Les jours où le travail dans leur ferme ne les submergeait pas, ils allaient donner un coup de main aux propriétaires des champs environnants. Les journaliers manquaient, il fallait se montrer solidaire. Les mêmes voisins viendraient les aider lors des récoltes de fruits. Marie avait le corps endolori et elle titubait presque de fatigue, mais dans cette sorte d'état second, ses pensées défilaient sans filtre et révélaient un sentiment nouveau : le contentement.

Depuis presque un an que le rationnement était imposé aux Français, les gens des villes peinaient à trouver à manger en suffisance. Les plus riches venaient chercher à la campagne de quoi améliorer l'ordinaire.

Et Marie, en la matière, avait beaucoup à proposer. Roberjo, Andrio et elle n'avaient plus un instant à eux. La demande d'œufs, de viande, de fruits et de légumes frais était constante. En quelques semaines, Marie avait amassé de quoi rembourser tous ses crédits et bien davantage. Elle ne se réjouissait pas de la guerre et de l'Occupation, de son frère retenu dans des conditions difficiles et des nouvelles lois injustes. Mais ce conflit lui avait offert des opportunités inespérées et elle était décidée à les saisir. Ce n'était pas seulement l'équilibre financier qui s'annonçait, mais la prospérité, à laquelle elle n'avait jamais cru avoir droit. Et même si les circonstances étaient tragiques, elle jugeait légitime son enrichissement : elle ne lésinait pas sur ses efforts et ceux-ci servaient une noble cause puisqu'ils permettaient aux gens de manger sainement. Puis, si elle faisait payer les riches au prix fort, elle savait se montrer généreuse avec les nécessiteux et les familles de Cluny qu'elle connaissait et qui se trouvaient dans le besoin. On ne la prendrait jamais en défaut là-dessus. De même, sa sœur, sa mère, sa belle-sœur bénéficiaient largement de sa réussite et profitaient de ses largesses. Sa ferme devenait un refuge : Louise s'y déchargeait de ses enfants, Gabin et le drôle de garçon qu'avait recueilli Emma venaient y reprendre des forces. Et même si cela semblait immodeste, elle aimait ce pouvoir-là : offrir le réconfort du ventre, la certitude de ne jamais manquer de nourriture, le sentiment de sécurité. N'était-ce pas un luxe, désormais ?

Roberjo et elle n'avaient jamais autant travaillé. Marie s'apercevait que le labeur les unissait mieux qu'aucune autre chose. Ils étaient du même bois, tous les deux : réellement satisfaits que si les tâches fixées étaient pleinement accomplies. Marie le savait à présent : elle s'était égarée dans des rêveries absurdes au sujet de Roberjo, et Andrio avait bien fait de la raisonner. Non que ses sentiments à l'égard de son ouvrier aient décru. Quand elle se tenait proche de lui, comme ce soir-là sur le sentier qui les ramenait chez eux, que leurs mains se frôlaient dans les passages étroits, le trouble l'empoignait encore et ses entrailles vibraient toujours de désir. Mais cela se jouait autrement désormais. Ils construisaient quelque chose qui les dépassait et la communion entre eux se tissait ailleurs que dans le lien charnel. Marie voulait s'en convaincre. Roberjo l'accompagnait depuis six ans déjà, et c'était le temps qu'avait duré son mariage avec Martin. Roberjo ne l'aimerait sans doute jamais mais il était bien présent, plus fidèle qu'un mari, devançant ses pensées et ses directives. Il n'irait pas se noyer pour fuir le quotidien en sa compagnie. Avec lui, le travail n'était pas une épreuve. Bien plus, il était celui qui lui permettait de réaliser ce que Martin et elle avaient rêvé : faire de la ferme un bout de terre rentable et un ancrage attractif et florissant. Lorsqu'elle y pensait, la gratitude à l'égard de Roberjo et l'excitation des nouveaux défis à venir domptaient, pour un temps au moins, les élans de son corps. À force de discipline, ces tentations physiques finiraient par s'évanouir, jugeait-elle. Déjà, elle le sentait, elles la blessaient moins. C'était le début de l'apaisement et ensuite, quand toute ambiguïté aurait disparu, tous deux travailleraient encore mieux.

Dans la torpeur du soir, bercée par les chants des grillons, elle songeait à tout cela et, sereine, savait qu'il en faudrait peu pour qu'elle retrouve ce qu'elle avait à jamais cru perdu : le goût du bonheur.

48

Dès l'arrivée de Marceau sous son toit, Emma s'employa à évaluer son niveau scolaire et à compléter sa formation. Celui-ci n'y mit aucune bonne volonté, et ne voulut pas même révéler s'il était auparavant inscrit dans un lycée ou dans une école primaire supérieure, ni encore s'il avait passé son certificat d'études. Emma dut visiter Ysobel à l'hôpital pour avoir le fin mot de l'histoire, et découvrir ce dont elle se doutait déjà : Marceau n'avait aucun goût pour l'école, qu'il souhaitait quitter le plus tôt possible. Elle y vit un défi stimulant et s'acharna à élaborer des leçons distrayantes pour éveiller l'intérêt de l'élève rétif. Les cours de Gabin passèrent à la trappe. Bien que dépité que la vigilance et l'engagement d'Emma se détournent de sa personne, celui-ci tira plaisir à regagner du temps libre et à assister à la déconfiture de Marceau contraint à l'étude. Lorsque les vacances d'été arrivèrent, il fut décidé qu'à tour de rôle, les garçons accompagneraient Emma et ses neveux à La Vineuse. François les trouvait trop malingres et trop pâles, et avait recommandé qu'ils passent régulièrement une journée au grand air et à la bonne table de Marie.

Emma et Marceau se rendaient chez Louise à vélo. Gabin ne pouvait pas plier suffisamment sa jambe pour rouler en toute sécurité sur une bicyclette ; alors, quand c'était son jour, François les déposait en voiture, Emma et lui, à la propriété Cathelan. Pour pallier la pénurie d'essence, il avait fait installer un gazogène à sa Traction Avant. Louise, elle, avait investi dans une voiture électrique qu'elle cédait à Emma « les jours des tantes », comme elle disait. À moins que ce fût « les jours détente », Emma ne le sut jamais et ne posa pas la question : elle préférait croire que Louise était suffisamment souple d'esprit pour avoir voulu cette ambiguïté. Elle espérait aussi que celle-ci goûtait une réelle détente à se voir ainsi déchargée de ses aînés, mais elle avait bien trop de pudeur pour approfondir ce point avec l'intéressée.

La voiture de Louise était une Breguet A2 qu'elle avait fait venir de Bayonne sur les conseils d'un de ses cousins. Elle ne passait pas inaperçue à Cluny avec son capot massif et arrondi, et ses deux phares avant rapprochés qui donnaient l'impression d'être fixés par une créature naïve. Elle pouvait pousser jusqu'à

50 kilomètres par heure, ce qu'Emma faisait volontiers sur les tronçons droits pour faire rire les enfants, bien que les nécessités économiques commandent qu'on se limite à 20. Gabin devait monter à l'arrière, entre Henri et Pierre-Louis, afin d'éviter qu'ils ne se rudoient durant tout le trajet. Ce n'était pas une mince affaire, car la voie arrière était fort étroite et qu'il devait y loger sa jambe raide. Une fois coincé sur la banquette, aucun mouvement superflu n'était plus possible, et il endurait stoïquement les taquineries des garçons, trop heureux de profiter de son immobilisme forcé. De temps à autre, pour tenter de calmer le raffut, Emma se retournait et envoyait une main en moulinets qui atterrissait aléatoirement sur les genoux, les joues, le crâne ou le dos des occupants à l'arrière. Elle lançait ensuite un regard contrit à Gabin et lâchait, dans un soupir :

« Au moins, tant qu'ils te chicanent, ils ne se tapent pas dessus. »

Un jour de juillet, alors qu'ils attendaient devant la grille de la propriété Cathelan qu'on vînt leur ouvrir, Gabin demanda à Emma comment Marceau supportait ces allers-retours en voiture. Elle le fixa quelques instants en silence, sourcils froncés, avant de répondre :

« Ils ne mouftent pas avec lui. La première fois qu'il nous a accompagnés, dès qu'Henri et Pierre-Louis ont commencé à l'asticoter, il a attrapé fermement leurs mains et les a coincées sous ses bras jusqu'à ce qu'on arrive à La Vineuse. Ils ont hurlé tout le long du trajet, mais il n'a pas cédé. Depuis, ils se tiennent à carreau quand il est là.

— Il leur a fait mal ?

— Je ne crois pas, non. Il a simplement montré qu'il avait de l'autorité et la patience de l'imposer le temps nécessaire.

— Je ne pourrais pas prendre plaisir à tordre les bras à deux garçons aussi petits.

— Je n'ai pas dit qu'il en avait tiré du plaisir. À l'inverse, tu trouves normal que deux garçons aussi petits te pincent, te chatouillent ou te mordent sans retenue ? Ce n'est pas maltraiter un enfant que de lui apprendre les limites, même en recourant à une contrainte physique. »

Gabin se rembrunit à ces mots. Il vivait comme une trahison l'approbation d'Emma envers Marceau, une négation des souffrances endurées sous les coups de son grand-père. Emma le perçut car aussitôt, elle prit le visage de Gabin entre ses mains et le força à la regarder :

« Ce que t'a fait le gros Auf n'avait rien d'éducatif. C'était cruel. Jamais je n'aurais permis que Marceau blesse les enfants. »

Néanmoins, Gabin ressentit une vive déception devant l'admiration d'Emma pour l'ascendant qu'avait à présent Marceau sur les petits. Elle semblait pointer son éventuelle faiblesse de caractère. Mais Gabin ne se jugeait ni lâche ni soumis. Les enfants avaient droit à l'insouciance. Qui savait combien de temps elle durerait ?

49

Gabin gémit en posant le pied dehors. Jusque-là, il n'avait pas compris qu'Emma l'oblige à la torture du siège arrière. Victoire avait l'habitude de ses frères, elle s'en serait tout aussi bien sortie que lui. Certes, il refusait qu'on l'assimile à sa claudication, mais il n'aurait cependant pas boudé davantage d'égards. Puis il aurait aimé avoir l'occasion de monter à l'avant de la Breguet. Pourquoi ce plaisir devait-il être réservé à une fillette de quatre ans ? À présent qu'Emma lui avait révélé la méthode de Marceau pour se faire respecter, il se demandait s'il ne s'agissait pas là d'un test : ne voulait-elle pas le pousser à bout jusqu'à ce qu'il réagisse ? Y avait-il une leçon à tirer de tout cela ?

Le temps que la douleur dans sa jambe se dissipe, il était seul auprès de la voiture. Les garçons étaient partis courser les poules, Emma était allée saluer sa sœur et Victoire avait rejoint sa cousine dans sa chambre. Elles avaient un rituel à respecter. Claire passait toujours un bon quart d'heure à brosser les cheveux de Victoire. Ceux-ci – longs, brillants, abondants – faisaient l'admiration de l'aînée. Quant à Victoire, elle fermait les yeux et s'imaginait que c'était sa mère qui la coiffait, comme elle le faisait avant. Avant Aurélien. Avant que son père ne disparût. Campé devant la fenêtre de la chambre, Gabin observait les deux cousines assises l'une derrière l'autre sur le lit, chacune souriant pour des motifs différents. Au bout de quelques secondes, Claire tourna la tête vers la silhouette de Gabin et lui fit un signe de la main. Elle le rejoindrait plus tard. Il descendit les marches et traversa la cour pour atteindre la route qui passait devant la ferme. Il hésita un instant puis se dirigea vers la maison de son grand-père. Il n'y avait pas remis les pieds depuis deux ans, depuis « l'incident ». Longtemps, il n'était même pas revenu à La Vineuse, craignant de s'y sentir inutile et emprunté. Marie culpabilisait toujours de ne pas avoir su le protéger. Elle ne le disait pas mais il le devinait à sa raideur, à sa façon de lui tapoter la joue, brièvement, de sa main calleuse. C'était un geste en demi-teinte, qui hésitait entre l'affection et le rejet, entre la demande de pardon et le refus de voir le mal accompli. Pourtant, Gabin ne lui en voulait pas. Il n'en voulait à personne, pas même au gros Auf. C'était la vie qui était misérable parfois, c'était une question de fortune, de destinée. Il aurait cru que, parmi ses familiers, Marie aurait saisi cela mieux qu'aucun autre. Mais la seule à l'avoir compris, c'était Claire, comme d'habitude. Et c'était pour elle qu'il était revenu à la ferme. Il y était retourné à la meilleure période, peu avant la fin des moissons, quand le village était gagné par le soulagement et la joie du travail accompli, quand on avait le sentiment d'être béni des dieux et que l'avenir paraissait moins sombre, même si on était en 1940, que des gens arrivaient de partout, effrayés, affamés, hésitant à descendre plus au sud ou à rentrer dans leur foyer, et que l'on n'avait aucune nouvelle de son mari, de son frère ou de son fils. Les femmes avaient tout assumé cette année-là, et Gabin s'était d'abord senti plus inutile que jamais. Puis il s'était dit que si les femmes occupaient tous les postes, personne ne jugerait honteux qu'il fît une part du travail qui leur revenait en propre avant la déclaration de la guerre. Il noua donc les gerbes avec les grands-mères et les jeunes filles, et se surprit à y trouver du plaisir.

Chez le gros Auf, le portillon était à terre, mangé de rouille. La cour, jadis verdoyante, était à présent recouverte de gravats. Gabin ignorait comment ils avaient pu atterrir ici. Était-ce son grand-père qui les avait amassés pour une raison étrange ? Lorsque Gabin séjournait chez Marie, personne n'abordait le sujet du gros Auf, mais il savait qu'Andrio et Roberjo gardaient un œil sur leur voisin, et se chargeaient de contenir les débordements de ronces et de détritus. Une livraison de caillasse en pleine cour afin de mater une végétation devenue ingérable aurait été assez leur genre. Une allée sommaire avait été tracée où ce qui restait d'herbe avait jauni. Gabin s'y engagea prudemment, craignant de trébucher sur une pierre et de se retrouver à terre, une nouvelle fois. Il monta les quelques marches vers la maison. La porte d'entrée était grande ouverte, ce qui lui permit de jeter un œil à l'intérieur sans approcher davantage. Surpris par l'ordre et la relative propreté des lieux, il pénétra dans la pièce principale presque sans y penser. Il n'y avait personne. L'odeur d'urine, de sueur et de décomposition était prégnante, le lit était nu, mais la table était mise pour le prochain repas et aucune vaisselle sale ne traînait. Gabin fronça les sourcils. Est-ce que quelqu'un d'autre que le gros Auf vivait ici désormais ? Il continua d'avancer jusqu'à un vieux bahut, où un plat contenant un reste de terrine attira son attention. Il s'agissait d'une assiette en faïence dont le décor lui fut d'emblée familier : un liseré orange sur le pourtour, et une branche fleurie en son centre. Elle faisait partie d'un lot qui appartenait à Marie. Un cadeau de mariage, croyait-il. Il passa un doigt sur le bout manquant à l'arrondi de l'assiette. Ce n'était pas le gros Auf le responsable de cette brisure, c'était lui, Gabin. Il en revoyait les circonstances exactes lorsqu'un an plus tôt, à l'anniversaire de Claire, il avait perdu l'équilibre en se levant de table, sa jambe faible l'ayant une nouvelle fois trahi. Il s'était cogné contre Jeanne qui, sous le choc, avait lâché le plat qu'elle tenait entre les mains. Aucun reproche ne lui avait été adressé, même s'il avait perçu la déception dans les yeux de Marie qui veillait avec un soin jaloux sur sa vaisselle. Une vague d'humiliation envahit Gabin à l'idée que c'était dans ce plat-ci qu'elle apportait sa nourriture au gros Auf. Mais il ignorait ce qui le mortifiait le plus : que sa maladresse eût fait perdre une telle valeur au plat qu'il ne fût plus bon qu'à nourrir son tortionnaire, ou qu'il servît précisément à cela, comme si inconsciemment, Marie avait voulu le punir, sans qu'il n'en sût pourtant rien.

« Ah ! tu es là ! souffla Claire dans son dos, le faisant sursauter. Je te cherche partout ! »

Il se retourna brusquement et la toisa :

« Comment m'as-tu trouvé ici ?

— Fallait que je passe récupérer l'assiette, dit-elle en pointant la faïence derrière Gabin. Mère est furieuse que je l'aie utilisée pour… »

Elle ne finit pas sa phrase, mais d'un geste désigna la pièce où ils se trouvaient. Gabin ressentit un immense soulagement. Bien sûr que Marie n'aurait jamais osé apporter sa précieuse vaisselle, même brisée, chez le gros Auf ! Par délicatesse envers Gabin peut-être, mais surtout parce qu'elle ne pouvait prendre le risque que son voisin l'abîmât davantage, ce qui était presque inévitable, si l'on considérait le nombre de bouteilles amassées près du bûcher.

« C'est toi qui fais le ménage ici ?

— Oui, soupira Claire. Je lui apporte aussi à manger chaque matin. Mère m'oblige, elle dit que c'est la seule façon pour qu'il se tienne bien.

— Ça fait longtemps ?

— Je ne sais plus… Peut-être un an et demi. »

Sous le coup de la surprise, Gabin ouvrit grands les yeux.

« Eh ! C'est pas une faveur qu'on lui fait ! s'empressa d'ajouter Claire, craignant que Gabin se montrât blessé par cette sollicitude. C'est juste pour qu'on soit tranquilles. S'il a à manger et suffisamment à boire, il ne braille pas. Avant, il hurlait jour et nuit, c'était devenu insupportable. Mais je ne fais que le minimum : je lave sa vaisselle et je remets la table. Je balaie un coup, et ça s'arrête là. Roberjo lui apporte ses bouteilles, et veille à ce qu'il ne m'arrive rien. Même s'il n'y a plus de risque, maintenant : le plus clair de son temps, le gros Auf le passe derrière, dans le jardin.

— Qu'est-ce qu'il y fait ? »

Claire haussa les épaules en signe d'ignorance.

« Je croyais que tu ne voulais plus mettre les pieds ici… » reprit-elle.

Gabin baissa la tête, comme pris en faute. Il ignorait ce qu'il cherchait.

Claire fit basculer la terrine dans le petit plat qu'elle avait apporté afin de récupérer la faïence. Puis elle glissa sa main dans celle de son ami et murmura :

« Allez viens, tu te fais du mal. »

Elle l'entraîna à l'extérieur, mais une fois dans l'allée, il lâcha sa main et s'arrêta.

« Il faut que je le voie, déclara-t-il d'un ton décidé.

— Pourquoi ?

— Il le faut, c'est tout. J'aimerais comprendre…

— Pour ta jambe ?

— Oui. »

Claire secoua la tête.

« Tu n'en tireras rien, tu sais : il est saoul les trois quarts du temps. Il a sûrement oublié, en plus. »

Gabin fronça les sourcils. Il savait que Claire disait ça pour l'apaiser, mais l'effet fut inverse. Comme pouvait-il s'offrir le luxe d'oublier ? Cela renforça sa détermination.

« J'y vais quand même. Rentre à la ferme.

— Ah non, je viens avec toi ! »

Il se retourna pour lui barrer le chemin.

« Rentre, j'te dis. Je dois faire ça seul. Ne t'inquiète pas, je saurai me défendre, cette fois. »

Il attendit qu'elle se fût éloignée pour contourner la maison et rejoindre son grand-père.

50

À l'arrière de la maison, le pré avalait le paysage. Les hautes herbes n'avaient sans doute pas été fauchées depuis des années, mais sur un espace attenant à la bâtisse d'environ huit mètres carrés, elles avaient été couchées au sol. Le gros Auf y avait établi son campement : un vieux banc branlant, une couverture et un oreiller crasseux au sol, une caisse contenant des bouteilles de rouge coupé d'eau, et deux bottes de paille propre, soigneusement ficelées. Le vieil homme dormait, affalé sur le banc. Il ronflait doucement, comme un enfant, et avait considérablement maigri depuis la dernière fois où Gabin l'avait eu face à lui. Pourtant, il portait toujours les mêmes vêtements : un pantalon retenu à la taille par une ficelle grossière, et une chemise grisâtre qui pendait de partout. D'une main, il retenait un chapeau de paille à moitié tressé. Gabin se souvint alors qu'avant d'être paysan, son grand-père avait travaillé comme vannier. Aux pieds d'Auffrey gisaient d'ailleurs plusieurs ouvrages entamés : des paniers de toutes tailles, et même de menues poupées. Le léger bruit que fit Gabin en approchant pour mieux les observer suffit à réveiller le vieillard. Il poussa un cri en découvrant un intrus si proche de lui et Gabin recula précipitamment de plusieurs pas.

Auffrey se mit lentement debout et vacilla quelques secondes, tel un culbuto, avant de trouver l'équilibre. Le décharnement était plus flagrant ainsi. Sa peau était jaune et parcheminée. Ses yeux éblouis par le soleil n'étaient que deux fentes, et ses conjonctives presque aussi jaunes que sa peau lui conféraient un regard de serpent fou. Il scrutait Gabin avidement, en grondant un peu, et celui-ci ignorait s'il s'agissait là d'un signe de reconnaissance ou d'intimidation. Son grand-père était malade, cela crevait les yeux. Avait-il encore toute sa tête ? Les travaux de vannerie à ses pieds, certes inachevés mais précis, semblaient l'assurer. Les dires de Claire, la maigre carcasse grognante qui lui faisait face, l'absurdité du mode de vie d'Auffrey plaidaient l'inverse. Comment parvenait-il à rejoindre chaque jour l'intérieur de sa masure pour les repas ? Cela devait lui prendre un temps fou. Pourquoi n'y restait il pas au frais ? Gabin s'étonna de ressentir de la pitié pour son grand-père. Du dégoût aussi. Se pouvait-il qu'il fût de cette lignée, qu'il ait passé ses plus tendres années ici ? Cela lui sembla irréel jusqu'à ce que le vieux tournât la tête, et que son profil amaigri rappelât douloureusement à Gabin les traits de sa mère, qu'il pensait pourtant effacés de sa mémoire.

Auffrey fit deux pas en avant, et sans se déplacer lui-même, Gabin leva la main droite et ordonna :

« Bouge pas ! »

En entendant la voix claire et assurée de Gabin, Auffrey tressaillit, puis retomba assis sur le banc. Il savait désormais qui le bravait. Claire se trompait, il n'avait pas oublié : ses mains se mirent à trembler, et les grondements devinrent suppliants. Comme s'il redoutait depuis longtemps le moment où son petit-fils viendrait lui demander des comptes. Gabin en fut surpris. Même s'il était certain de ne plus subir la violence de son grand-père, il demeurait persuadé que le vieil homme garderait un ascendant sur lui. Or les forces s'étaient inversées. Il n'avait plus peur. Ou s'il craignait quelque chose, ce n'était pas l'agressivité d'Auffrey, mais cette voix qui s'entêtait à lui chuchoter qu'il était le seul à pouvoir se soucier de son grand-père. Les voisins ne l'entretenaient que pour leur confort propre. Lui, il avait le pouvoir de décider : aider son grand-père ou l'abandonner à son triste sort. On ferait ce qu'il voudrait, il en était persuadé. Les coups reçus lui avaient octroyé ce droit, cette accablante responsabilité.

Il fixa de longues secondes le vieil homme prostré. Si la vision fugitive de son profil n'avait pas fait surgir des méandres de sa mémoire le visage de sa mère, il se serait débiné. Il aurait remonté l'allée caillouteuse, rejoint la ferme qui l'avait recueilli et ses hôtes bienveillants, puis aurait tout mis en œuvre pour oublier cette ultime entrevue avec son grand-père. Au lieu de cela, il lança un nouvel ordre :

« Mets-toi debout ! »

Auffrey releva lentement la tête, mais resta assis.

« Allez, debout ! »

Comme son grand-père ne bougeait toujours pas, il alla vers lui d'un pas décidé. Cela mit Auffrey en état de panique. Il cria et gesticula de façon désordonnée : tantôt il se couvrait la tête comme s'il parait des coups, tantôt il tendait ses bras en avant comme s'il souhaitait repousser quelqu'un, alors même que Gabin n'était pas à sa portée. Agacé, celui-ci s'arrêta, mit les mains sur les hanches et cria :

« Ho ! Calme-toi ! Je ne vais pas te faire de mal ! »

Il dut répéter cela plusieurs fois, jusqu'à ce que ça pénètre l'esprit d'Auffrey et qu'il cesse de s'agiter.

« Je veux juste que tu te lèves. Je reste à cette distance si tu t'exécutes. Je ne te ferai rien. »

Aussi difficilement que la première fois, Auffrey se mit debout. Une fois stabilisé, Gabin le prévint :

« Ne bouge plus, j'en ai pas pour longtemps. »

Alors, il s'efforça de se rappeler les leçons de Longueville sur l'observation clinique. Il ne pouvait pas toucher Auffrey, prendre son pouls, le palper – cela l'agiterait encore –, mais il souhaitait noter mentalement tout ce qui lui semblait anormal : le teint jaune bien sûr, mais aussi les paumes rouges ; l'importante perte de poids et malgré cela, le ventre un peu gonflé et les chevilles massives. D'autres symptômes lui échappaient sans doute, mais c'était un bon début. Il hocha la tête, satisfait.

« Tu peux te rasseoir. Ou tu veux que je t'aide à rejoindre la maison ? Il est presque midi. »

Auffrey grogna pour toute réponse et se rassit brutalement.

« D'accord, je t'apporte ton plat. »

Gabin remonta vers la maison, prit dans la cuisine l'assiette de terrine et une cuillère puis redescendit vers le jardin. Tandis que son grand-père émiettait sa nourriture, il s'éloigna un peu, traçant une nouvelle voie dans le pré. C'est alors qu'il entendit une cavalcade et vit débouler Roberjo et Andrio, armés de fourches.

« Eh ! Tu vas bien, p'tit ? demanda ce dernier hors d'haleine. Vin dieu, tu nous as fait une de ces frayeurs ! Qu'est-ce qu'y t'a pris de venir ici ?

— Ça va, répondit Gabin, partagé entre amusement et agacement. Regardez-le : à qui voulez-vous qu'il fasse du mal ? »

Andrio et Roberjo lorgnèrent du côté d'Auffrey. Celui-ci s'était figé à l'arrivée des renforts, comme dans l'attente d'une sentence.

« C'est-y-vrai qu'il porte mal son surnom, maintenant, le gros Auf, admit Roberjo.

— C'est pas parce qu'on perd du lard qu'on devient moins vicieux, rétorqua Andrio.

— Il a peur de moi », dit simplement Gabin, en haussant les épaules.

Voyant que personne ne s'en prenait à lui, Auffrey revint à sa terrine. Il la regardait avec tristesse, comme s'il regrettait de ne pouvoir l'honorer à sa juste valeur. Il se força à avaler trois bouchées puis reposa l'assiette à côté de lui, et Gabin vint la reprendre. Une dernière fois, il observa son grand-père. Celui-ci, comme s'il était seul, se laissa glisser au sol sur la couverture et s'endormit. Gabin fit signe à Andrio et Roberjo de le suivre. Ils repartirent vers la ferme de Marie dans un silence pesant qu'Andrio finit par rompre :

« Quand même, tu comptes pas revenir vivre chez le vieux ? »

Gabin le regarda, surpris.

« Non ! Je voulais le voir, c'est tout. Je ne pensais pas qu'il serait si faible.

— Il est pas faible, il boit trop. Sûr qu'avec sa face de citron, il en a plus pour longtemps, mais quand même, tu devrais te méfier. »

Gabin fronça les sourcils. Peut-être avait-il été trop téméraire. Et peut-être bien qu'Auffrey avait fait du cinéma. Mais il ne pouvait plus reculer. À présent, il avait une mission qui pourrait lui fait perdre ne fût-ce qu'un peu le sentiment de n'avoir pour passé qu'un immense gâchis. Il allait prendre soin de son grand-père pour entretenir, le temps nécessaire, ce qui restait de sa mère.

51

François venait de prendre place à la table du déjeuner quand on frappa à la porte de l'appartement. Il pesta : c'était si rare qu'il se libère à midi désormais ! Il y tenait, pourtant, à ces moments volés dans son propre foyer. Les repas apaisaient la faim et dénouaient les tensions. Ils offraient les meilleures opportunités pour en apprendre davantage sur Marceau et Gabin. Les garçons parlaient plus volontiers devant une assiette pleine. Il alla ouvrir en traînant des pieds et découvrit sur son seuil l'une des sœurs de l'Hôtel-Dieu. Pouvait-elle l'entretenir quelques minutes en privé ? Il l'emmena dans le petit salon où elle lui apprit que la mère de Marceau était partie.

« Comment ça ?

— Cela a eu lieu cette nuit. Elle a pris sa valise, ses maigres affaires et elle a quitté l'hôpital. Ce matin, on a trouvé son lit vide. Personne n'a rien vu ni entendu, mais elle a laissé un mot. »

La sœur tendit à François un papier où étaient griffonnées quelques phrases, mal écrites :

Préfère laissé Marceau au docteur. Séparés = plus en sécurité. Je vais au Sud. Dites à Marceau que ces pour lui + je l'aime. Après la guerre, son père et moi, on le retrouvera. Qu'il reste sage.

Longueville s'assit sous le coup de l'émotion. Comment allait-il annoncer cela à Marceau ? Depuis quelques jours, sa mère se portait mieux, et cela influait sur son humeur : il devenait plus liant, parlait davantage.

« La pauvre, cela a dû être une décision déchirante, elle l'aime tant, son garçon ! On a cherché un peu, en ville, à la gare, avant de venir vous voir. Mais elle a plusieurs heures d'avance », reprit la religieuse.

Voyant que le médecin ne répondait pas, elle ajouta :

« Il y a autre chose aussi… La semaine passée, elle a reçu une lettre.

— Vous savez de qui ?

— La lettre venait de Pithiviers. Là où son mari est prisonnier.

— Comment aurait-il su où lui écrire ?

— Elle a dû lui écrire en premier.

— Ce serait curieux. En arrivant ici, elle était terrorisée à l'idée que l'on sache son nom.

— Oui, mais cela expliquerait son départ. Peut-être qu'elle a eu besoin d'être rassurée au sujet de son mari, et de le rassurer, lui aussi. Mais dans sa logique, cela la condamnait à la fuite.

— Sans Marceau ? »

La religieuse haussa les épaules. Puis au bout de quelques secondes, elle demanda, d'une voix hésitante :

« Vous allez le garder, n'est-ce pas ? »

François la regarda, abattu :

« Que peut-on faire d'autre, maintenant ? »

La sœur hocha la tête et prit congé. François ne la raccompagna pas. Il demeura prostré dans son fauteuil, se demandant ce qu'il aurait dû faire pour éviter qu'un tel événement arrivât. N'aurait-il pas pu, chez Ysobel, discerner ce désir de fuir seule ? Et si Marceau était resté près d'elle, à l'Hôtel-Dieu, serait-elle partie ? N'avait-il pas eu tort de les séparer ? Combien de temps tiendrait Ysobel, dans son état fragile ? Comment allait réagir le gamin ? Et Emma ?

La jeune femme entrait justement dans le petit salon.

« J'ai bien cru entendre la porte d'entrée claquer ! C'était qui ? Tu vas bien ? »

François lui tendit sans rien dire le mot d'Ysobel. Elle le lut avec incrédulité :

« C'est ce que je crois ? Elle est partie ? Elle a abandonné Ma…

— Chut ! la coupa-t-il. Il pourrait t'entendre !

— Que vas-tu faire ?

— Le lui apprendre, déjà. Le plus délicatement possible. Et pour le reste, il faudra qu'on avise… »

Emma resta silencieuse tout en chiffonnant nerveusement le papier. François s'approcha d'elle et le lui prit doucement des mains :

« Marceau voudra sûrement le garder. »

Puis il posa sa tête contre celle de sa femme et ils demeurèrent quelques instants ainsi, front contre front, les yeux fermés, à faire le tri dans leurs pensées.

« Ça ira, tu verras, on trouvera une solution », murmura-t-il finalement avant de déposer un baiser sur ses cheveux et de quitter la pièce.

52

Longueville décida de reporter ses consultations de l'après-midi et emmena Marceau pour une balade en forêt. On ne viendrait pas l'y déranger et il trouvait plus facile d'annoncer la mauvaise nouvelle en marchant, plutôt qu'en face-à-face. Emma fut chargée tout à la fois de renvoyer la patientèle qui se présenterait et d'expliquer la situation à Gabin afin qu'à leur retour, il ne fasse pas d'impair.

Il choisit longuement ses mots afin d'annoncer avec le plus d'égards possibles qu'Ysobel ne se trouvait plus à l'Hôtel-Dieu. La réaction du gamin le surprit. Il se rembrunit mais ne pipa mot, continuant à marcher sans changer d'allure. François crut qu'à force de délicatesse, il s'était mal fait comprendre.

« Elle n'est plus à l'hôpital parce qu'elle a quitté la ville », ajouta-t-il.

Cette fois, Marceau s'arrêta. Sans regarder le médecin, il dit enfin :

« Elle m'avait dit qu'elle le ferait.

— Tu es sérieux ? Et pourquoi tu ne m'en as pas parlé ?

— Elle va aller à Pithiviers pour aider mon père à sortir du camp. Ils rejoindront l'Espagne et ensuite les États-Unis. Maman a de la famille à Boston pour les accueillir. Elle voulait y aller déjà l'an dernier quand les Allemands ont enfermé les juifs à Varsovie. Ma tante et ma grand-mère sont là-bas, et on n'a plus de nouvelles depuis longtemps. Mais mon père disait que jamais il se passerait en France ce qui se passe en Pologne. Maintenant, c'est ma mère qui a raison. Alors ils vont faire selon son plan à elle. Quand ils seront à Boston, ils vous diront comment m'envoyer là-bas. Et ils vous rembourseront tout. »

Marceau avait débité cela d'une traite, comme s'il avait appris son texte par cœur et qu'il se dépêchait de le délivrer de peur d'oublier quelque chose. François ne sut que répondre. Il se sentait manipulé par Ysobel et Marceau, et cela était déplaisant. Mais le garçon semblait avoir une telle confiance dans le plan décidé par sa mère que la pitié l'emporta.

« Alors tu étais d'accord pour rester seul à Cluny ?

— Maman m'a pas laissé le choix. Elle m'avait dit qu'elle partirait la semaine prochaine…

— Tu savais qu'elle avait écrit à ton père et qu'il lui avait répondu ? »

Marceau hocha la tête.

« Il va bien et maman va beaucoup mieux. J'ai juste à attendre ici qu'ils me disent quand les rejoindre. Maman a dit que si vous voulez pas me garder, les sœurs voudront sûrement, que je pourrai travailler pour elles.

— Marceau, évidemment qu'on va te garder, dit François d'une voix grave en posant une main sur son épaule. Tu es très courageux, je suis sûr que tu auras bientôt des nouvelles de ta mère. »

Le garçon secoua la tête.

« Maman a dit qu'elle ne pourrait pas m'écrire avant d'être installée à Boston. Que ce serait trop dangereux pour moi et pour eux.

— Cela pourrait prendre des mois…

— Je sais. Maman me l'a dit. Mais j'attendrai. Elle sera fière de moi. »

François se frotta le menton, perdu. Il y avait une telle détermination en Marceau que cela l'intimidait. Que pouvait-il lui dire qui ne briserait pas sa foi dans le projet de sa mère ? Comment allait-il vivre les prochaines semaines, les prochains mois, à épier le facteur, espérer un signe, n'importe quoi ? Et si rien n'arrivait ? Ou si au contraire Ysobel revenait demain, épuisée à nouveau : comment supporterait-il cet échec ?

Pour le moment, Longueville ne se sentait pas la force de mettre en garde Marceau contre la désillusion. Et peut-être qu'il ne fallait pas le faire. Le gamin ne lui avait jamais autant parlé depuis son arrivée à Cluny. Il semblait presque épanoui, tout entier rempli par sa mission et par l'aventure dans laquelle se lançaient ses parents. Cette force qui l'habitait, il fallait la préserver.

Ils revinrent vers le centre-ville tranquillement, chacun perdu dans ses pensées. Une fois à l'appartement, François communiqua à Emma les derniers éléments.

« Je pensais à quelque chose en rentrant des bois, ajouta-t-il ensuite. Ce qu'a décidé Ysobel est complètement fou. Comment parviendra-t-elle à faire sortir son mari du camp ? Puis rejoindre l'Espagne sera un vrai périple, surtout qu'elle a une mauvaise constitution… Ne parlons pas de la suite !

— Où veux-tu en venir ?

— À ceci : soit Ysobel prend rapidement conscience que les obstacles sont innombrables et elle revient auprès de son fils. Soit elle s'obstine et dans le meilleur des cas, Marceau risque de passer de longs mois parmi nous.

— Je ne sais pas si les autorités envisagent de libérer des prisonniers, mais traverser la France ne me semble pas si périlleux, on est en zone libre, après tout. Et Ysobel a probablement des contacts en Espagne, non ? Enfin, ce que tu m'as dit du discours de Marceau dénote une certaine préparation, même si elle s'est faite dans l'urgence. Tu crois vraiment que l'on doit envisager de l'héberger des mois durant ?

— Avec ou sans son mari, peut-être qu'elle parviendra à rejoindre l'Amérique, oui. Mais ça pourrait aussi échouer à chaque étape. Et l'on n'en saura rien. Je crois qu'il vaut mieux se préparer au pire, quitte à être heureusement surpris.

— Le pire ? Il y aura bien une personne, ici ou ailleurs, pour se manifester ! Marceau a de la famille en Pologne, en France, aux États-Unis : même si ses parents en sont incapables, quelqu'un finira bien par s'inquiéter de lui.

— Mais combien de temps devrons-nous patienter ? D'autant que nous sommes pieds et poings liés : avec cette obligation de déclarer les juifs à laquelle on se soustrait, on ne peut pas lancer de recherches, cela attirerait l'attention… »

Emma réfléchit quelques secondes, et prit la mesure de ce que François venait d'énoncer :

« Marceau à demeure des années durant ? C'est ce que tu crois ? »

Il hocha la tête, scrutant sa femme pour tenter de discerner ce que cette hypothèse faisait naître en elle. Mais Emma continuait de le fixer, attendant qu'il livrât le fond de sa pensée.

« Cela m'a conduit à me dire que c'était peut-être ça, notre vocation, énonça-t-il.

— Recueillir des enfants abandonnés ?

— C'est aussi une façon d'être parents. En tout cas, c'est une façon qui me plairait, je crois. Je suis sûrement trop vieux pour m'occuper d'un bébé, de toute façon. Et toi…

— Oui ?

— On ne va pas se mentir, tu n'en veux pas, n'est-ce pas ? »

Emma serra les mâchoires et parut incapable de répondre.

« Mais ce n'est pas grave, je l'ai compris tout à l'heure, reprit François d'une voix douce en posant une main sur son bras. Tu sais y faire avec les adolescents. Avec eux, tu vaux toutes les mères du monde. Et regarde, ils arrivent à nous presque tous seuls ! »

Emma inspira fort. Il sembla à François qu'elle se retenait de parler.

« Tu peux me l'avouer, maintenant, reprit-il. Je ne t'en voudrais pas. J'ai longtemps cru qu'il n'y avait qu'une façon d'être père et avant de te connaître, je m'étais résigné à ne jamais y goûter. Puis tu es arrivée et tu le sais, j'ai ardemment désiré que l'on ait des enfants. Mais en t'épousant, je me suis engagé à ne jamais aller contre tes volontés. Je savais que je n'y gagnerais pas toujours… Pourtant, je crois que la vie nous offre une sorte de compromis, non ? Est-ce que tu vas dire quelque chose ? »

La jeune femme le fixa quelques instants en souriant tristement. Puis elle se décida. Elle s'approcha de François et posa doucement une main sur sa joue. Son sourire s'élargit :

« Je crois que tu as raison, nous pourrions être de bons parents pour Gabin et une famille d'accueil tout à fait valable pour Marceau. Quant au bébé, je voulais justement te dire que… »

Mais François l'interrompit en posant ses lèvres sur les siennes.

« Laissons les bébés aux autres, et soyons heureux avec nos gars », murmura-t-il avant de l'embrasser encore.

Emma lui rendit son baiser, les larmes aux yeux. François était soulagé de sa réaction. Il savait sa femme généreuse, mais il était heureux qu'elle adhérât à sa vision de leur couple. Car celle-ci l'apaisait bien davantage que son désir de paternité. Elle canalisait sa culpabilité en lui donnant un sens. Plus il y pensait et plus il se disait que sans sa lâcheté à fuir les combats et le dégoût de lui-même qui en avait découlé, il n'aurait jamais envisagé prendre sous son toit un autre garçon, ni même d'ailleurs faire une vraie place à Gabin. C'était une fêlure en lui qu'il n'assumait pas encore et qu'il se sentait obligé de combler par des actes sinon héroïques, du moins exigeants. Il n'avait pourtant pas menti à sa femme : le désir d'enfant, puissant, ne le quittait pas, mais il pourrait sans doute le travailler pour qu'il colle à la réalité de sa vie. Il savait déjà que désormais, il se passerait difficilement de la compagnie de Gabin, de l'admiration que ce gamin lui portait et de la confiance qu'il lui accordait. Il ressentait de la joie et de la tendresse à l'idée de le voir grandir et devenir un homme – un homme qu'il n'aurait jamais rêvé d'être, sans Emma et lui. Avec Marceau, c'était moins évident, bien sûr. Il venait d'arriver, on savait peu de choses sur son passé, et son avenir n'était qu'une suite de points d'interrogation. Mais le défi qui consistait à l'aider à se construire malgré ce mur d'incertitudes était également stimulant.

Cependant, François était aussi en quête de satisfactions plus immédiates. La plus avouable était de voir Emma à nouveau combative. La perte injuste de son travail l'avait éteinte, même si elle s'en défendait. Être pleinement responsable de deux enfants ne pourrait que lui faire du bien. Il souhaitait qu'ils deviennent pour elle une raison de vivre suffisante pour lui faire oublier les écolières qui emplissaient auparavant ses journées. Plus égoïstement, il lui plaisait de s'imaginer fonder une famille dans la grandeur et l'abnégation. Recueillir deux orphelins était loin de ses désirs initiaux, mais proche de ce que les gens pouvaient attendre de lui. Durant toute sa carrière, il s'était efforcé de ne montrer que les bons côtés de sa personnalité, à tel point qu'il avait fini par se croire foncièrement bon. À toute force, il voulait retrouver ce confort moral, cette quiétude au sujet de lui-même. Pour cela, il fallait poser des actes élevés, vertueux, et les assumer totalement. Peut-être qu'avec Emma, ils apporteraient le salut à ces gamins perdus mais lui, François, n'en attendait pas moins d'eux.

53

Emma avait expliqué en quelques mots simples la fuite d'Ysobel à Gabin et ce que cela pouvait impliquer pour Marceau et pour eux tous. Gabin n'avait pas besoin qu'Emma s'étende sur ce dernier point, il voyait parfaitement ce que cela allait impliquer, car c'était exactement tout ce qu'il redoutait depuis le début de cette affaire. Pourtant, il avait d'abord été soulagé par la réaction de Marceau, ou plutôt son absence de réaction. Il avait craint que celui-ci s'effondre et qu'Emma et François se répandent en attentions, et surtout attendent de sa part qu'il agisse de même. Est-ce que Gabin savait ce que cela faisait de se voir privé du jour au lendemain de ses parents ? Évidemment. Mais les siens ne reviendraient jamais, cela n'avait donc rien de commun avec ce que vivait Marceau. Gabin veillerait à ce que chacun garde bien en tête cette distinction. Ils étaient dissemblables – en tout. Même physiquement, c'était pourtant flagrant : comment François ne pouvait-il pas le remarquer ? C'était lui qui boitait et qui chaque matin devait se coiffer patiemment de telle sorte que ses mèches cachent ce carré de crâne où ses cheveux ne repousseraient plus. Le Scalpé on l'appelait, à l'école. C'était une moquerie, mais lui en était fier. Ça sonnait comme un surnom guerrier. Puis il savait que les sarcasmes de ses camarades servaient d'abord à masquer leur peur. Avoir des cheveux manquants, c'était apparemment plus effrayant qu'avoir une jambe raide. Ça l'aurait blessé qu'on l'appelle le Boiteux. Le Scalpé, ça avait un côté sauvage, Far-West. On pouvait inventer tout un tas d'histoires avec ça, des choses horribles ou héroïques, mais toujours épatantes ; rien à voir avec le récit sordide d'un homme saoul qui s'acharne sur son petit-fils au point de lui arracher une partie du cuir chevelu. Gabin ne reparlait jamais de ça. Il supposait que certains de ses camarades savaient ce qui lui était arrivé – peut-être même en détail, et peut-être même mieux que lui-même, qui n'avait que des souvenirs épars de cette nuit-là. Mais eux non plus n'en parlaient pas. Peut-être se demandaient-ils ce qu'avait fait Gabin pour mériter ça. Et aussi, ce qu'il faudrait qu'ils fassent, eux, pour conduire leurs parents à de telles extrémités. Autant dire qu'ils ne devaient pas trop y penser. Il n'y avait rien de bon à imaginer ses parents en tortionnaires ou à comprendre que, peut-être, ils l'étaient déjà, même s'ils n'allaient pas jusqu'à scalper leurs mômes. Enfin, Gabin ne savait pas trop ce qu'un enfant pouvait ressentir à l'égard de ses parents. Ça ne semblait pas ressembler à ce que lui ressentait pour Emma et François : de la gratitude. Car le moins que l'on puisse dire, c'est que quand ses copains parlaient de leurs darons, il n'y avait pas beaucoup de gratitude dans leurs discours.

Marceau non plus ne montrait pas de gratitude. C'était comme s'il trouvait normal d'avoir été accueilli. Gabin aurait finalement préféré qu'il s'effondre au lieu d'afficher cette tranquille assurance. Il était sûr que ses parents reviendraient le chercher et en attendant, il considérait l'appartement des Longueville comme sa base arrière. Gabin trouvait cela injuste. Lui n'avait jamais rien réclamé et malgré cela il lui avait fallu de longs mois avant d'être accepté par François. À Marceau, on accordait tout sans délai. Il aurait voulu que les Longueville prennent davantage en considération sa condition propre au lieu d'imaginer pouvoir les traiter d'emblée sur un pied d'égalité.

Pour la première fois depuis son installation, la vie à Cluny le rendait morose. Désormais, il attendait avec impatience les jours passés à La Vineuse tandis que Marceau répugnait de plus en plus à quitter l'appartement, comme si des nouvelles de sa mère allaient arriver d'un instant à l'autre. Alors, parfois, Emma autorisait que Gabin y aille à sa place. C'est ainsi que le gros Auf devint pour lui une obsession. Lorsqu'il se rendait à la ferme, sa première visite était pour son grand-père, qu'il trouvait invariablement à l'arrière de la maison. S'il pleuvait, celui-ci se collait au mur Est pour bénéficier du maigre abri de l'auvent. Quelquefois, sous l'orage, Gabin était parvenu à le convaincre de rentrer.

Il s'était aperçu qu'Auffrey ne buvait plus. Roberjo d'ailleurs l'avait admis : cela faisait plusieurs semaines qu'il avait cessé ses livraisons de vin, car le stock du gros Auf ne baissait plus. Andrio restait dubitatif :

« Y s'ra trouvé une autre source d'approvisionnement… »

Mais Gabin savait que son grand-père n'avalait presque plus rien. Un peu du plat de Marie, qui sentait bon, parfois des fruits que lui ramassait son petit-fils. Sinon, il était à l'eau.

Gabin chercha dans les livres de médecine de Longueville à quoi correspondaient les symptômes qu'il s'était appliqué à relever. Il découvrit ainsi qu'Auffrey souffrait de cirrhose, et que ses jours étaient en effet comptés. Un matin, il remarqua que la chemise de son grand-père était tachée de sang. Il prit alors sa décision et s'en ouvrit à François :

« Je voudrais pas que mon grand-père meure seul. »

Le médecin le scruta. Ce n'était pas une idée en l'air. Le ton était décidé, réfléchi. François avait su par Emma que Gabin s'occupait un peu d'Auffrey. Personne ne comprenait bien cette démarche, mais il semblait établi que le gros Auf ne pouvait plus nuire, alors on ne retenait pas son petit-fils.

« Est-il mourant ? »

Gabin fit la liste des symptômes de son grand-père, et François approuva le diagnostic.

« Veux-tu retourner vivre avec lui jusqu'à ce qu'il passe ? »

Le garçon secoua longuement la tête. Longueville attendit, mais rien d'autre ne vint.

« Veux-tu qu'on l'emmène à l'hospice ? »

Gabin le regarda alors avec espoir :

« Ce serait possible ? »

François serra les lèvres d'émotion. Il percevait la bataille qui se livrait en Gabin, entre pitié pour l'homme qui lui avait servi de grand-père et rejet de ce qu'il était devenu.

« Bien sûr. Je m'en occupe, si tu es d'accord. »

Gabin s'approcha de lui et l'enlaça, soulagé. Des larmes perlèrent aux paupières de François. C'était la première fois qu'ils s'étreignaient.

Auffrey mourut cinq jours plus tard d'hémorragie digestive. Le spectacle de son grand-père vomissant du sang n'empêcha pas Gabin de lui tenir compagnie jusqu'au bout. Il ne disait rien, ne lui tenait pas la main, il restait là, attendant l'heure où sa famille serait totalement éteinte. Devant sa dépouille, il ne pleura pas. Les Longueville payèrent pour qu'Auffrey soit enterré aux côtés de son épouse.

Environ deux semaines après les funérailles, Emma et François proposèrent à Gabin de l'adopter. Ils l'avaient invité à les rejoindre dans le salon après le dîner, et c'est main dans la main qu'ils avaient formulé le vœu qu'il devînt leur fils. Gabin les avait fixés longuement, n'osant croire à sa chance. Était-ce une récompense, inespérée, pour s'être montré magnanime avec son grand-père ?

« Doit-on prendre ce silence pour un accord ? questionna Emma d'une voix douce.

— Oh oui, oui ! Merci ! » cria alors Gabin en sanglotant.

Il se leva et Emma vint l'embrasser, tandis que François posa une main sur son épaule.

Ils parlèrent à nouveau de son avenir, des belles études qui l'attendaient.

« Tu pourras aller étudier à Paris plus tard, lui dit soudain François. Ta tante Cécile sera sûrement ravie de t'héberger. »

Ces deux phrases contenaient tant d'espoir pour chacun qu'ils se turent, de peur qu'au moindre mot, le rêve soit gâché : la fin de la guerre, de la peur, des compromissions, la liberté de voyager, les retrouvailles avec un frère, une sœur, l'avènement de parents inespérés, un futur qui peut-être s'ouvrait grand… C'était doux de penser ainsi, et ils se forçaient à croire que ça n'avait rien d'illusoire. Ce soir, tous les trois, ils bâtissaient quelque chose que chacun, pour des raisons propres, avait cru impossible : une famille. Et parce que cette chose extraordinaire était finalement survenue et qu'à l'inverse de toute autre famille, ils s'étaient choisis chacun, parents et enfant, ils voulurent la juger indestructible.

En quittant le séjour, Gabin croisa Marceau qui traversait le couloir. La pitié l'envahit un instant : lui venait de trouver des parents alors que les siens demeuraient en danger en des lieux inconnus. La jalousie reprit cependant le dessus : il espéra que Marceau avait écouté aux portes et entendu ce qui s'était joué. Afin qu'à présent, il saisît bien qu'ils n'avaient plus rien en commun, tous les deux : lui allait devenir un Longueville.

54

Marie attendit que la berline noire ait quitté sa cour pour se tourner vers Roberjo. Elle vit ses yeux brillants de plaisir, comme probablement les siens en ce moment même. Elle éclata :

« C'est incroyable ! Tu imagines que toute notre récolte est vendue ? »

Elle réalisa alors qu'elle l'avait tutoyé. Ça n'était jamais arrivé. Il n'en prit pas ombrage, car il lui sourit. Un beau sourire doux et fier. Ça non plus, ça n'était jamais arrivé. Roberjo riait parfois, avec de gros éclats brefs et tonitruants qui surprenaient toujours, mais il ne souriait pas. Tout au mieux vous fixait-il du regard quelques secondes, et au fil des années, Marie avait compris que c'était chez lui une marque d'intérêt. Mais là, il paraissait presque euphorique. Il y avait de quoi, cependant.

En début d'après-midi, un gros monsieur en costume cravate avait débarqué dans leur cour. Marie avait d'abord cru à une erreur – un notable qui se serait égaré en cherchant le bourg. Mais non, c'était après elle qu'il en avait.

« On m'a dit que vous avez un beau verger, vrai ? » demanda-t-il par la fenêtre de sa voiture, sans prendre le temps de mettre un pied à terre et encore moins de la saluer.

Alors qu'elle acquiesçait, il ajouta :

« Qu'est-ce qui vous reste ?

— Comment ça ? En ce moment, on récolte des pêches, des poires, on a des mûres aussi et un peu de pommes d'été.

— Et vous aurez d'autres pommes ? Et des prunes ?

— Plus tard, oui.

— Quoi d'autre ?

— Des baies, des noix... On a aussi toutes sortes de légumes.

— Vrai ?

— Pourquoi ça ? »

Le gros monsieur ne répondit pas tout dc suite et entreprit de sortir de sa voiture, ce qui lui prit quelques minutes et entraîna force halètements et jurons.

« Je vous prends tout », finit-il par dire une fois qu'il eut repris son souffle.

Marie resta bouche bée. Tout ? Qu'est-ce que cela signifiait ? Et où comptait-il mettre les marchandises ? Elle regarda l'intérieur de la berline qui était encombré de papiers et de boîtes en carton. Un fou, sûrement, voilà ce que c'était. Elle appela Roberjo à la rescousse. Quand il vit l'ouvrier sortir de la grange, la chemise trempée de sueur, une hache à la main et la mine sévère, le gros monsieur recula d'un pas.

« Eh là, doucement, dit-il. Je suis sérieux. Je viens passer commande. »

Il sortit une carte de visite indiquant qu'il était représentant. Il resta évasif sur les personnes qu'il représentait – des restaurateurs, quelque chose comme ça – ; mais dès qu'il commença à parler chiffres, Marie se désintéressa de la question. Il voulait réellement tout acheter. Ce qui était en cours de récolte et ce qui viendrait ensuite. Tout ce qui était mangeable.

« Je ne peux pas tout vous céder, opposa Marie. Je dois en garder pour moi.

— Je prends quatre-vingt-dix pour cent alors.

— Quatre-vingts pour cent. »

C'était Roberjo qui avait parlé. D'une voix ferme, et le représentant n'insista pas. Puis il dit son prix et Marie ouvrit de grands yeux. C'était une somme énorme. Elle allait acquiescer, trop heureuse, mais Roberjo reprit une nouvelle fois la parole :

« Non, dit-il d'une voix calme, et Marie le regarda, interloquée. On gagnera plus en s'adressant à plusieurs acheteurs, continua-t-il. On est perdants avec votre proposition. »

C'était faux, bien sûr, et Roberjo ne pouvait l'ignorer. À quoi jouait-il ?

Le représentant renifla et Marie retint son souffle.

« Je mets cinquante pour cent en plus. Vous rentrez dans vos frais, là, non ? »

Roberjo fronça les sourcils et le fixa sans répondre.

« Très bien, je double la somme. »

Marie se retint de crier « Oui ! » et vit avec soulagement Roberjo opiner et tendre la main.

« Marché conclu.

— Les prochains jours, je vous enverrai du monde prendre ce qui est prêt. Ensuite, une fois par semaine, ça ira ? On m'a dit du bien de vous, je peux vous faire confiance, hein ? Si tout se passe bien, on sera en affaires un moment, vous verrez.

— Remplissez votre part du contrat et nous, on fera la nôtre.

— Je vois, pas le genre à rigoler, hein ? » Il sortit une mallette de sa voiture et en tira une liasse de billets. « Vingt pour cent tout de suite. Le reste sera échelonné. »

Il tendit l'argent à Roberjo, qui le donna à Marie.

« C'est elle, la patronne », dit-il.

Le représentant eut un rire gras, déplaisant, et remonta dans sa voiture.

« On est en affaires, ne l'oubliez pas », répéta-t-il avant de démarrer.

Marie et Roberjo se faisaient face, encore incrédules. Marie avait glissé l'argent dans la poche de son tablier et gardait une main dessus, de peur qu'il ne s'envole.

« J'ignorais que tu savais négocier ! lança-t-elle, décidant de conserver le tutoiement.

— Ça se voyait qu'il y connaissait rien, on aurait sûrement pu obtenir plus. Y voulait qu'une chose : quitter c'te lieu au plus vite.

— Tu avais déjà fait ça avant ?

— Non ! » répondit-il, sur un ton désarmant, celui qu'emploierait un enfant fier de son exploit.

Il avait toujours sa hache à la main et le sourire aux lèvres. Il s'approcha d'elle et toucha son bras du bout des doigts. À ce moment-là, elle crut qu'il allait l'embrasser. Ou peut-être le souhaita-t-elle si fort qu'elle espéra lui communiquer son désir. Mais après l'avoir fixée quelques secondes, il détourna la tête et regarda alentour, comme pour vérifier qu'on ne les épiait pas.

« Ça mérite bien une fine, non ? » glissa-t-il alors d'un ton joyeux.

55

C'était le cœur de l'après-midi. Andrio avait emmené les enfants pour une tournée de livraison dans les villages environnants. La dernière, de toute évidence. À partir de maintenant, ils n'auraient plus besoin de se déplacer, de faire les marchés. C'était irréel. Marie sortit les billets de sa poche et les étala sur la table. Elle n'en avait jamais vu autant réunis. Et il y aurait encore quatre fois comme cela.

« Tu mérites la moitié, dit-elle. Largement.

— Et qu'est-ce que j'y ferais ?

— Tu as bien des rêves, des projets… »

Ils étaient restés debout, incapables de s'asseoir à cause de l'excitation.

« Si je pouvais choisir, je voudrais rester ici jusqu'à la fin de ma vie. J'ai pas besoin d'argent pour ça, si ? »

Le ton était un peu provocant. C'était encore une chose à laquelle Marie n'était pas habituée. Elle se risqua :

« Qu'est-ce qui te plaît tant, ici ? »

Elle connaissait la réponse : le verger, la liberté dont il disposait. Il dit cela en effet, et prit une longue rasade d'eau-de-vie. Puis il la fixa avec intensité, de cette façon qui la troublait toujours, mais bien sûr, cela ne voulait rien dire pour lui.

« La compagnie d'Andrio, continua-t-il. Avoir mon frère pas loin. »

Marie hocha la tête. Roberjo reprit une gorgée de sa fine et replanta son regard dans le sien. Elle trouva cela presque inconvenant, mais encore une fois, c'était parce qu'elle se faisait des idées. C'est toi qui es inconvenante, se dit-elle.

« Toi. »

Est-ce qu'elle avait rêvé ? Est-ce que c'était encore ses idées tordues qui lui jouaient des tours ? Avait-il seulement parlé ? Ou était-ce elle qui avait pensé à voix haute ? Non, pourtant, elle l'avait vu articuler un mot. Et maintenant, il s'approchait d'elle. Elle sentait sa poitrine se soulever très vite, et elle comprit qu'elle ne contrôlait rien.

« T'y es la patronne, d'accord ? dit-il d'une voix sourde en se penchant vers elle.

— Oui. »

Mais que lui demandait-il ?

« Je serai jamais le patron. On change rien. T'es la patronne et je suis ton ouvrier. »

Son visage était tout proche du sien désormais. Alors ce baiser allait vraiment arriver. Elle ne sentait plus ses jambes et tituba. Il la prit fermement par la taille, d'un seul bras.

« C'est mon marché à moi. Tu l'acceptes ? »

Elle ne comprit pas ce qu'elle acceptait, mais sa réponse jaillit à toute force de sa bouche. Quoi qu'il exigeât, elle ne pouvait rien lui refuser en cet instant. Leur première étreinte eut lieu sur la table de la cuisine et elle crut qu'elle allait mourir de délice et de honte mêlés. Et si les enfants arrivaient ? Et si n'importe quel voisin débarquait ? Où était passée la jeune veuve respectable ? Une onde de plaisir, brutale, incendiaire, la saisit avant qu'elle trouve réponse à ses questions. Elle cria et Roberjo grogna puis soudain son corps se fit lourd. Des années qu'un homme ne s'était pas abandonné ainsi sur elle. Elle mesurait en cet instant combien ça lui avait manqué.

Il se redressa enfin et l'aida à se relever. Elle rabaissa sa robe, gênée. Faire cela sur la table de la cuisine ! Cette fois-ci, il n'y avait pas de doute, c'était tout à fait inconvenant. Roberjo resta tout proche d'elle. Il toucha son bras du bout des doigts, comme il l'avait fait dehors.

« Tu y regrettes ?

— Non. »

C'était la vérité. Elle ne se reconnaissait pas, mais elle ne regrettait rien.

« Je t'y demanderai pas en mariage, tu l'as compris, n'est-ce pas ?

— C'est parce que je suis ta patronne ?

— Non, tout ça *(il montra la pièce du doigt)*, la famille, les enfants, ça m'intéresse pas. Je veux dormir la nuit dans mon fenil et manger dans les bois sans rendre de comptes à personne. Je veux qu'on continue de croire que j'suis un vieil ours mal dégrossi. Et toi, tu y mérites pas de d'venir madame Tissot. Tu le veux pas, d'ailleurs. »

Elle mit quelques secondes à se rappeler que Tissot était le nom de famille de Roberjo.

« Pourquoi est-ce que je ne le voudrais pas ?

— Parce que tu aimes être la patronne ! » s'exclama-t-il d'un ton espiègle.

Encore une fois, c'était l'exacte vérité. Elle avait parfois rêvé qu'elle annonçait ses noces avec Roberjo, mais la seule satisfaction qu'elle envisageait en tirer, c'était de partager son lit. Elle voulait que l'on continue de la craindre, de s'adresser à elle quand on négociait, de réclamer son aide. Elle ne voulait pas céder la main à un mari, disparaître derrière son autorité. Elle avait trop goûté au plaisir de diriger. Comme elle avait changé depuis ses fiançailles avec Martin ! Alors, elle croyait qu'elle ne pourrait jamais être plus épanouie. Mais avait-elle eu le choix ? Désormais, elle comprenait ce qu'avait défendu Emma en refusant longtemps le mariage. Sauf qu'Emma était mariée à présent et qu'elle… Que faisait-elle, d'ailleurs ?

« Alors quoi, on se voit comme ça, en secret, juste pour… ?

— J'ai rien d'autre à t'offrir. On peut y continuer comme avant. Ça marche bien. Ou on peut y décider de se récompenser de temps à autre. »

Marie rougit. C'était un péché d'agir ainsi. Elle n'était pas très attentive lors des sermons, à la messe, mais c'était incontestablement un péché. Et elle imagina ce que sa mère penserait de cette situation. Elle tenta ainsi de rameuter une masse suffisante de culpabilité pour refuser tout net et conserver sa réputation, mais elle n'en avait aucune envie. Se suicider aussi était un péché, et c'est ce qu'avait fait Martin, la laissant dans une situation impossible. C'était sa folie qui l'avait conduite là, à cet instant précis où elle devait choisir si elle allait continuer de pécher ou non. Lui avait été enterré solennellement, comme si sa mort n'avait rien de scandaleux, alors qu'il aurait mérité la fosse commune. Et elle, que méritait-elle ? À dessein ou non, Roberjo avait bien choisi ses mots : après des années de labeur sans se plaindre, des torrents de chagrins et de soucis, elle décida qu'elle avait droit à une récompense – une compensation, au moins.

« Personne n'en saura rien, n'est-ce pas ? »

Roberjo sourit et l'enlaça une nouvelle fois, prêt à reprendre immédiatement leurs ébats.

« Pas ici, souffla-t-elle. N'importe qui peut entrer. »

Ils quittèrent la maison, rejoignirent la grange et montèrent au fenil. Il lui saisit la main et l'aida à atteindre un coin sombre et matelassé de paille, à distance de son lit et de celui d'Andrio. Il l'allongea et la déshabilla précautionneusement, comme s'il prenait plaisir à déballer un cadeau délicat, longtemps désiré. Il la prit lentement, sans cesser de la fixer d'un regard brûlant. Lorsque le plaisir fut tel qu'elle commença à trembler, Marie saisit un bout de sa robe et le coinça dans sa bouche. Elle voulait hurler sans être entendue, s'abandonner à la jouissance sans avoir à rendre de comptes. Elle voulait être elle-même, enfin, sans culpabilité ni jugement.

56

Louise était figée dans l'allée qui menait à sa maison. Elle regarda une nouvelle fois la carte-réponse que le facteur venait de lui donner. Elle provenait du stalag où Pierre était prisonnier. Il n'y avait aucun mot de sa main sur celle-ci, juste un tampon RETOUR À L'ENVOYEUR qui l'avait glacée d'abord, avant qu'elle déchiffre l'annotation à l'encre noire qui s'étirait sous les cachets de la poste : RAPATRIÉ. Alors, c'était arrivé. Elle chercha la date de l'oblitération : 3 – 09 – 41. Deux ans, jour pour jour, depuis le départ de Pierre pour la guerre.

Certains parents de prisonniers à Cluny avaient envié Louise : Pierre était retenu en France, après tout – la France d'avant la guerre. D'autres hommes de la ville se trouvaient loin en Allemagne, parfois en Autriche, ou même en Pologne. Qui sait ce qui pouvait s'y passer et comment ils reviendraient, le moment venu ? On était le 6 septembre. S'il était vraiment en chemin, il ne tarderait plus. Il pouvait même être ici d'un instant à l'autre. D'ailleurs, ne devrait-il pas déjà être là ? Louise redescendit l'allée vers la grille et resta de longues minutes à observer la route, comme si le simple fait de savoir Pierre libre pouvait le matérialiser, là devant elle, en un instant. Elle se secoua : c'était idiot, il valait mieux faire nettoyer la maison à grande eau, réclamer à la cuisinière les plats préférés de Pierre, et vite encore ! Comment viendrait-il ? Pas à pied ! Il fallait envoyer une voiture à la gare, guetter les arrivées de train. Elle repartit dans l'autre sens, courant presque. Elle aurait voulu crier, « Pierre est de retour ! » Mais cela lui semblait encore un peu irréel. Et qui sait si Jeanne n'en ferait pas une attaque ? Non, mieux valait s'occuper. Elle rameuta ses gens, distribua des ordres, et d'emblée, une grande excitation emplit la maisonnée. Sa bonne revint bientôt : on avait trouvé un chauffeur pour aller à la gare de Cluny, mais il n'y avait pas de voiture. Bien sûr, où Louise avait-elle la tête ? Comme tous les samedis, Emma l'avait prise pour emmener les enfants à La Vineuse. Ce chauffeur, il pédalait bien ? Qu'il aille à la ferme prévenir tout le monde et demander qu'Emma rapatrie gamins et voiture.

Un instant désœuvrée, Louise regarda autour d'elle, et essaya d'imaginer ce que son mari espérerait retrouver. Certainement, il voudrait que tout soit comme au moment de son départ. Mais ce n'était pas possible. Henri, dont il demandait toujours des nouvelles en premier dans ses lettres, avait deux mois en septembre 1939, et Pierre-Louis, seize à peine. En ce qui concernait leur père, les souvenirs du premier étaient inexistants, ceux du second, effacés. Seule Victoire semblait entretenir quelques réminiscences. Elle était fière d'ailleurs d'être la seule des enfants à pouvoir faire mention des attentions de son père. Louise la soupçonnait d'en rajouter, de broder indéfiniment autour d'images furtives. Elle l'encourageait néanmoins : il faudrait que Pierre se sente attendu quand il reviendrait. Si sa fille, à défaut de ses fils, le fêtait, ce serait moins pénible pour chacun. Puis il y avait Aurélien. Louise devait l'admettre : elle était impatiente de revoir son mari, mais il lui était douloureux d'imaginer son dernier-né dans ses bras. Il était sien avant tout. Il était l'enfant de l'absence, celui qui l'enchantait tout en l'écartelant : sa venue, inattendue, impréparée, l'avait désemparée totalement, avant de la combler infiniment. Plus qu'aucun autre de ses enfants, plus que son mari, plus qu'elle ne l'avouerait jamais.

Puis il y avait Jeanne. Que penserait Pierre en la voyant si diminuée, si perdue ? Louise avait cessé d'espérer que son retour la ranimerait. Selon François, elle avait atteint des berges trop éloignées de leur réalité. Ce n'était pas tout à fait de la folie ni de la sénilité, mais une névrose qui, telle la rouille rongeant le métal, avait lentement rogné la conscience de l'aïeule. Louise descendit et alla frapper à la porte de sa belle-mère. En quelques semaines, son état s'était beaucoup dégradé. Elle ne sortait plus trop désormais : il fallait beaucoup insister pour qu'elle fît quelques pas dans le jardin. Louise prit une chaise et la plaça à côté du rocking-chair où Jeanne passait le plus clair de ses journées. Elle était maigre, sa peau était translucide et parcheminée. Louise posa doucement une main sur les siennes, cherchant à attirer son attention.

« Mère, j'ai une bonne nouvelle, Pierre est en chemin ! Il sera là très vite. Aujourd'hui peut-être ! »

Jeanne leva la tête vers elle, mais c'était comme si son regard traversait Louise sans la voir vraiment.

« Bien sûr qu'il est en chemin », marmonna-t-elle.

Louise attendit. Jeanne l'avait-elle comprise ? Celle-ci reprit, d'un ton morne :

« Il est toujours en chemin. Vers le ciel. Pierre est au ciel, c'est comme ça depuis vingt ans : tout le monde sait ça, qu'est-ce que tu dis ? C'était en septembre, juste à la fin, à la toute fin, il n'y avait même plus de raison de se battre et il est mort comme ça. Les hommes meurent beaucoup quand il n'y a pas de raison, c'est ce qu'ils font de mieux… »

Louise comprit qu'elle parlait de son frère. Sa logorrhée se poursuivit et il semblait qu'elle ne cesserait jamais. Son débit atone avait quelque chose de glaçant. Est-ce que ça signifiait qu'elle avait oublié son fils ? Une vague d'angoisse saisit Louise. Ce retour s'annonçait en réalité effrayant. Elle était l'unique élément inchangé dans le foyer qu'avait connu Pierre. Et sans doute pas, d'ailleurs : elle n'était certes plus la même que deux ans auparavant.

Cela devenait évident : elle ne pourrait pas l'affronter seule tout en épiant les réactions de Jeanne et des enfants. Non, il fallait faire venir des têtes familières, entourer Pierre de repères solides, le rassurer sur l'affection de chacun. Le chauffeur était-il déjà parti sur sa bicyclette ? Louise regagna à toute allure le jardin, sans même prendre congé de Jeanne qui continuait sa psalmodie. Grâce au ciel, l'homme était toujours là : il avait fallu rafistoler une chambre à air.

« Ne partez pas ! cria-t-elle à son intention. Je veux vous donner une lettre ! Vous la donnerez à l'une de mes belles-sœurs : Marie Etcheberry ou Emma Longueville. J'en ai pour dix minutes, attendez-moi. »

Elle griffonna quelques phrases. Le style était direct, mais elle n'avait pas le temps de mettre les formes. Elle espéra qu'Emma et Marie n'en prendraient pas ombrage et feraient ce qu'elle demandait.

Ensuite, l'attente commença. Louise garda Aurélien à ses côtés, car il était seul capable de l'apaiser. Il avait fini par trouver un moyen de se déplacer, sur les fesses, et s'il dénichait un appui solide, il parvenait parfois à se mettre debout. Louise voyait cette courbe de progrès d'un bon œil, mais François continuait d'être préoccupé par l'indolence du bambin. Elle ne l'écoutait que d'une oreille quand il souhaitait la mettre en garde. Elle songea à la nuit prochaine : si Pierre arrivait, où coucherait Aurélien ? Elle aimait tant l'observer dormir ! Souvent, le matin, il était éveillé avant elle et c'est lui qui la fixait de son regard clair jusqu'à ce qu'elle ouvre les yeux. Alors il souriait, et son visage heureux était pour Louise la plus belle chose qui pût exister. Mais c'était fini. Pierre allait reprendre ses droits, alourdir sa couche. Son retour, ce serait tout à la fois une noce et un deuil. « Pourvu que la noce compense le deuil », pria-t-elle.

La Breguet, conduite par Emma, s'annonça une heure et demie plus tard. Elle était remplie de cris, car tous les enfants avaient pris place à bord : Gabin devant, Henri sur les genoux. À l'arrière, logés on ne savait comment, Claire, Baptiste, Pierre-Louis et Victoire se chevauchaient. Ce petit monde se déversa dans la cour dans de grands éclats de rire, et dès cet instant, l'atmosphère fut à la fête.

« Marie arrive avec ton chauffeur, déclara Emma à Louise. Elle apporte de quoi manger. Moi je vais chercher Marceau et prévenir François, si je le trouve.

— Peux-tu passer à l'imprimerie ? Dis à Ferdinand Tissot de se joindre à nous. Si d'autres personnes veulent venir, qu'elles n'hésitent pas. »

Le soulagement envahit Louise. Ils venaient, tous, et Pierre saurait combien on l'espérait. C'était comme si un engrenage longtemps encrassé se remettait à tourner.

Marie arriva à son tour, avec sa charrette de livraison bardée de cageots.

« J'ai du vin, aussi, glissa-t-elle à Louise. Et du bon ! Andrio a une sorte de cave secrète, tu le crois, ça ? Enfin, il m'a donné quelques bouteilles.

— Il aurait dû venir, et Roberjo aussi ! s'exclama Louise. Tu sais comme Pierre les apprécie.

— Tu es sérieuse ? Je croyais que tu ne voulais plus entendre parler des lubies paysannes de ton mari !

— En un jour pareil, Pierre peut bien souhaiter ce qu'il veut, je m'en moque.

— Je retourne les chercher alors, dès que j'ai déchargé ! Je dirai aux voisins de garder un œil sur les bêtes.

— Fais vite, oui ! »

Mais Marie ne bougea pas tout de suite. Elle resta à observer Louise quelques secondes, en plissant les yeux. Elle aurait eu envie de l'embrasser. Pourquoi est-ce que leurs relations n'avaient jamais été aussi simples, aussi franches, auparavant ?

Le parc se remplit peu à peu de monde. Emma revint en compagnie de Marceau et de trois typotes qui s'étaient serrées à l'arrière de la Breguet. On confia enfin la voiture au chauffeur désigné, ainsi qu'un panier de victuailles. Il partit sans plus attendre pour la gare. François et Ferdinand arrivèrent presque en même temps, à la nuit tombée. Quelques voisins et d'autres ouvriers de l'imprimerie passèrent aussi. On fit un grand feu, tant pis pour la pelouse : en l'absence de jardinier à demeure, elle avait de toute façon perdu depuis longtemps son lustre d'avant-guerre. Les convives s'éparpillèrent sur l'herbe pour pique-niquer. Andrio, trop heureux d'être invité à la fête, avait apporté de nouvelles bouteilles de vin. Quelques chants montèrent. On transforma la nursery en dortoir pour les enfants. Aurélien y dormit, lové contre sa sœur. Quand le feu s'éteignit et que la fraîcheur de la nuit commença à mordre, les adultes s'installèrent au salon. Les voisins, les ouvriers de l'usine et Ferdinand prirent congé : ils ne voulaient pas abuser de l'hospitalité de Louise, bien qu'elle insistât pour qu'ils restent. Elle fit apporter des couvertures et chacun s'installa confortablement dans un fauteuil. Andrio raconta des histoires dont il avait le secret et l'on rit beaucoup, aidés par l'alcool. Chacun finit plus ou moins par s'assoupir. À l'aube, les enfants déboulèrent et réveillèrent ceux qui avaient définitivement renoncé à veiller.

On chauffa de l'eau pour le succédané de café et les tisanes aux plantes. Marie avait apporté du pain et de la confiture. Elle obtenait sans peine de la farine chez le meunier en échange de ses propres produits. On fit de larges tartines, qui laissaient de grandes traces colorées et poisseuses aux commissures des lèvres. Puis peu à peu, à mesure que le soleil se levait, la bonne humeur laissa place à la fébrilité. Sans se concerter, et malgré le temps gris, tout le monde retourna dans le parc comme en quête d'espace. Le premier train de la journée en provenance de Chalon-sur-Saône arrivait bientôt. Et si Pierre était dedans ?

Louise resta en retrait sur la terrasse, Aurélien dans les bras. Attirée par le brouhaha, Jeanne avait émergé de sa chambre et prit place sur une chaise à proximité. Comprenait-elle enfin ce qui se jouait ? Marie s'était assise dans l'herbe. La tête penchée, elle observait fixement Andrio et Roberjo, en pleine discussion au sujet des arbres du parc. Emma avait déniché un grand bi dans l'une des dépendances et François s'y essayait, sans réel succès malgré les conseils de son épouse, mais pour le plus grand plaisir d'Henri, Baptiste et Pierre-Louis. Victoire avait entraîné Claire dans un coin pour lui livrer quelques secrets. Gabin et Marceau unissaient leurs efforts pour rapporter du bois afin de rallumer le feu. Le temps était comme suspendu. Tous, ils avaient accepté de mettre entre parenthèses leur quotidien, sans effort ni négociation. C'était comme un puzzle qui se reformait, et personne ne doutait que la dernière pièce trouverait parfaitement sa place. Pierre approchait, ils le sentaient dans leurs veines. Et tout s'alignerait.

Marie rêvait à ce qu'elle n'avouerait jamais à son frère. Tout en cherchant l'équilibre sur sa bicyclette, François songeait à sa sœur. Elle aussi trouverait la stabilité. Il ne pouvait en être autrement. Il allait l'inviter à venir à Cluny, quitter les cercles néfastes qu'elle fréquentait. Après tout, elle avait un neveu désormais : n'était-ce pas ce qu'elle souhaitait ? Emma s'arrêta un instant d'encourager son mari pour observer le petit monde des enfants éparpillés autour d'elle puis posa une main sur son ventre. Cela brûlait moins, à l'intérieur. Le désir de bébé s'estompait. Bientôt, elle serait officiellement mère d'un grand gamin dégingandé et cela lui plaisait infiniment. Elle avait hâte de l'annoncer à Pierre. L'entente semble si réelle, se disait Louise en soupirant d'aise. Elle aurait au moins réussi cet exploit : monter, pour son époux, cette pièce en un acte – le tableau d'une famille unie.

Soudain, une voiture s'annonça. Elle freina brusquement devant le porche comme si elle hésitait à entrer. Tous crièrent d'abord, puis un grand silence s'abattit. Jeanne se leva, mais garda les mains accrochées aux accoudoirs de son fauteuil. La Breguet fit quelques mètres et stoppa peu après le portail. La porte arrière s'ouvrit et chacun retint son souffle. Un homme décharné, le crâne rasé et doté d'une méchante barbe, en sortit. Il fit quelques pas avant de s'arrêter, l'air sonné. Louise avança, Aurélien toujours dans les bras. Elle approcha de l'homme jusqu'à distinguer nettement ses traits. Il esquissa un sourire, davantage à l'intention du bébé qu'à la sienne, jugea Louise, mais cela lui permit de le reconnaître avec certitude. Elle avait réfléchi à tout ce qui avait changé ici depuis le départ de Pierre, mais à aucun moment elle ne s'était dit que lui aussi serait métamorphosé. Elle déposa Aurélien par terre et avança encore. Pierre sentait mauvais, vraiment mauvais, mais désormais il la regardait, elle. Il ouvrit ses grands bras maigres, d'une façon mécanique, comme s'il avait rejoué souvent cette scène dans sa tête, et Louise se précipita. Il faudrait du temps sans doute pour qu'elle retrouve l'odeur de son mari, mais elle reconnaissait son étreinte. Au bout de quelques minutes, quelqu'un s'exclama dans son dos et, se détachant de Pierre, elle se retourna. Aurélien s'était mis debout sans aide aucune. Il fit quelques pas chancelants vers eux avant de retomber lourdement sur ses fesses, en riant.

« C'est Henri ? » demanda Pierre d'une voix rauque.

Les larmes submergèrent Louise. Pour ce qu'Aurélien avait accompli devant ses yeux et dont elle seule percevait l'aspect miraculeux. Pour Henri, qui n'avait pas connu l'adoration de son père aux premiers mois de sa vie. Pour Pierre surtout, qui dans un instant, saisirait pleinement tout ce qu'il avait manqué. Elle laissa son regard humide glisser sur le reste de sa famille : Emma et François enlacés, Marie aux côtés de Jeanne qui pleurait aussi, Claire et Baptiste en retrait, assis sur une bûche que Marceau et Gabin avaient traînée jusque-là. Leurs enfants enfin, qui d'instinct s'étaient regroupés, muets et craintifs, attendant un signal quelconque.

Louise essuya ses larmes d'un geste déterminé. Elle se retourna vers Pierre et caressa quelques secondes sa barbe hirsute. Puis elle se força à sourire et lui prit la main.

« Viens, dit-elle en l'entraînant à sa suite, allons rattraper le temps perdu. »

Chez le même éditeur
(extrait)

Ghada Abdel Aal, *Cherche mari désespérément*
Renata Ada-Ruata, *Battista revenait au printemps*
Elisabeth Alexandrova-Zorina, *Un homme de peu*
Elisabeth Alexandrova-Zorina, *La poupée cassée*
Karim Amellal, *Bleu Blanc Noir*
Karim Amellal, *Dernières heures avant l'aurore*
Omar Benlaala, *L'Effraction*
Maïssa Bey, *Au commencement était la mer*
Maïssa Bey, *Nouvelles d'Algérie*
Maïssa Bey, *Cette fille-là*
Maïssa Bey, *Entendez-vous dans les montagnes…*
Maïssa Bey, *Sous le jasmin la nuit*
Maïssa Bey, *Surtout ne te retourne pas*
Maïssa Bey, *Bleu blanc vert*
Maïssa Bey, *Pierre Sang Papier ou Cendre*
Maïssa Bey, *Puisque mon cœur est mort*
Maïssa Bey, *Hizya*
Maïssa Bey, *Nulle autre voix*
Bui Ngoc Tan, *La mer et le martin-pêcheur*
Bui Ngoc Tan, *Conte pour les siècles à venir*
Philippe Carrese, *Virtuoso ostinato*

Philippe Carrese, *Retour à San Catello*
Philippe Carrese, *La légende Belonore*
Philippe Carrese, *Tango à la romaine*
Bernard Dan, *Le livre de Joseph*
Ilo de Franceschi, *Écrivez-moi Madeleine*
Andréa del Fuego, *Les Malaquias*
Andréa del Fuego, *Les miniatures*
Dong Xi, *Une vie de silence*
Dong Xi, *Sauver une vie*
Samira El Ayachi, *Quarante jours après ma mort*
Suzanne El Kenz, *La maison du Néguev*
Ali Erfan, *Sans ombre*
Irène Frain, *Il me fallait de l'aventure*
René Frégni, *Le chat qui tombe et autres histoires noires*
Malu Halasa, *La mère de tous les cochons*
Karen Jennings, *Les oubliés du Cap*
Nìkos Kokàntzis, *Gioconda*
Denis Langlois, *Le déplacé*
Nikolaï Leskov, *Le Paon*
Vadim Levental, *Le destin de Macha Regina*
Jacques Lindecker, *On a aimé des poisons*
David Machado, *Laissez parler les pierres*
David Machado, *Indice de bonheur moyen*
David Machado, *Des abeilles sous la peau*
Ali-Reza Mahmoudi Iranmehr, *Nuage rose*
Anna Moï, *Nostalgie de la rizière*
Anna Moï, *Le pays sans nom*
Naïri Nahapétian, *L'amour selon Marina M.*
Enzo Gianmaria Napolillo, *Les tortues reviennent toujours*
Mohamed Nedali, *Le bonheur des moineaux*
Mohamed Nedali, *La maison de Cicine*
Mohamed Nedali, *Triste jeunesse*
Mohamed Nedali, *Le Jardin des pleurs*
Mohamed Nedali, *Évelyne ou le djihad*
Mohamed Nedali, *La bouteille au cafard*

Nguyên Ngoc Tu, *Immense comme la mer*
Diekoye Oyeyinka, *La douleur du géant*
Victor Paskov, *Ballade pour Georg Henig*
Daniel Quirós, *La disparue de Mazunte*
Anna Roman, *Le val d'absinthe*
Igor Saveliev, *Les Russes à la conquête de Mars*
Leïla Slimani, *Le diable est dans les détails*
Leïla Slimani, *Comment j'écris*
Alexandre Seline, *Je ne te mens jamais*
Alexandre Sneguiriev, *Je ris parce que je t'aime*
Alexandre Sneguiriev, *Véra parmi les hommes*
Sun Huifen, *Cousine Perle*
Olivier Szulzynger, *La maison Bataille*
Victoria Tchikarnieeva, *Bye-bye Vichniovka !*
Gérald Tenenbaum, *Les Harmoniques*
Nguyên Huy Thiêp, *Conte d'amour un soir de pluie*
Nguyên Huy Thiêp, *Crimes, amour et châtiment*
Chabname Zariâb, *Le pianiste afghan*

Pour limiter l'empreinte environnementale de leurs livres,
les éditions de l'Aube font le choix de papiers
issus de forêts durablement gérées et de sources contrôlées.

Achevé d'imprimer en mai 2019
sur les presses de l'imprimerie New Print
pour le compte des éditions de l'Aube
331, rue Amédée-Giniès, F-84240 La Tour d'Aigues

Numéro d'édition : 3361
Dépôt légal : juin 2019

Imprimé en Europe